ちくま文庫

笑いで天下を取った男

吉本王国のドン

難波利三

筑摩書房

目次

笑いで天下を取った男

吉本王国のドン

幕開き

〈道具屋筋を抜けると、そこは別天地だった、か〉

林正之助《しょうのすけ》は呟《つぶや》いた。

中折れ帽子をかぶり、ステッキを握っている。出歩くときは、その二つを忘れなかった。

いつもは千日前を通るコースだが、今日は気分を変えて道具屋筋を歩いた。秘書は連れず、一人である。

たこ焼きやお好み焼きの鉄板、大から小まで、いくつものサイズが揃《そろ》う鍋《なべ》、風呂桶《ふろおけ》に似たステンレス製の容器、その他、円いのや四角いのや、長いのや短いのや、深いのや浅いのが、一体、なにに使うのか、知恵だめしでもされているような道具類が、両側の店先に溢《あふ》れる。その間の狭い通りを抜けた先に、別天地はあった。

〈いや、別天地やない。俺の城やで〉

正之助は再び呟きを洩《も》らした。

目の前の建物は、ほぼでき上がっている。四階建ての白い外壁が、秋の陽射《ひざ》しを浴びて、まばゆい。内部の一部はまだ工事中で、作業員達の働く姿が見受けられた。

正面玄関前の路上で立ち止まり、正之助はステッキを体の前に置いた。その上に両手を載せ、ゆっくりと眺め回した。

工事は上の階から仕上げるらしく、四、三、二階はすでに完了し、あとは一階と地下が残っている。そして、おしまいに正面玄関を片付けて、すべて終了する段取りのようだった。

最初、五十億のつもりの予算が、六十億を超えている。しかし、これだけのものを建てるのだから、それぐらいは要《い》るだろうと、正之助は納得する。

乗りかかった船である。ここへきて、しみったれた真似《まね》はしたくなかった。

「あんた、立派なものを建てたやないか」

不意に背後で声がした。正之助は振り返った。

「おお、姉さん……」

正之助は眼鏡をずり上げて見直した。そこには着物姿の、姉のせいが立っていた。

着物の柄《がら》はどんな色なのか、まだ強い陽光の中で、その輪郭ははかなげに揺らぐ。

だが、面長《おもなが》の、くっきりした目鼻立ちの顔は、間違いなく姉のせいだった。目元に笑いを浮かべ、正之助と建物を見比べた。

「大したもんやわ」

せいは感嘆した。

「おおきに。姉さんにそう言われると、私もうれしおます」

正之助も思わず顔をほころばせた。

「私、いまから中を見て回りますんやが、姉さんも、ぜひ一緒にきてもらえまへんやろか。見ておくんなはれ」

「そやな。ほな、そうさせてもらいまひょか」

「ぜひ、そうしておくんなはれ。私が案内させて頂きます」

正之助はステッキを握り直して、先に立った。正面玄関の周辺には、工事用の機材が散らかっている。

「姉さん、足元、気ィつけておくんなはれ」

「へ、おおきに」

剝《む》き出しのコンクリートの床に、踏み板が張りめぐらせてあり、ヘルメットをかぶった作業員らが忙《せわ》しなく動き回る。ライトがいくつもともり、器械の唸《うな》りが反響する。

その間を抜けながら、

「危ないから、手ェ貸しまひょ」

さあ、と、正之助が手を繋《つな》ごうとして振り返ったとき、せいの姿は消えていた。

眼鏡を外して、正之助は目をこすった。

〈こんな白昼に、俺は夢でも見たんやろか〉

再びかけ直して、周りを確かめた。だが、相変わらず器械が音を立て、作業員らの働く姿があるだけだった。

〈妙なことがあるもんやな〉

正之助は首をかしげた。あれは確かに、姉のせいであった。

しかし、姉は昭和二十五年、正確には二十五年三月十四日に亡くなっている。行年《ぎょうねん》六十二歳だった。

死んだ人間が、どうしてここへ現われたのか。正之助はつかの間、考えた。答えはすぐに閃《ひらめ》いた。

〈姉さんは俺を励ましにきてくれた。応援にきてくれたんや〉

そう思った。それに違いなかった。

正之助はステッキを脇に挟み、今度は中折れ帽をかぶり直した。この城へ乗り込んでくるとき、その帽子をかぶると、戦闘帽のように気が引き締まる。八十八歳の体に流れる血が、熱くたぎる。

姉に励まされたいま、正之助はなおさら、それを感じた。完成まで、あとわずかである。その日まで欠かさずに通い詰めようと、改めて決意した。

この建物の建設には、正之助の率いる吉本興業が総力を上げて取り組んでいる。大阪・ミナミのど真ん中の、二九五三・五〇平方メートル（八百九十五坪）の敷地に、ほぼ、いっぱいの二六九七・〇九平方メートル（八百十七・三坪）のビルを建てるのである。地上四階、地下二階の延べ面積は、一一二二五・六一平方メートル（三千四百一・七坪）になる。

地下の一、二階は、初め、映画館を予定していたが、ディスコに変更した。最大収容人員は千人という広さである。

「ＤＥＳＳＥ　ＪＥＮＮＹ」という名前は、杉本高文こと明石家さんまがつけた。面積三百坪、最高高度が十五メートルのこの巨大空間は、若者達の話題を集めることだろうと正之助は思う。

地上一階にはイベント広場、飲食店、ツーリスト、タレントグッズ店、プレイガイドなどが設けられ、二、三階が吹き抜けの劇場「ＮＧＫなんばグランド花月」になる。

この会館のメインは当然、ここだ。

舞台の間口は十三メートル、奥行き十二メートル、一階の客席数は五百八十、二階二百九十七の、合計八百七十七席ある。それに、大型カラー映像表示システムジャンボトロンと、レーザー光線が導入され、高度な音響や照明が可能である。

この劇場、昼と夜とでは一変する。昼間はお笑い中心で、夜はバラエティーショーやミュージカルなど、ショーシアターに変わる。

それに、テレビ番組の中継や録画撮りを行なうスタジオ「NGKホール」があり、イベントホールとしても活用できる。

他には九十六台収容可能なタワーパーキングと、吉本興業の事務所が入り、正之助も間もなく、ここへ通うことになる。吉本のすべてが詰まった、まさに城なのである。

NGKはNAMBA GRAND KAGETSUの頭文字で、十一月一日オープンのこの劇場での出しものには、正之助も期待している。客の入りは、反応はどうか。すべては副社長の中邨《なかむら》秀雄にまかせているので、大丈夫だと思う。だが、興行は水ものだ。ふたを開けてみなければ分からない。

「なんばグランド花月」オープンの出しものを手配するため、副社長の中邨は今年の春ごろから頻繁に、世界各地へ出かけた。中邨だけでなく、彼の部下達もまた何回となく、買物を求めて飛び回った。

その結果、アメリカのバラエティーショーに決定し、現地でオーディションをしてキャストやスタッフを集めた。それだけでなく、ショーの脚本も向こうの作家に書かせたので、

「目の玉が飛び出るぐらいの、高い原稿料を払わされました」

と、中郁は正之助に報告した。

このショーは「アメリカン・バラエティー・バン」と名付けられ、十一月一日から来年の一月三十一日までの丸三カ月間「NGK」の夜の部の出しものになる。入場料の前売は五千円、当日券は七千円である。

場所柄を考えると、高いような気もするが、なにぶん元手がかかっている。その入場料がぎりぎり最低の線なのだ。

いや、場所柄という先入観は、正之助としては気に喰わない。これまではともかく、これから、この一帯は生まれ変わるのである。自分の会館を中心に、街の格が上がることを願っている。また、そうならなければ、困る。夜ともなれば、精一杯、ドレスアップした紳士淑女がショーを楽しむため、続々と集まってくる。そういう会館であり、街であって欲しいと、正之助は考えていた。

昼の部のオープニング記念公演、十一月一日から十日までの上席には、いま人気のダウンタウン、今いくよ・くるよ、横山やすし・西川きよし、桂三枝らが、賑々《にぎにぎ》しく登場する予定である。

十一日から二十日までの中席には、若井小づえ・みどり、東京からくるWコミック、オール阪神・巨人、桂文珍らが出演し、二十一日から三十日までの下席は、ハイヒール、太平サブロー・シロー、宮川大助・花子、笑福亭仁鶴らが出る。

入場料の二千円は、夜の部の三分の一以下だが、メンバーの顔ぶれは豪華である。現在、吉本興業に所属する芸人のうち、人気、実力ともに最高の顔がずらりと並ぶ。熱の入れ方が分かるだろう。

一人、明石家さんまの名前がない。十二月の中席には月亭八方、二月にはまるむし商店、桂小文枝、非常階段らが出演する予定になっているが、さんまの名前は見当たらない。

人気、収入ともに、吉本興業の中では図抜けている彼が、本家本元の記念すべき舞台にどうして立たないのか。ディスコの名付け親ぐらいで満足、いや、お茶を濁していてよいのだろうか。

見方はいろいろある。

全国タレントとして、すでに名前の知れ渡っているさんまを、いまさら大阪の舞台に出す必要はない。それよりも、テレビに出演させておくほうが、会社としてのメリットは大きい。

いや、さんまの芸は、この新しい劇場には不向きである。実力が発揮できないから、出しても気の毒だ。

それとも、さんまはもう吉本興業の意向にも従いにくいほど、大きな存在になっているのか。

昼の部を取りしきるのは、制作部長の冨井善則で、夜の部は次長の木村政雄である。木村は東京時代、さんまを育てた敏腕のマネージャーだった。

制作部長の冨井と、次長の木村の性格は、正之助も当然、知っている。冨井は熟考、慎重型で、木村は鋭敏、行動派タイプである。

二人の持ち味は右と左に分けられるが、吉本の将来を担う重要な人材である点では共通する。

しかし、彼らのレベルまで、正之助が口を挟んだりはしない。いっさいは副社長の、中邨にまかせている。

この会館のオープンの出しものについても、そうである。正之助は中邨に一任し、中邨はまた、部下の冨井と木村にゆだねていた。

性格の異なる二人に、それぞれ、昼と夜を分担させると、どういう結果になるだろうか。

社内における序列では、部長の冨井が次長の木村よりは、無論、上である。

だが、今回のオープニングの出しものに関しては、二人は同列で立ち向かうわけである。冨井は昼の部を取りしきり、木村は夜の部を切り回す。

よい意味で、この二人が競争心を駆り立てれば駆り立てるほど、オープニングの出しものも熱がこもるだろう。闘いの火花を散らすほど、舞台もまた成功を収めることになるのである。

中邨はそれを狙い、口出しはしないまでも、正之助にもそこのところは充分に読み取れた。

さて、さんまだが、昼の分を受け持つ冨井としては、案外、必要性を認めていないのかもしれない。漫才のメンバーの中に組み入れて、使える芸ではない、使うなら、さんまのワンマンショーぐらいしかない、と読んでいるのかもしれない。

それとも、全国的ではあっても関西的ではないさんまに、オープニングの期待はかけられないと、見限っているのか。

さんまを今日の人気者に作り上げたのは、木村の手腕だと言われている。その木村が、仮に昼の部を受け持っていれば、どうなっているだろう。やはり、さんまは出ないのだろうか。

いずれにせよ、正之助はそこまで関知しない。やりたいようにやらせておく。結果として、赤字さえ出なければ、それで有難いのである。

いや、儲《もう》けてもらわなければ、困る。二百五十人もの芸人をかかえているのは、商売なればこそである。ともに働き、ともに儲けたいからだ。

吉本興業は一部上場の企業である。昭和六十二年三月三十一日現在、資本金は十五億一千二百万円。現金及び預金は、七十六億七千五百四十六万一千円ある。

この会館の建設費として六十億を使ったとしても、十六億は残る計算だ。他から借りるとなにかと口出しされて、自分の思いどおりの会館が作れなくなる恐れがある。そのため、正之助はすべて、自己資金でまかなった。

もっとも、借りる必要は全くない、ふところ具合なのである。

従業員は男女合わせて百二十六名で、平均年齢は四十・三歳。かなり、高い。そのうち、三分の二が男性である。所属の芸人はピンからキリまで含めて、二百五十人ほどいる。

この陣容で吉本興業は、昭和六十一年度、六十二億六千六百八万九千円の売り上げがあった。休日も含めて一日に一千七百十六万円になる。

純利益は八億四千二百五十八万三千円。一日で二百三十万八千円の儲けがあった。

「なんばグランド花月」の一階の客席へ、正之助は入った。

ここはすでにでき上がり、オープンを待つばかりである。三列に五百八十の席が整然と並ぶ。座席の色はグレーで、いかにも落ちついた雰囲気が漂う。

人の気はなく、新館特有の匂《にお》いがこもっている。正之助の靴音だけが響く。

緞帳《どんちょう》はまだである。だが、それも近日中に取り付けられるはずだった。

「舞台には上がらないで下さい」

工事監督の書いた貼り紙が、目の前にある。それと向き合う最前列の、十一並ぶ真ん中の席へ、正之助は腰を下ろした。ステッキを前に立て、その上へ両手を載せた。そして舞台を眺めた。

十一月一日のオープンの夜、この舞台でアメリカのショーがくり広げられる。内容のあらましは中邨から報告を受けているが、正之助は実物をまだ見ていない。

一体、どんなものが飛び出すのか。心配はしていないが、まるっきり安心もしていられない。はたして大阪の客に、よろこんでもらえるかどうか。

正之助自身、まず一番に見なければと思っていた。

あれは確か、昭和九年のことだった。

まだ、なにもない舞台を見つめながら、正之助は古い記憶をたぐり寄せた。もの覚えのよさだけは、自分でも自信があった。

正之助はアメリカから「マーカスショー」を招いた。総勢六十人ほどのメンバーで、歌、踊り、タップダンス、コミックなど、盛り沢山な出しものが評判を呼び、四千人収容可能な東京・日劇を満員にしたのである。そのメンバーの中には、若き日のダニー・ケイも加わっていた。

「ショー」という言葉が使われるようになったのは、それが草分けだった。また、ショーの楽しさ、華やかさを、日本の客が知ったのも、それが初めてではなかったかと思われる。いまで言うカルチャーショックを与えたのだ。

ダンサーの中には、全身に銀粉を塗っている者もあり、それには正之助も驚かされた覚えがある。銀は体に悪い、寿命を縮めると言われていたが、それをものともしないプロ根性に、教えられる点も多くあった。

〈しかし、あのショーは面白かったな。客は度肝《どぎも》を抜かれっ放しやった。今度もあれ

に負けんほどのものを、見せてもらわないかん〉

吉本興業は、いわば、ショーの元祖である。半世紀、五十年ほど前に、正之助がアメリカから呼んできて、すでに大成功を収めた実績を持っている。

その面目にかけても、今回のアメリカンショーは、絶対に成功させなければならなかった。

「会長」

呼ばれたような気がして正之助が首をひねると、三つほど隣りの席に遠藤が座っていた。いつの間に現われたのか、気がつかなかった。

遠藤は新聞記者だが、芸能に詳しく、吉本興業にも出入りしている。まだ四十を出たばかりの年齢だが、なかなかの物識《ものし》りで、卓越した意見を吐くので、正之助もときどき会って喋《しゃべ》ることがあった。

「考えごとをしてはるようやったさかいに、いつ声をかけようかと、困ってましたんや」

遠藤は隣りの席へ移ってきた。

「ちょっと見せてもらいにきましたんやけど、立派なものが建ちましたなあ」

遠藤は劇場の天井を見回した。

正之助はなにも答えず、ステッキの上に載せた両手をわずかに動かした。今日ここへきて、その言葉を聞くのは二度目である。一度目は、確かに姉のせいが現われて、そう言ってくれた。うれしい言葉だった。

「僕はこのすぐ近くの日本橋で生まれたから、この辺りは子供のころの遊び場でしたんや」

ようやく眺め回すのをやめて、遠藤が話した。

「広っぱになっていて、見世物小屋が建っていて、サーカスなんかもよくきてましたな。昭和二十年代やと思いますけど」

「そうやったな」

正之助は呟いた。そのとおり、ボウリング場を建てるまで、ここには見世物小屋があった。

事務所はその裏手にある木造の二階建てで、二階に社長室と部長室、階下に三部屋あるだけの、粗末なものだった。

〈専務が橋本、部長は高山やったかいな〉

正之助はちらっと、古い話を思い出した。

「広っぱの隅っこのほうに雑草が茂っていて、僕ら、そこでバッタ獲りをした覚えもありますよ」

遠藤も子供のころを思い出しているらしい。

「いつだったか、僕ら悪ガキ四、五人が、見世物小屋の秘密の穴からもぐり込んだとき、舞台の上にドレス姿の、綺麗《きれい》な女の人が出てますんや。子供心にも別嬪《べっぴん》さんやなと、見とれていたら、舞台が暗うなって、その女の人が骸骨《がいこつ》に化けてしまいましたんや。あれにはびっくりしましたよ」

そんな見世物も、確かにあった。あれは鏡のトリックだった。

「僕とこの家は〝むかで屋〟という旅館をしてましたけど、戦争で焼ける前までは、芸人さんがよう泊まったそうですよ。僕はまだ生まれていなかったから知りませんけど、兄貴なんかの話では、漫才の林田十郎さんなんか、常連だったそうです」

若いのに遠藤が芸能に詳しいのは、そういう環境で育ったからかもしれなかった。

「そのころ、タップダンスの芸人が、うちの旅館に泊まっていたと、兄貴は言うてますんやけど、誰ですやろ。中川三郎さんですやろか」

「何年ごろのことや」

正之助は訊《き》き返した。

「昭和十年代の初めごろだと思いますけど」

「それなら、そうかもしれんな」

またも古い話を、正之助は思い出した。

吉本興業がタップダンサーの中川三郎と契約を結んだのは、昭和十一年の六月だった。アメリカ修業から鳴物入りで帰国した彼は、東宝への出演を望んでいたが、吉本は破格の条件で獲得したのである。

東宝の月給は四百円、それに対して吉本は三倍以上の千三百円を払った。当時、吉本所属でトップクラスにいた金語楼や三亀松の月給が、五百円から七百円のころである。

中川三郎にそれだけの金を出したのは、その二年前——昭和九年に大成功を収めた「マーカスショー」に負けないほどのショーを作り上げたいと願う、正之助の意気込みの表われであった。

遠藤相手に、いつまでもむかしの思い出に耽《ふけ》っていても仕方がない。

正之助は腰を上げた。遠藤も同じように立ち上がった。

「ほんまに、立派なもんですな」

もう一度、見回しながら、遠藤は感嘆した。正之助は黙って劇場の外へ出た。ホールを横切って階段を下り、まだ工事中の玄関から前の道路へ出た。相変わらず、器械の音が聞こえた。

ともかく、会館は建った。城はでき上がった。

見世物小屋の時代も、それなりに精一杯、この土地と空間を活用してきた。つい、この前までのボウリング場のころもやはり、目一杯ここでの商売に務めた。

そんな過去を、歴史を踏まえて、いま目の前に白亜の城はそびえる。自分の目の玉が黒いうちに、ここが変わることはもうないだろうと、正之助は思う。

この先五十年、いや、百年は健在であって欲しい。それだけの将来性と夢は、たっぷりと盛り込んでいるつもりであった。

千日前から心斎橋に向かい、正之助はゆっくりとした足どりで歩いた。道頓堀を横切り、橋を渡ると、すぐ左の角に本社ビルがある。

正之助は足を止めた。一帯には学校帰りの女子高生らの姿が溢れている。ビルの玄関前から、近くの通り、そして、戎《えびす》橋の上にかけて、女の子らで埋まっていた。

自分の会社を目の前に見ながら、正之助は立ち往生した。行く手を阻まれ、容易に戻れそうになかった。

「難儀やな」

正之助はステッキを握り直した。

昨年の五月、本社ビルの三階に「心斎橋筋二丁目劇場」をオープンさせて以来、一帯には若い女の子らの姿が目立ち始めた。若手の漫才で目下売り出し中の「ダウンタウン」のファン達で、その数は日ごとに増している。彼らを一目見るために、朝早くから何時間も待つ女の子らもいる。

オーナーである正之助としては、客が詰めかけてくれるのは、実に有難い現象である。しかし、いま、自分の会社に戻れないのは、困る。痛し痒《かゆ》しの思いがした。

「一体どこがええのやろか」

立ち止まり、群がる女の子らを眺め回しながら、正之助は呟《つぶや》いた。芸人を見る目はあるつもりだが、この「ダウンタウン」だけは、どこが面白いのか、どうして若い女の子らが騒ぐのか、見当がつかない。

皮肉っぽく、投げやりな喋《しゃべ》り方と、どこにでもいそうな気やすさが、若い女の子らの感性に合うのだろうかと、想像できるぐらいであった。

「さて、と」

いつまでもそこに立ち止まっているわけにはいかない。人ごみをかき分けて正之助が歩きかけたとき、遠藤が前に現われ、

「ちょっと、ごめん、ごめんやっしゃ」

と、人払いを始めた。帰ったものとばかり思っていたのに、後ろから付いてきていたらしい。勝手にボディガード役を引き受けたつもりでいるのかもしれなかった。

正之助は悠然《ゆうぜん》と、それに甘んじた。遠藤の誘導で、女の子らの視線を浴びながら、無事自分の会社へ戻った。


正之助の一日は、おおよそ次のとおりである。

朝は六時に起床し、七時半に迎えの車に乗り、兵庫県・夙川《しゅくがわ》の自宅を出る。そして、大阪・南区の心斎橋筋二丁目にある本社には八時二十分に着かなければ気に入らない。早くても一分、遅くても一分、つまり、八時十九分から二十一分までの間なら、我慢する。

だが、その範囲内から外れると、一日中、不機嫌である。そのため、運転手は苦労する。時速三十キロののろのろ運転で、阪神高速道路を走らなければならない。

九時から午後三時までは、株に没頭する。手持ちの銘柄は三十以上あり、机の上には北浜の証券取引所と連結している端末株価情報機を据えている。それを使って売り買いするのである。

本来の仕事とは違うが、会社のためにいくらかでも儲けたい。そんな気持ちで、正之助は株を手がけている。

ただし、

〈笹《ささ》に刺した鮭《さけ》を、熊が落として歩くようなものやなあ〉

と、思う。折角、稼いでも、すぐに失うのである。

もっとも、この場合、熊よりはライオンと形容するほうが似つかわしいかもしれない。百獣の王――ライオンが、折角、仕留めた獲物を、ハイエナかハゲタカに横取りされてしまう。そのほうがふさわしいだろう。

というのも、古い芸人達は正之助のことを「ライオン」と陰口している。自分もそれを知っているからである。

ライオン――悪くないニックネームだと思う。百獣の王になぞってもらえれば、いいではないか。

昼食はパンと牛乳で、わずか五分ほどですませる。三時から五時半の退社時間までに人に会ったり、副社長の中郡の部屋へ出向いて、お喋りする。

ただのお喋りではなく、ここで会社の基本的な方針が打ち出され、検討される場合が多い。雑談的な話の中から、アイディアが生まれ、具体化されるケースも多々ある。

その席で正之助は、

「これは私の遺言ですよ」

と、口走ることがある。正之助の提案に対して、中邨の結論が遅れると、つい、そう言ってしまう。そのココロは、

『早く結論を出せ』

の催促なのである。

六時半に帰宅すると、まず夕食、そして入浴をすませ、十時には就寝する。しかし、自分の会社の芸人が出演するテレビ番組は、極力見るようにしている。そのため、深夜に及ぶ場合もある。

漫然と楽しんでいるわけではない。どんな仕事をしているか、チェックしているのだ。

面白ければ、次の日、会社で担当の者にそれを伝え、面白くなければ、それもまた担当者に忠告する。芸人の勤務評定をしているのである。

その評定は自分の会社の芸人だけにとどまらず、他社の連中にも及ぶ。プロデューサーとして芸人を見る目には、まだまだ自信があった。

日曜日は家にいても退屈なので、劇場へ行く。やはり、芸人を観察するためである。それにも正之助独特の作法があった。一般の客と同じように、舞台を楽しむような真

似はしない。

　劇場へ出かけると、正之助はまず舞台側から、芸人の背中越しに客席を見る。客の反応を確かめるためである。

　次に客席の後ろのほうへ回って舞台を眺め、もう一度、今度は客席の真ん中に立って目を凝らす。

　一カ所にとどまって見るだけでは、その芸人の持ち味を見抜くのが難しい。もしかすると、ダイヤモンドを秘めているのに、ただの石ころにしか見えないかもしれぬ。角度を変えることによって、そのダイヤモンドのかけらの、そのまた、かけらぐらいが垣間見える場合もあり得る。

　それを期待して、正之助は劇場へ出向き、三回も見る場所を変えるのである。そのときの心境は、金鉱探しにアメリカの西部へくり込んだ男達と、似ていなくはない。

　そうして光るものを発見すると、正之助は次の日、再び確かめに行く。同じ手順で、劇場の中を移動しながら観察する。一回目は光っていても、二回目のときにはもう光らない、という芸人が多いのである。

　二回目でも、やはり、光っている芸人は、見込みありと認め、正之助は担当の者に、

「あれはなかなか、ええやないか」

と、進言する。

それを受けて担当者は、その芸人の起用回数を多くする。舞台やテレビへの出演が増える寸法になっているのだ。

最近、正之助が見つけた例では、夫婦漫才の「宮川大助・花子」がいる。光るものを感じて注目していたところ、またたく間に売れっこの仲間入りした。

自分は几帳面な性格だと、正之助は分析する。それに、おしゃれだとも思う。几帳面でなければ、おしゃれもできない。

もっとも、おしゃれをしなくなると、人間駄目になると、警戒もしている。

ネクタイは毎日取り替え、新品同様に、きちんと箱に入れて保管する。人まかせではなく、自分でそれをしないと気がすまない。

背広も腕時計も、毎日、取り替える。そして、ネクタイと同様、丁寧に扱う。

外観のおしゃれだけではなく、正之助の狙いは多分に精神的な効用にも及ぶ。外側をきちんと整えると、人間は気持ちのありようまで変わる。心の中に一本、筋が入る。しゃんとした精神状態になる。

それこそ、大切な、本当のおしゃれだと考えていた。

煙草は喫うが、酒は呑《の》まない。若いころ、半年ほど呑んだ経験があるものの、便所で倒れてからぴたりとやめた。体質に合わないらしい。

煙草のほうは「マイルドセブン」を、一日に十箱ほど喫う。ヘビースモーカーだが、数を減らすつもりはない。

糖尿の持病があるので、食べものには気をつけ、一日千八百カロリーに抑えている。これだけは忠実に守る。

男性の道具はこの四十年余り、使った覚えがない。倉庫にしまいっ放しで、小便だけの道具になってしまった。持病が災いしているのかもしれない。

ただし、歯も目も大丈夫である。

特に歯は、八十八歳のいまも自前で、歯医者を嘆かせるほどだ。眼光の鋭さも、まだまだ、誰と睨《にら》めっこをしても負けない自信があった。

俗説、歯、目、なんとかは、だから間違いだと言いたかった。

第一景

林正之助を吉本興業の本社まで見送ってから、遠藤重信は新聞社へ戻った。

文化部にある自分の机に向かい、まず一服、ピースライトに火をつけ、深々と煙を吸い込んだ。それを吐き出しながら、机の上を見回した。

さて、どうしようかと思う。

どこから手をつければよいのか、迷う。机の上には何冊かの本が積み重ねてある。それらはすでに二度か三度ずつ目を通し、必要と思えるページのそここには栞《しおり》代わりの紙切れが挟んであった。

まず、山崎豊子の「花のれん」。これは新潮社の文庫本だ。

その下には長沖一《ながおきまこと》の「上方笑芸見聞録」がある。

木津川計の「上方の笑い」。井上宏の「放送演芸史」。秋田実の「大阪笑話史」。笑福亭松鶴「極めつけおもしろ人生」。高橋繁行・鹿島豊共著の「お笑い買い占めまっせ！」。香川登枝緒「笑人閑話」「私説おおさか芸能史」。毎日新聞社の「大阪百年」。それに最近、出版された三冊――堀江誠二「吉本興業の研究」。近藤勝重「やすし・きよしの長い夏」。矢野誠一「女興行師吉本せい」などが重なり合っていた。

その他にも、コピーになっている「林正之助・思い出の演芸史」（林信夫）や、「吉本王国の野望」（近藤勝重）、小冊子「マンスリーよしもと」数冊分、難波利三が別冊文藝春秋に書いた「演芸界の首領《ドン》・林正之助」なども、そばに積んであった。

そして、遠藤が会って話を聞いた正之助や、副社長の中邨《なかむら》、制作部長の冨井、次長の木村らのマイクロカセットテープが十個余り、引き出しに入っている。それらは早急に聞き直して、テープ起こしをしなければならない。

専門の業者に頼むと、一時間もののテープで三万から五万はかかるらしい。安月給の身には到底、無理である。自分でもう一度、聞き直しながら書き留めると、その分、話もよく理解できるだろうから、時間を作って取りかかるつもりだった。

他にも会わなければならない人物が何人かいる。まず一番目は、正之助の娘婿《むこ》で、吉本興業の専務取締役――林裕章、前社長の八田竹男、座付作家の竹本浩三、吉本とは直接的なつながりはないが、演芸に詳しい澤田隆治。元・花月の支配人らにも会いたい。

芸人では、戦後の吉本から誕生した人気者——白木みのる、笑福亭松之助、岡八郎、笑福亭仁鶴、桂三枝、横山やすし、西川きよしらにも会いたいと考えている。

このうち、白木みのると笑福亭松之助には、すでにインタビューを果たし、面白い話をたっぷりと仕入れていた。

以上の題材を、資料をひっくるめて、遠藤はいまから、吉本興業を小説に仕立て上げようと目論《もくろ》んでいる。

しかし、調べれば調べるほど、わけが分からなくなってくる。読めば読むほど、聞けば聞くほど、どこに的を合わせればよいのか、どう料理すればオイシクなるのか、混沌《こんとん》としてくるのである。

巨大な壁が立ちはだかるような、威圧感を覚えるかと思うと、一転して、アメーバーのように摑《つか》みどころがないような気もしてくる。

その壁を、そのアメーバーを、自分の手でどこまで捉《とら》えることができるか。煙草をひねりつぶしながら、遠藤は唇を嚙《か》みしめた。

正之助の実姉——せいの話は、すでに小説になっていた。

山崎豊子が昭和三十三年の上期、第三十九回の直木賞を受賞した「花のれん」に、詳しく書かれている。小説では「多加」となっているが、せいの実像とみなしても間違いではないだろう。何度読み返しても味わい深い名作である。

しかし、正之助は出てこない。

遠藤はいろいろと調べたが、どうやら正之助は、まだ小説にはなっていないらしい。ドキュメンタリーものでは主役として扱われているが、小説には登場しない。

書くのには充分な、いや、充分すぎるほどの材料と、人間的な魅力を持ち合わせているが、まだ誰も手をつけていないのではないか。

正之助は健在で、まだまだ第一線で働いている。この先、どんな仕事をするか分からない。

それを、いまの時点で描くのは難しい。

と、同時に、生きている人物を小説に仕立てると、なにかと、さしさわりも生じかねない。遠慮で、筆が鈍るかもしれぬ。

そこのところのわずらわしさから、書き手が二の足を踏んでいるのかもしれない。びびっているのかもしれなかった。

それなら、自分で書いてやろうと、遠藤は思い立ったのである。幸い正之助は顔見知りだった。少々の悪口なら、見逃がしてくれるだろうという甘えもあった。

しかし、いざ書こうとすると、どこから手をつければよいのか、相手が大きすぎて、ただ戸惑いばかりが先に立った。挙句、いまは夢にまで正之助の顔が出てくるほど、それ一本に神経を吸い寄せられていた。

正之助神話とでもいうのだろうか。遠藤の好きな話が二つある。

その一つは、吉本が経営する花月でのことだ。ある漫才コンビが十五分の持ち時間を十三分ですませて、舞台を下りてきた。たまたま、その場に居合わせた正之助は、自分の腕時計で、それを計っていた。

劇場内での全責任は、支配人にある。正之助は支配人を呼びつけ、いまの漫才は二分足らないと注意した。

「そんなことおませんやろ」

大体、十五分ぐらいは経っていたと、支配人は答えた。

正之助は即座に訊き返した。

「お前のその腕時計、一体なんぼや」

「三万円です」

「俺のは百万や」

それっきり、支配人は返す言葉がなかった。

三万の腕時計よりも百万のほうが正しいとする、そこには厳しい価値判断と、いま一つ子供の喧嘩《けんか》のような、憎めない可笑《おか》しさが漂う。遠藤はその場に居合わせたわけではないが、そのときの正之助の、ガキ大将のような、勝ち誇る顔が想像できるのだ。

「どや。それでも文句あるのか」

「三万対百万なら、しゃないな。こっちの負けや。すんまへん」

言葉にはならないまでも、二人の心の中では、そんなやりとりがあり、片方は勝って当然、片方は負けて当たり前だと、お互いが得心のいく喧嘩だったと思われるのである。

そこに、遠藤は正之助という人間の、持って生まれたユーモア感覚と、明治人の律義さを見るのである。

十五分の漫才を十三分で終わっては、客に対して二分間、嘘《うそ》をつくことになる。商品に偽りあり、になってしまう。

正之助には、それが我慢できないのである。十五分の約束なら、その十五分はきちんと、漫才を演じなければならない。

それがプロの芸であり、金をもらう芸人の務めだと、正之助は言いたかったはずである。

同じように時間不足の舞台の話を、遠藤も最近、耳にした。目下、人気上昇中のある若手の漫才コンビが、余興に出かけたらしい。彼らの持ち時間は十分だったが、次に出演予定の漫才の到着が遅れたため、主催側は彼らに時間の引き延ばしを頼んだ。遅れているのは、彼らの先輩に当たる漫才コンビだった。

しかし、彼らはたった五分間、漫才を演じただけで、さっさと舞台を下りてしまった。客は騒ぎ出し、主催者側は慌てふためく。

が、われ関せずで二人は帰り、その顚末《てんまつ》を自分達のラジオ番組で、得意気に喋る。それを聞いたファンも、よくやったとばかりに喝采《かっさい》する。

とんでもない債務不履行、約束違反、裏切り行為だが、当人達、そうは受け止めていないらしい。自分達は人気者だと、思い上がっているのではないか。それとも、芸のない身をカムフラージュするために、てれ隠しで、虚勢を張っているのか。

いずれにしろ、その場に正之助が居合わせたなら、ただではすまなかっただろう。切腹を命じたかもしれぬ。

正之助神話でもう一つ、遠藤が好きな話は、

「赤字出しなや」である。これは正之助神話というよりも、吉本神話と言い替えるほうが正しいかもしれない。

例えば、吉本興業の若手のプロデューサーが、新しい企画を考えて上役に相談した

場合、その上役は決して、ＮＯとは言わない。

「面白そうやないか。やってみろ」

と、励ましの言葉をかける。よろこび勇んで、若手がその場を離れようとすると、かの上役、背後から歩み寄って肩に手をかけ、

「ただし、赤字出しなや」

と、一言、念を押す。とたんに、若手のよろこびが、どう変化するか。

遠藤はたまたま、その源流に出くわせた覚えがある。正之助と副社長の中邨の二人から話を聞いているとき、なにかの拍子に、

「すべては、この中邨君にまかせているんやが、ただし、赤字だけは出さんようにしてもらわんとな」

と、正之助が呟きを洩らしたのである。

これだな。これが下々まで浸透しているのだなと、遠藤は思った。

しかし、それもつまりは、正之助の律義さの表われである。企業として株式を発行している限り、相当な利益を上げなければ、株主に申しわけないと、正之助は常々、口にする。社員のためにも、所属の芸人達のためにも、そうすることが自分の使命だと、肝《きも》に銘じている。

そこにも明治人の、筋を通そうとする律義さが窺《うかが》え、遠藤はこの話が好きだった。赤字を出さないことは、その仕事が成功したという、なによりの証拠である。成功して稼がなければ、仕事をしたとは言えないのだ。

正之助は明治三十二年一月二十三日に生まれた。十人兄弟の六番目で、干支《えと》は亥《い》である。実家は大阪・船場で米問屋を営んでいた。十一月五日生まれの三女のせいとは、丸九つ離れている。

正之助が生まれた年の十一月、大阪ではペストが大流行し、翌年の末までに百六十一人が発病して、百三十八人が死んだ。その後もペスト騒動はたびたび発生し、ペスト菌を媒介するネズミを、一匹二銭で買い上げるというお触れが出たりした。

主婦の内職が一日五銭から七銭という時代に、ネズミ一匹獲ると二銭になるのである。三匹も獲れば、日当が出る。われもわれもとネズミを追いかけ回し、ネズミを獲って生計を立てる人も出現するほどの騒ぎになった。

「普段は二銭のネズミが、ペストが発生したとたん、四銭に値上がりするんですね。それでバイキンと言うんです」

金馬の落語「藪入《やぶい》り」のマクラに、そういうのがあるぐらい、当時はネズミが金になったという。

　しかし、そんな世間のざわめきも、幼い正之助には無縁だった。いわゆる、船場の「ええしのぼん」である。ネズミを売って儲けようなどという、せこい発想は必要なかった。無論、病気にもかからなかった。

　大正三年の三月、大阪市北区の第一盈進《えいしん》高等小学校を卒業した正之助は、兵庫県・明石にある親戚《しんせき》の呉服屋へ丁稚《でっち》奉公にやらされた。当時、商家の子供はそうするのが慣わしだった。正之助が十五歳のときである。

　その店は手広い商いをしていた。タンスのような大型家具から、石鹸《せっけん》、歯磨きなどの小物まで並べている、いまで言う百貨店のような規模の店だった。

　しかし、正之助は亥年生まれのせいか、向こう意気が強い。喧嘩っ早くもある。

　そんな性格が、のんびりした田舎の人を相手に商売するのは、骨が折れる。買うのか買わないのか、品物を目の前にして長々と思案するので、苛々《いらいら》する。

〈どっちにするんや。買う気があるのかないのか、はっきりしてくれよ〉

　口から出そうになる言葉をのみ込むのに、正之助は苦労した。

　それでも丸四年、十九歳になるまで辛抱したが、それ以上は続ける気がせず、大阪へ戻った。

　実姉せいは明治四十三年四月八日、荒物問屋の若旦那の吉本吉兵衛に見初められ、結婚している。吉兵衛は正之助らの実家へ金を借りにきて、せいに一目惚れしたらしい。

吉兵衛は二十五歳、せいはまだ二十歳の若さだった。そのころ、大阪の商家の旦那衆の間では、お気に入りの芸人を連れ歩いたり、小遣いを与えたり、着物を買ってやったり、あるいは自分も舞台へ立つ、というような遊びが流行《はや》っていた。芸人道楽である。

娶《めと》ったばかりの若妻に家業をまかせて、吉兵衛もその芸人道楽にうつつを抜かすようになった。挙句、せいが商売で稼ぐ金よりは、吉兵衛の遣うほうが多くなり、荒物問屋「箸吉」は破産に追いやられた。

そして、大阪・上町の店を売り払い、夫婦は天満宮の近くの長屋へ引っ越す破目になった。

せいの夫——吉兵衛は芸人道楽が高じて、ついには自分で一座を組み、地方巡業に出かけたりする。店が倒産したときも、旅回りの最中だったらしい。

この時期、せいは針仕事の内職で家計を支えている。実父からは、先の見込みがないから別れてしまえ、と言われていた。

一時期はせいの実家にも身を寄せ、旅回りから戻った吉兵衛も、そこへ転がり込む有様だったが、金を入れるわけではないから、実家としても持て余していたと思われる。

そのころの、いざこざや、せいの悩みは、正之助少年にも薄々、感じられたことだろう。姉より十歳下だから、十一、二のときである。大人の話に興味を覚える年頃だった。

吉兵衛・せいの夫婦が天満天神裏の「第二文芸館」を買収し、オープンさせたのは、明治四十五年四月一日である。結婚してから丸二年後のことだった。

正之助はそのとき、満十三歳になっている。が、無論、口出しできる歳《とし》ではなかった。

第二文芸館を手に入れるために、せいは金策に走り回り、実家からも借りている。二百円とも五百円ともいわれる資金のうちの、何割かは実家から用立ててもらったが、そのやりとりの気配は、正之助少年にも充分伝わった。

針仕事の内職をしていた身が、寄席の興行に乗り出そうというのである。金もないのに、ずいぶんと思い切った発想だが、それを言い出したのは、せいだと伝えられる。

夫は芸人道楽のはて、財産を失ってしまった。自らも舞台に立つぐらい、芸事が好きである。それなら、いっそのこと、好きな芸を商売にすればいいのではないか。好きな世界なら、熱心にもなるだろう。

せいにはそんな思惑があったらしい。

〈芸人で失ったものを、今度は芸人で取り戻してやろう〉

二十二歳の若妻が、そこまで強い決意を秘めていたとは思えない。が、これまで夫が入れ揚げてきた芸人とのつながりが、寄席を開けば逆に財産として生きてくるかもしれない。それぐらいは考えたことだろう。

これには異説があり、それはせいを女傑《じょけつ》として美化するための、後年の作り話だとしている。

一座を組んで旅回りをしていた吉兵衛が、第二文芸館が売り出されているのを知って、せいを口説《くど》いたのが自然である、との解釈だが、遠藤としてはこの説も充分に納得できる。

寄席興行とは全く無縁な世界で暮らしてきた二十二歳の若妻が、いきなり経営に乗り出すのは、それこそ不自然である。

しかし、そこに一つ、せいの愛、夫の吉兵衛を、愛してやまない心を添加して考えると、あり得ることに思えてくる。

夫の道楽を、なんとかしてやめさせたい。一座を引き連れて旅に出るのを、引き止めたい。旅先ではなにをしているか、分からない。どんな小さな劇場でもいい。目の届くところに引き止めておくには、どうすればよいか。舞台に立つことができれば、夫はよろこんで自分のそばにいてくれるのではないか。

つまり、夫への愛と、女としての嫉妬《しっと》心がからみ合って、せいを寄席興行へ駆り立てたと、考えられなくはない。経済的な苦労はともかく、結婚二年目といえば、若妻にとっては夫のすべてが、いとおしくてならない時期だろう。

いずれにしろ、吉本興業（当初は吉本興行部として発足）の誕生は、借金からの出発だった。

そのころの大阪における寄席演芸は、落語が全盛であった。本格派の桂派と、落語の間に音曲や曲芸、踊りなどを挟む三友派が、対立しながらも人気を博していた。

両派の落語に対する流れとして、岡田政太郎という人物が率いる反対派があった。この岡田は風呂屋で成功し、上本町の富貴席を手に入れてから急速に勢力を伸ばしていた。

上手も下手もない、木戸銭が安くて楽しければよい、というのが売りものの一派だった。

吉兵衛・せい夫婦は、この反対派と手を結んだ。第二文芸館の出演者の顔ぶれは、次のとおりであった。
落語——桂輔六、桂金之助、桂花団治、立花家円好
色物として、
物真似——友浦庵三尺棒
女講談——青柳華嬢
音曲——久の家登美嬢
剣舞——有村謹吾
曲芸——春本助次郎
琵琶——旭花月
怪力——明治金時
新内——鶴賀呂光、若呂光、富士松高蝶、小高
軽口——鶴屋団七、団鶴
義太夫——竹本巴麻吉、巴津昇
女道楽——桐家友吉、福助
などである。落語以外は色物扱いだった。
この時期、まだ漫才は生まれていない。

軽口というのは、大阪の仁輪加《にわか》から転化したもので、掛合噺《かけあいばなし》とも称される対談形式の演芸である。

遠藤も見たことはないが、今日の漫才の母胎と考えてもさしつかえはないだろう。東京では「豆蔵」と言ったらしい。

怪力はその字のとおりの力自慢で、明治金時と付けた芸名に、いかにも時代が感じられて面白い。

女道楽とは三味線を弾いたり、歌を歌ったり、踊りを踊ったりして、口も達者という、女芸人のことである。

いまの女漫談や三味線漫談よりは、はるかに賑やかな芸らしい。琵琶や義太夫が寄席の出しものに連なっているところにも、やはり、時代が偲《しの》ばれる。

これらのほとんどが、二流、あるいはそれ以下の芸人だった。それだけに、安く使えるメリットがある。

第二文芸館の木戸銭は五銭だった。落語の寄席はその三倍の十五銭を取っていた。三分の一の入場料で面白いものが見られれば、客はよろこぶ。

大体、一流の芸というのは、特に落語の場合、練りに練られて、無駄が削ぎ落とされている分だけ、見方によっては面白味に欠ける。通《つう》にはそれがたまらない魅力だが、通でない一般の大多数には、そこまで深い芸を味わいたいという欲求はない。

岡田政太郎の狙いどおり、安くて面白ければ、それでよしとする傾向が強い。なにごとによらず、この安いというのが大阪人の体質に合うらしい。例えば食べもの屋にしても、安くてうまければ、間違いなく繁盛する。

その伝で、第二文芸館は大入り満員になった。

安くて楽しく、面白いものを、という、このときの考えは、それ以後、今日までの吉本興業の、精神として生かされ、受け継がれていると、遠藤は思う。

金をかけて面白いものを見せるのなら、誰でもできる。

金をかけずに、いかに面白いものを見せるか。客を満足させるか。

それでこそ、プロの仕事である。

そういう、吉本イズムとでも称すべき思想は、創業の初めから、すでに芽生えていたのである。

第二文芸館が一流の劇場というにはほど遠く、一流の芸人が出演したがらないという事情や、吉兵衛・せい夫婦に一流を呼ぶほどの器量も資力もなく、岡田政太郎と手を結ばなければならなかったとしても、その時点での、その判断は、いまにして思えば正解だった。

周りの状況から、やむなく苦肉の策を選んだのではなく、このとき、この若夫婦は、案外、哲学を持っていたのかもしれない。

興行は安くて面白くなければならない。そうすれば、客は必ず入る。

それこそ、一座を組んで地方巡業に出た経験のある吉兵衛が、身をもって学んだ奥義だったのかもしれない。

第二文芸館は定員をはるかに上回る、大入り満員の日が続く。せいは一人で何人分もの働きをした。

客を整理するお茶子の役から、芸人の身の回りの世話、そして売店の売り子まで引き受けた。

この時期のせいの思いつきで、いまも伝説的に語り伝えられているのは、冷やし飴《あめ》の売り方である。

それまでの冷やし飴は、瓶《びん》ごと四斗樽《だる》に放り込み、氷の塊りを入れて冷やしていた。だが水の触れ具合で冷えたり冷えなかったりする。そのため、冷えの足らない瓶が当たった客は、文句を言う。

それではいけない。万遍なく冷やす方法はないだろうかと、せいは考えた。そして、氷の上に直接、瓶を並べて、ゴロゴロと転がすことにしたのである。

コロンブスの卵だが、そのわずかな、ほんのちょっとした血のめぐりのよさに、せいという女性の商才のほとばしりが窺《うかが》える。並みではない能力のほどが垣間見える。

今日でも夏場、縁日や夜店には必ず冷やし飴売りが出現し、

「冷やこうて甘いで、冷やこうて甘いで」

と、氷の上で瓶を転がしながら独特の売り声を張り上げているが、その元祖はせいなのである。

客の喉《のど》が渇くような、あられ、おかき、酢こんぶ、焼きイカなどを売る。喉が渇けば、冷やし飴やラムネなどの飲みものも売れる、という寸法だ。

また、冬場、客が食べ散らかしたミカンの皮が、客席のあちこちに捨てられているのに目をつけ、乾燥させて薬問屋へ売った。陳皮《ちんぴ》と称して、これは痰《たん》の切れをよくしたり、咳《せき》を鎮めたり、発汗作用を促したり、あるいは胃を丈夫にする効能がある。

身内などから借り集めた金を、一日でも早く返さなければ、という思いが、せいを駆り立てていたのかもしれないが、単にそれだけではなく、もって生まれた商売上手のなせるわざだろう。

せいの才覚と奮闘によって、吉本の芽は急速な成長をとげつつあった。

明石の奉公先から大阪へ戻ってきた正之助が、姉夫婦の寄席の仕事を手伝うようになったのは、大正七年の秋である。十九歳のときだった。

明治四十五年の四月にスタートした姉夫婦の事業は、七年の間にずいぶん大きくなっていた。天満天神裏の第二文芸館に続いて、松島の芦辺館、福島の龍虎館などを次々と買収し、数を増やしていた。

その勢いに煽《あお》られて、落語は力を失い、桂派も三友派も四苦八苦の状況に追いやられた。

安くて面白いものを、という主義主張が、見事に適中したのである。客は岡田政太郎と吉兵衛・せい夫婦のほうへ味方したのだ。

正之助が手伝い始める少し前、姉夫婦は法善寺裏にある金沢亭を手に入れていた。

そこは桂派のホームグラウンドとして、永年栄えてきた格の高い寄席だった。

近くに三友派の紅梅亭があり、そちらに客を奪われるようになったため、手放したのだが、その三友派にしても、すでに堀江や平野の定席を売り渡していた。

安くて面白い新興の舞台に、伝統芸の落語が苦境へ追い詰められていったのである。

いや、もう勝負あったと言える状態かもしれなかった。

金沢亭の売り値は一万五千円だった。売りに出すぐらいだから、当然、客足は遠のいている。

にもかかわらず、吉兵衛・せい夫婦が有り金をかき集め、借金までして手に入れようとしたのは、二人の執念だった。手持ちの寄席は、数こそ増えている。しかし、第二文芸館を初め、それらはいずれも一流の劇場《こや》ではない。端席でしかない。

そのため、夫婦はいつか必ず、一流の場所に一流の寄席を持ち、一流の芸人を使いたい、という夢を持っていた。その夢を実現するために、大金をはたいて金沢亭を買い取ったのである。

自分達のものになった金沢亭を、夫婦は「南地花月」と改称する。花月の名付け親は、桂太郎という売れない落語家で、

「花と咲きほこるか、月とかけるか、すべてを賭けて」

という意味が込められているらしい。法善寺という場所柄をわきまえた、色香のある命名である。

三度も首相になった桂太郎と、同じ芸名を付けたこのとぼけた落語家は、商売替えして八卦《はっけ》に本腰を入れておれば、大成したかもしれない。実際、八卦も見ていたらしい。

日の出の勢いとでも形容できそうな、昇り調子の事業に、正之助は加わったのであ

る。亥年《いどし》生まれで向こう意気が強く、喧嘩っ早く、しかも十九歳という若さだ。姉夫婦にとっては、実に扱いやすい味方に映ったことだろう。仕事の性格上、正之助のような気性は最適だったのではないだろうか。

法被《はっぴ》に前掛け姿で、正之助は追い立てられるように使われた。下足番から木戸番、それに寄席の表の装飾係、芸人の監視役、お茶子の指揮など、一人で何役もこなさなければならなかった。

姉夫婦の仕事を手伝い始めた正之助は、「吉本の若」とか「ぼん」、あるいは二つ一緒にして「若ぼん」と呼ばれるようになった。

後年「ライオン」というニックネームを奉られて、芸人達から恐れられるようになったが、そもそもの発生は、柔らかく、どこか人の好さをイメージさせる、こんな愛称が付いていたのである。

今日、正之助を「ぼん」とか「若ぼん」と呼ぶ芸人は、もう残っていない。

いや、ただ一人、浪曲の広沢瓢右衛門《ひょうえもん》だけは、いまでも「ぼん」と呼ぶ。瓢右衛門は正之助より二つ歳上の、明治三十年（一八九七）生まれである。

しかし、吉本の若ぼんは、その言葉の響きのひ弱さとは全く逆で、向こう意気が強く、喧嘩っ早い。亥の干支に似つかわしく、思い込んだら一直線に突っ走る性格だった。

興行の世界はヤクザがからむ。ことに吉本は寄席の買収を重ねて急成長をとげつつあるだけに、連中とのいざこざも頻繁だった。

そういう場合、吉兵衛は表に出ず、妻のせいに対応をまかせた。当時のヤクザ者達は、女子供や素人衆に手出しすることを、恥と心得ているところがあった。

それを逆手《さかて》にとって、吉兵衛はせいを前面に押し立てていたが、それでも決着がつかないときは、正之助に出番を命令した。

「おい。話をつけてこい」

義兄に言われて、正之助はヤクザ者と何度も渡り合った。

安来節《やすぎぶし》が全盛のころ、こんなことがあった。大阪・ミナミのある親分が、吉本の劇場に出演している芸人達全員を、舞台が終わった後に呼び集め、新世界で肉を食べさせた。その席で親分は、

「お前ら、一日に何回も舞台に立たされて、こき使われているが、それでもええんか」

と、煽動《せんどう》した。

「俺の言うとおりにしたら、らくになるぞ。もっとええ待遇にしたるで」

親分には芸人を引き抜こうという魂胆があったらしい。

情報をキャッチした正之助は、ただちに新世界へ出向いた。誰も連れず、単身で、刃物類などはいっさい、身に付けていない。

数を頼めば、かえって話がもつれる恐れがある。相手もいきり立ち、喧嘩を大きくさせてしまう。

それよりも、一人で乗り込むほうが、話は早い。身軽だし喧嘩もやりやすい。相手に与える威圧感も、大勢で押しかけるよりは一人のほうが、かえって大きいはずだった。

もっとも、正之助がそこまで計算して喧嘩をしていたわけではない。情報を耳にしたとたん、直情に飛び出したまでのことである。

正之助が駆けつけたときは、親分は長火鉢の前であぐらを組んでいた。周りには子分らが控えている。腕まくりして入れ墨を誇示する者もいた。

「なんちゅうことをしてくれるんや」

向き合う場所へ座り込み、正之助は文句を言った。

そのとたん、

「なにを、この野郎」

と、親分は声を荒げ、手元にある火箸《ひばし》を握り締めた。そして、正之助を睨んだ。子分達もいっせいに身構えた。

「この野郎とは、なんや」

正之助は睨み返した。座ったままで、腰は上げなかった。

「突けるものなら、それで一ぺん、突いてみろ」

ぐいと、正之助は身を乗り出した。長火鉢越しに、親分に迫った。

気迫に圧倒されたらしく、親分は火箸を握り締めたままであった。もし、本当に突く気配を見せたら、その手を払い除《の》けて飛びかかってやる。正之助はそう考えていた。

さすがに額には、脂汗《あぶら》がにじんだ。

喧嘩は正之助の勝ちだった。

以後再び、その親分は吉本の芸人に誘いをかけるような真似はしなくなった。

今日、仁俠ものの映画で見受けられるような場面が、正之助の身辺では現実に発生した。それも一度や二度ではなかった。

正之助が亥年の生まれでなければ、つまり向こう意気の強さや、度胸のよさがなければ、吉本は大きく形を変えていたことだろうと、遠藤は推察する。

今日の隆盛は、なかったかもしれない。

ヤクザ者達は正之助に一目置いていた。その背景には、日の出の勢いの吉本への思惑もあっただろう。下手に手出しして「吉本の若ぼん」を怒らせては、後々に自分達の得にはならない。

彼らなりの、そんな計算も働いていたかもしれない。

しかし、単にそれだけではなく、正之助は本質的に喧嘩強いのだと、遠藤は分析する。八十八歳のいまでも、眼光が鋭いが、若いころは当然、いま以上に鋭い目の光り方をしていたはずである。

それはそのまま、気性の激しさ、喧嘩強さの証拠だと思われるのだ。

その強さで迫られると、ヤクザの親分といえども、迂闊《うかつ》に手が出せなかったのだろう。

〈こいつ、なにをしよるか分からんぞ〉

ヤクザの親分も、その眼光にたじろいだのかもしれない。

正之助が喧嘩に弱ければ、ヤクザ者だけではなく、他の興行主からも狙われて、吉本の発展地図は間違いなく様変わりしている。義兄に指図されて、正之助は身をもって、危なっかしい場面を、修羅場をいくつもくぐり抜けなければならなかった。

そして、そのたびに、吉本は着実に大きくなった。地歩を固め、一歩ずつ前進してきたのである。

姉夫婦の下で、そういう裏の部分の処理をする一方、正之助はプロデューサーとしても活動し始めた。出雲《いずも》へ安来節の芸人を探しに行くように言われたのである。大正十一年、二十三歳のときである。姉夫婦の仕事を手伝うようになって、四年目のことだった。

出雲へ発つ前、吉兵衛は正之助に三つ揃いの背広を新調してくれた。法被に前掛けがお決まりのスタイルであった正之助が、生まれて初めて着た洋服だった。

「ええか。お前が自分でええと思うた芸人を買《こ》うてこい」

正之助の芸人を見る目がどの程度のものか、吉兵衛は試す気があったかもしれない。わざわざ、出雲まで乗り込んで行く正之助としては、身の引き締まる思いがした。失敗は許されない。なんとしてでも、商売になる芸人を探さなければならなかった。

出雲地方へ出かけた正之助は「手見せ」と称するオーディションで、これはと思う安来節の芸人を探した。

声のいい者、節回しの上手な者、それに顔立ちのよい娘、というのが正之助のオーディションの規準になっていた。

そのため、かなり札びらも切って見せたので、

「大阪の吉本の若様がきんさった」

と、大歓迎された。

安来節の歌詞は歌い手によって、いくらでも創作できるし、中には色っぽく、きわどい文句もある。それに「ドジョウすくい」というユーモラスな踊りが付いていたり、銭太鼓の賑やかな伴奏があったりするから、聞いても見ても楽しい。

正之助が出かけた当時、その地方には渡部お糸という安来節の名人がいた。お糸は東京でも名を知られ、売れるようになるが、その、お糸にノドを見込まれ、弟子の形になって教えを受けた芸人に、遠藤お直という女性がいる。

お直も後年、師匠のお糸と並べられるほどの名人になり、黄綬褒章も受章しているが、吉本はこのお直との結びつきが深かった。

初めは同じ一座にいたお糸とお直が、そのうち分かれ、お直も一座を持つようになる。お糸の一座は全国巡業が中心であったのに対して、お直のほうは都市の寄席回りが主体になっていた。

お直を吉本へ引き入れたのは、正之助ではなく、姉のせいらしい。正之助が出雲へ乗り込む何年か前、すでにせいは安来節に目をつけていたのである。

これも後年、お直は自分の全盛時代を述懐して、出雲弁でこう話している。

「吉本では一晩に私の名が三軒ぐらいの小屋に出ちょうました。幽霊をこしらえて、看板かけて。だあも、私が全部には行かんから、お直がいないだないかと、客が怒る。吉本のご寮人《りょん》さん（せいのこと）が、頼むから行ってやってくれ、というけれど、そんな掛け持ちしたところで体が持たん。じゃあ、自分のうちの車を出すけん、体に障《さわ》ることはさせんからと言うので、やったわけです」

お直の売れっこぶりもさることながら、いかに安来節が持てはやされていたかが、この一事を見ても明らかである。

せいにはずいぶん目をかけられたらしく、

「ご寮人さんには可愛がられました。お前はいつもいつも、無理ばかり言うてるな。ほんまに往生するな、と言いながらも、頼みを聞き入れてもらっていました」

とも話している。

この無理というのは、多分、金のことだろうと推察される。二十三歳で夫に死なれ、三人の子供を育てながら、しかも一座を切り回していたお直としては、経済的には相当、苦しかったことと思われるのである。

月給三百円の高給取りのお直を、柳家金語楼が妬《ねた》んだという話も残っている。

このお直には、葉巻きと白足袋がトレードマークだった宰相――吉田茂とのロマンスもあったらしい。

外務官僚時代の吉田茂が、せっせと寄席に通い詰め、

「わしは男の子が欲しい。お直さん、腹を貸してくれんか」

と、口説いたとか。

別荘でデートを楽しんでいた気配もあるから、いまなら、写真週刊誌の餌食《えじき》にされたことだろう。

渡部お糸や遠藤お直の他にも、安来節の名人と称せられる人は何人かいる。

だが、それらはすでに、どこかの興行主に組み込まれており、正之助が出雲へ出かけたころは、もう残りものしかなかった。

一流は無論、二流三流どころも売れていて、あとは素人か、それに近い顔ぶれしか残っていなかった。

つまり、残りものの中から、宝物を探すのである。売れそうな、人気の出そうな芸人を見つけなければならない。そういう任務を帯びていたのである。

正之助が目をつけ、スカウトしてきた芸人は、いずれも客の評判がよかった。舞台は大当たりを取った。

美声で、節回しが達者で、顔立ちがよい、という三つの規準に、狂いはなかったの

である。残りものの中からでも、小まめに探せばまだまだ宝物は発見できたのだ。

正之助のプロデューサーとしての初仕事は大成功を収めた。二十三歳の若さで、安来節という一地方の民謡のよさが、理解できていたとは思えない。歌の本質が、芸の真髄が分かるはずもないだろう。

しかも初めての芸人探しである。買付けである。気負いと戸惑いで、正之助の精神状態は相当、動揺していたのではないかと思われる。

ヤクザ者を相手に渡り合う場面とは勝手が違うので、さぞ、やりにくかったのではないか。啖呵《たんか》の一つも切るほうが、まだ、らくではなかったかと、遠藤は想像する。

それにもかかわらず、正之助の連れてきた安来節の芸人が人気を呼んだのは、なぜか。当たりを取ったのは、どうしてか。

それはもって生まれた、正之助の才能のなせるわざだと、遠藤は思う。二十三歳の若僧に、芸のなんであるかは分からなかったかもしれない。また、分からなくて当たり前だろう。

しかし、芸は分からなくても、それがはたして売れるのか、売れないのかは、一目で見抜く。売れる芸人か、売れない芸人か、評判になるか、ならないかの判断は、即座に下せる。

正之助にはそんな才能が備わっている。才能というよりも、むしろ、本能的な勘、動物的な勘と言うほうが正しいかもしれない。

芸とは、マスターベーションではない。

少なくとも、それを生業《なりわい》としている限り、客に見てもらわなければならない。一人でも多くの客に、楽しんでもらうほうが、演じる側としても、うれしいだろう。やり甲斐があるだろう。

少数の通《つう》によろこんでもらう名人芸を十とするなら、客を多く集めるだけの芸は、五かもしれない。芸の巧拙から判定すれば、それ以下になるかもしれない。

だが、見方を変えれば、一人でも多くの客を集めるという事実だけで、その芸は通の好む芸よりも、むしろ、上位にランクされるべきかもしれぬ。大多数に評判のよい、そっちのほうこそ、本当は通の芸を上回る芸の力を持っているのだ、とも言える。

芸とは、商業演芸とは、一人でも多くの客を集めてこそ、その芸が本物として評価される宿命にある。そこに狙いを定め、嗅《か》ぎ分ける正之助の嗅覚《きゆうかく》は、第一回目のプロデュースのときから、冴《さ》えていたのである。

二幕目

遠藤の机の上の電話が鳴った。

受話器を取ると、交換台が、

「西垣さんという女性の方から、お電話です」

と、知らせた。

〈西垣？　女性？〉

遠藤には思い当たる顔がない。だが、丁度、原稿がひと区切りつき、煙草を喫いかけていたときだったので、つないでくれるように頼んだ。

すぐに相手の声が聞こえた。

「遠藤さん、ですか」

「そうですが」

「私、西垣という者ですが、お仕事中にお電話なんかして、すみません」

若い女性らしい。遠慮気味に話した。

「で、ご用件は」

「あのう、正之助、林正之助さんのことについて、お話したいことがあるのですが」

遠藤はいま、ある新聞に正之助の話を書いている。西垣という女性は、それを読んでいるらしい。

「電話では長くなりそうなので、よろしければ、お目にかかってお話したいのですけど」

「いいですよ」

遠藤は承知した。正之助に関することなら、どんな話でも聞いておきたかった。

西垣という女性は堺市に住んでいるので、天王寺近辺で会うのが都合がよいと言う。そこで遠藤は、今日の夕方六時、天王寺の都ホテルの五階ロビーで待ち合わせることにした。

「私、ベージュのスーツで、同じ色のハンドバッグ、持っています」

「じゃ、僕のほうは新聞社の名前が入った大封筒を提げて行きますよ」

お互い目印になるものを言い合って、電話を切った。

遠藤は煙草を咥《くわ》えた。正之助について、一体どんな話を聞かせてくれるというのか。

声の感じでは、二十四、五。三十にはなっていない印象である。八十八歳の正之助から見れば、孫の年格好になる。

〈まさか、隠し子ではないだろうな。そうだとすると、話は面白くなるが〉

遠藤は妙な期待を抱いた。

しかし、正之助は糖尿で、もう四十年余り、男の道具は使っていないと、いつか話していた覚えがある。それを真に受ければ、二十四、五の隠し子はあり得ないことになる。

それとも、それは外交用の煙幕で、本当は達者なのか。六十いくつで子供を作った俳優もいるぐらいだから、決して不思議ではないだろうが。

約束の時間に、遠藤は天王寺の都ホテルへ出かけた。天王寺博覧会の残りの日数が少なくなっているせいか、この辺りは人が多い。ラッシュ時でもあり、駅の構内は混雑を極めた。

エレベーターに乗り、五階で扉が開くと、正面のロビーのソファに座っている女性が、遠藤の目についた。ベージュのスーツ姿である。遠藤の視線に気づいたらしく、相手は立ち上がり、歩み寄った。

「西垣、さんですか」

遠藤のほうが先に声をかけた。

「はい」

素直に答え、大きな目を真っ直ぐ、遠藤に向ける。鼻筋の確かな、美しい顔である。

遠藤はふと、まぶしさを感じた。喫茶コーナーへ誘う声が、うわずった。

暗くなった窓の外に、通天閣が浮き上がって見える。天王寺博覧会の会場にも明かりがきらめき、プラチナ色のパビリオンが未来都市のような輝きを放った。

遠藤は西垣という女性と向き合って座った。コーヒーを注文してから、

「私、西垣映子と申します」

と、改めて名乗ったので、遠藤も自分の名を言った。

「正之助さんの話というのは、どんなことですか」

煙草に火をつけながら、遠藤は問いかけた。煙を透して、西垣映子の美しい顔を窺った。

「私のお婆ちゃん――祖母が、むかし、正之助さんと知り合いだったみたいです」

「なるほど」

遠藤は頷《うなず》いた。知り合いといっても、どの程度の知り合いだったのか、それが問題である。

「祖母は島根県の出身で、若いころ、安来節が上手だったようです。それで、正之助さんが出雲へこられたとき、目にとまり、吉本に入れてもらって、あちこちの舞台に立ったそうです。そのころの思い出を、祖母はこれに書いているのです」

ハンドバッグと、もう一つ、西垣映子は膝《ひざ》に載せていた紙包みを開き、本を取り出してテーブルに置いた。

「祖母は文章を書くことが好きで、むかしから日記のようなものをつけていたのだけど、去年、米寿を迎えたとき、それをこの本にまとめて自費出版したのです」

去年、米寿とすると、正之助よりは一つ年上になる。

「この本の〝想い出の人〟という章に、林正之助さんのことが書いてあるのです」

西垣映子は本をそっと押しやった。遠藤は煙草をもみ消して手に取った。

ハードカバーの、豪華な作りの本である。タイトルは金文字で「想い出の彼方」となっている。著者名は梅本キヨとなっていた。

「いいですか」

「どうぞ」

断わってから、遠藤はページを開いた。西垣映子はコーヒーを手元に寄せ、シュガーを入れた。

本人らしく、第一ページには顔写真が載っている。シワは隠しようがないが、髪を綺麗に撫《な》でつけ、真っ直ぐに正面を向く顔には、品がある。若いころは、さぞ美人だっただろうと思われる。目から鼻へかけての線が、西垣映子と似ているようであった。

――人生の一つの区切りに、自分の歩んできた道を、想い出のままに記してみることに致しました――

そういう書き出しの「出版の言葉」があり、目次には何項目かが並ぶ。遠藤は「想い出の人」の章をめくった。

しかし、そのページはかなり長い。正之助さん、と、さん付けで書いた個所がいくつも目につく。

遠藤が走り読みしかけると、西垣映子はコーヒーカップをテーブルに戻しながら、

「よろしければ、その本、もらってやって下さい。うちにはまだ何冊かありますから。読んで頂くと、お婆ちゃん、よろこぶと思います」

と、言った。

遠藤としてもゆっくり読みたいので、西垣映子の申し出は有難かった。ページを閉じて、コーヒーに口をつけた。

「で、その、あなたのお婆ちゃんと林正之助さんとは、どの程度の知り合いだったの

ですか」

最も関心のあるところへ、遠藤は質問を向けた。西垣映子は、少しの間、沈黙した。それから、口を開いた。

「お婆ちゃんにとっては、正之助さんが憧《あこが》れの人だったみたいです。私が本人から聞かされた話や、その本に書いてあることから想像すると、いまでもまだ憧れているみたいです」

「憧れ、だけですか」

遠藤は訊き返した。

「と言いますと」

西垣映子のほうも逆に問い返す。

「いや、その、二人がむかし、親しい友達同士であったとか、恋人同士だったというような、そんなつながりはなかったのですか」

浅ましい探りを入れているなと、自分でも気づきながら、遠藤は二本目の煙草に火をつけた。新聞記者の習性かもしれなかった。

「うちのお婆ちゃんのほうが一方的に好意を抱いていたようで、正之助さんには相手にしてもらえなかったみたいです」

可哀相にと、西垣映子は付け加えた。

「もしかすると、正之助さんという人が、お婆ちゃんにとっては、初恋の人だったかもしれません」

そんな呟きを洩らした。

正之助が出雲へ出かけたのは、二十三歳のときである。西垣映子の祖母——梅本キヨはそのとき、すでに二十四歳になっているはずだから、その齢での初恋は不自然だろう。

しかし、二人の年齢的な問題が、若い西垣映子には分からないのかもしれなかった。

「とすると、正之助と、あなたのお婆ちゃんの間には、なにもなかったのでしょうかね。男女の仲には発展しなかったのですか」

またも、あくどい質問だと思いつつ、遠藤は切り出した。

ただの憧れの人や初恋の人だけでは、期待外れである。話としての面白味に欠ける。

西垣映子は困惑した表情になった。

「そんなことはなかったみたいです」

一つまばたきして、彼女は答えた。それにもかかわらず、遠藤はさらに質問を重ねた。

「あなたにお目にかかる前に、僕は勝手な想像をしていたのですよ。もしかして、あなたが正之助の隠し子ではないかと」

「まあ」

西垣映子は驚きをあらわにした。

「それは外れたようだけど、例えば、あなたのお婆ちゃんと正之助との間に子供が生まれて、その子があなたの親、つまり、あなたの体の中にも正之助の血が流れている、というような話があればと思ったのですがね」

毒喰わば皿までの心境になり、遠藤はなおも切り込んだ。

そのとたん、

「失礼します」

と言い残して、西垣映子は席を立った。

〈言い過ぎたかな〉

遠藤は改めて梅本キヨの本を手に取りながら、冷えたコーヒーを啜《すす》った。

梅本キヨという女性が、どの程度の芸人だったのか、遠藤は手元にある当時の資料を丹念に調べたが、分からない。

安来節の芸人の中に〝おキヨ〟という名前は発見できなかった。

ほとんど無名に近く、名人――遠藤お直の前座で歌っていたのかもしれない。

だが、西垣映子にもらった梅本キヨの「想い出の彼方」の中には、面白い記述があった。

安来節の芸人を探しに、出雲地方へ出かけた正之助をめぐって、その地ではもろもろの騒動があったらしく、梅本キヨは、

「恥をさらすようですが」

と、前置きして、次のような顚末を記している。

吉本の若様が地元の有力者の離れ座敷に泊まった夜、キヨは父親にけしかけられて〝夜這《よば》い〟に行ったらしい。

「ええかの。吉本の若様の子だねをもらうだで。そうすりゃ、一生、安楽に暮らせるけに」

兄妹が多く、キヨの家は貧しかったので、父親はそう言い聞かせて、手を引っ張るようにして連れ出した。

キヨはその日の「手見せ」で、正之助とは顔を合わせていた。さすがに大阪の男の人は、アカ抜けしている。キヨの周りの、村の男達とは違う。背広姿も珍しく、よく似合っているので、役者ではないかと思うほどであった。

いつものなにを、どう歌ったのか、声がうわずって、いつもの調子が出ませんでした。一目惚れしたのかもしれません」

キヨはそう書いている。正之助は田舎娘の心を捉えたらしい。

だから、父親に言われて夜這いに出向くとき、キヨは複雑な思いだった。女のほうから、そういう振舞いに及ぶなど、とんでもない。

逃げ出したいほど恥ずかしい気がする一方、本当に子だねをもらえたら、という感情ものぞく。

父親の言うように、生涯、安楽に暮らすことができるため、ではない。

昼間、顔を合わせた大阪の男性――吉本の若様に好かれたい。抱かれたかった。

だが、恥ずかしくもある。女のほうから、行動に出るなんて――。

月明かりを頼りに、父親の後ろに従って田舎道を歩きながら、キヨの心の中では迷いの嵐が吹き荒れた。

もし、吉本の若様に嫌われたら、どうしよう。村の人達に知れたら、どうしよう。

有力者の家の離れ座敷へ近づくにつれ、キヨは不安をつのらせた。

「わしが雨戸をこじ開けてやるけに、お前はそこから忍び込め」

父親は念を押した。キヨはわけもなく頷いた。その先、どうすればよいのか。さすがに父親も、そこまでは教えなかった。

しかし、離れ座敷のそばには先客がいた。縁側にうずくまる影があり、向こうもこちらに気づいたようだった。

キヨを待たせて、父親は影のほうへ歩み寄った。なにごとか、小声で言い争っていたが、次の瞬間、殴り合いが始まった。

「やめて。お父さん」

どこに隠れていたのか、女の子が飛び出して止めに入った。それは昼間、キヨと一緒に「手見せ」を受けた隣り村の女の子だった。

隣りの村の女の子も、キヨと同じように、父親に連れられてやってきたらしい。

吉本の若様――正之助に、夜這いを仕掛けようとして、様子を窺っていたのである。

それがかち合ったので、父親同士が喧嘩を始めたのだ。

「うちの娘が――」

「いや、うちの娘のほうが――」

子だねを欲しがる父親達の思惑が衝突して、殴り合いにまで発展したのである。さもしい争いだった。

離れ座敷で寝ていた正之助が、外の騒ぎに気づいたらしい。雨戸を開ける気配があり、部屋の明かりがこぼれ出た。

「逃げろ」

父親の声がしたので、キヨは慌てて、茂みのかげにうずくまった。父親達も殴り合いをやめ、素早く身を隠した。隣り村の女の子も、どこかへ消えた。

「手見せ」の結果は、明日、知らされることになっている。その前夜に、怪しい振舞いをしていたことが正之助に知れると、なにもかも駄目になる恐れがあった。

縁先に出た正之助は、ひとわたり、闇《やみ》を見回した。寝間着姿のその影を、キヨは茂みに隠れながら窺った。

いま飛び出して行って、胸の中を打ち明けたら、どうなるだろうか。

一度、顔を合わせただけなのに、好きですと言えば、笑われるだろうか。はしたない女だと、嫌われるだろうか。

身をひそめながら、キヨの鼓動は高鳴った。正之助のところまで聞こえるのではないかと、心配になるほどであった。

一つ大きな咳払いをして、正之助は部屋へ戻った。勢いよく雨戸を閉めた。その音が夜のしじまを震わせた。

正之助が消えた暗い縁先を、キヨは見つめた。いまからでも遅くはない。飛び出して行って、胸の思いを訴えたい。そんな衝動に駆られたが、勇気がなかった。釘づけになったように、動くことができなかった。

どこからか父親が舞い戻り、

「あいつらは逃げてしまいよったで、もう大丈夫だ。さあ、こい」

と、再び雨戸のほうへ忍び寄ろうとした。

だが、キヨは拒んだ。父親を残したまま、無言でその場から走り去った。

もう、いい。吉本の若様に女のほうから夜這いを仕掛けるなんて、そんな恥ずかしい振舞いは演じたくない。父親がなんと言おうと、それだけはしたくない気持ちになっていた。

夜道を駆け戻りながら、キヨは涙を溢れさせた。泣けて泣けて、仕方がなかった。自分がみじめに思え、死にたいぐらいだった。

次の日「手見せ」の結果を聞きに出かけたとき、キヨは正之助の顔がまともに見られなかった。うつむいたままであった。

それでも採用されることになり、自分でも驚いた。もっとも、昨夜のキヨの行動を、正之助が知っているわけではなかった。

「こんな恥は誰にも話さず、墓へ持って行こうと思いましたが、それもなんだか惜しいような気がして、清水の舞台から飛び下りるつもりで書きました」
「想い出の人」の章の締めくくりに、梅本キヨはそう書いている。

正之助がプロデューサーとして活動し始めた大正十一年に、吉本の基礎が固まったと、遠藤は見る。

もっとも、正之助の働きはまだ微々たるもので、吉兵衛・せい夫婦の奮闘の成果であった。

大正十一年の九月、吉本直営の寄席と、提携している演芸場の数は、大阪市内で十八、堺で一、京都に五、神戸は二、名古屋と東京にそれぞれ一つあり、合計二十八にのぼる。

その前の年、吉本はそれまで手を結んできた「反対派」と喧嘩別れしたが、わずか三カ月後に、この「反対派」も吉本の軍門に下っている。

また、法善寺で孤塁を守っていた三友派の紅梅亭も、吉本の傘下に組み込まれていた。

この当時、吉本の寄席に出ていた芸人で、今日でもわれわれに馴染みのある名前と持ちネタを拾いだすと、次のようになる。

桂枝雀（初代）――尻餅・野崎参り
笑福亭松鶴（四代目）――天王寺参り
笑福亭枝鶴（二代目）――猿廻し
露の五郎――理屈按摩
桂春団治（二代目）――いらち車・金の大黒
桂小文枝（二代目）――源兵衛玉・三十石

桂朝丸が来年、襲名することになった桂ざこばの名前もあり、他にも、桂染丸、桂福団治、桂三枝なども見受けられる。

どういう芸人だったのか、遠藤には知識がないが、林家うさぎ、舌切亭すずめという風変わりな名前も並ぶ。

それに、ある日の寄席の色物として「中華民国夏雲起一行」という出しものも目につく。

中華民国――夏雲忠・夏少春の曲芸となっている。

これを発見したとき、遠藤は一つの思いが閃《ひらめ》いた。吉本は、正之助は、自らの歴史を繰り返している。復習していると――。

というのも、今月（昭和六十二年十一月）初めにオープンした吉本会館の昼の部には、中国古来の曲技の伝統を受け継ぐ「中国鉄道雑技芸術団」が出演しているのだ。

そして、夜の部の「アメリカン・バラエティー・バン」は、昭和九年、正之助がアメリカから呼んだ「マーカスショー」と結びつく。

つまり、今回の二つの目玉——中国の曲技も、アメリカのミュージカルも、正之助はすでに、むかし、招き寄せているのである。

吉本の歴史の中では決して目新しくはなく、いずれも二度目の出しものになる。

無論、内容は異なるが、企画としては同一で、しかも成功を収めているものばかりだ。

正之助は手堅いと、遠藤は思う。

六十億円をつぎ込んだ会館のこけら落としの出しものに、かつて当たりを取った芸を持ってくる。半世紀以上も前、大成功を収めた企画で勝負する。

それは決して偶然の一致ではなく、正之助の胸の中にあるプロデューサーのイロハ帳に、しかと書き込まれていたのに違いないと、遠藤は思う。二重丸が付いていたのではないか。

大金をかけた新しい会館をオープンするとき、そのイロハ帳の第一ページ目から、中国とアメリカの演目を拾い出したのだろう。

まさに歴史は繰り返されるのであり、そして、それは正之助ならばこそ可能な芸当であった。

大正十二年九月一日の関東大震災から一カ月後、正之助は壊滅状態の東京へ乗り込み、芸人達と接触を図った。

被災見舞いという名目だったが、本音は別にあった。東京の芸人は気位が高く、何度声をかけても、大阪へはめったなことでは来ようとしない。吉本もこれまでに何回となく、苦い思いをさせられていた。

この際、情に訴えて、それをもう一押し、してみることになったのである。

狙いは的中し、避難先へ柳家小さん（二代目）を訪ねると、大よろこびした。そして、すぐに大阪へ連れて行って欲しいと言う。

それをきっかけに、神田伯山、柳亭左楽、桂小文治、三遊亭円歌などの一流どころが、次々と大阪へやってくるようになった。小さんが行くなら俺達も、という気になったのである。

彼らは吉本の寄席に出て、客を満足させた。これは単に東京の芸人を大阪へ呼んだという現象にとどまらず、二つの大きな意義を持っている。

一つは、とかく大阪の寄席を見下しがちな東京の芸人達の、鼻っ柱をへし折ったこと。

もう一つは「大阪に吉本あり」の認識を植え込んだ点である。正之助のプロデュースの成功例の中でも、これは特筆に値する。

この二つの成果で、その後の活動に大きな道が開けた。

大正十三年、吉兵衛が急死した。三十九歳だった。三十五歳で未亡人になったせいを助けて、正之助はいよいよ本格的に動き始める。

手持ちの寄席は、いずれも客の入りがよく、盛況である。だが、その出しものを詳しく調べると、落語と色物が圧倒的に多い。

正之助には、それが気になった。表面上は確かに賑わって見える。しかし、それは見せかけだけで、なにかが欠けているような思いがつきまとってならなかった。

落語をさらに分析すると、新作は極めて少なく、明治か、それ以前に作られた演題ばかりが並ぶ。それらは客の懐古趣味に支えられているのに過ぎない。

また、舞台に登場しても、座布団の上に座って、もっともらしくお茶など啜《すす》り、手拭《ぬぐい》で手《て》など拭《ふ》いて、やおら一席うかがい始めるが、正之助にはその一連の仕草も時代遅れに映って仕方がなかった。

一方、色物のほうも、曲芸、足芸、尺八、三味線、曲独楽《きょくごま》、琵琶、奇術、義太夫、清元、長唄、新内、剣舞、太神楽《だいかぐら》、軽口、女道楽と賑々しいが、いま一つ芯《しん》になるものがない。

落語だけでは客筋が限られるので、色物を加えるが、それが次第に増えるにつれて、落語の持ち時間を縮めてしまう。

だからと言って、色物ばかりにしてしまっては、心棒がなくなり、オモチャ箱でもひっくり返したような出しもの揃いになりかねない。総花的で、かえって客を退屈させるだろう。

正之助は悩んだ。

講談も浪花節に圧倒されて、かげりを見せ始めている。大道芸にすぎなかった浪花節を、桃中軒雲右衛門が東京の本郷座に掛けて大成功を収めた後、レコードにもなったりして、急激に人気が高まり、講談だけではなく、他の演芸まで脅かすほどになりつつあった。

その浪花節を横目に睨みながら、正之助は寄席の芸として、なにか新しいものはないか、次の軸になるべき出しものはないか、知恵を絞った。

その当時、大衆の娯楽としては活動写真があり、大勢の客を集めていた。

それが日本で初めて公開されたのは、明治二十九年十一月のことである。神戸の高橋信治と大阪の三木福助という二人が、エジソンが発明したキネトスコープを共同で買い入れ、神戸の神港倶楽部で一般公開した。

その前に二人は、小松宮、有栖川宮大妃にお見せしている。お墨つきをもらい、宣伝効果を狙ったのだろう。

これは高さ四尺、幅二尺ほどの方形で、上に小さな穴が開いている。そこからのぞくと、電池の力で動く写真が見られる仕組みになっていた。

だが、この装置は半年ほどで寿命を失い、ほどなく、スクリーンに映して一時に大勢の人が見られるキネマトグラフが、フランスから輸入された。今日の映画の原型だが、この辺りから次々と改良が加えられ、興行としての活動写真が成り立つ状況ができつつあった。

例えば、明治三十四年、大阪府下で行われた活動写真の興行回数は一一〇回だが、二年後の三十六年には六八五回、さらに二年後の三十八年には一二二八回にものぼる。四年の間に、十一倍以上に増えているのである。

その勢いに乗じて、明治四十年の七月には、大阪で初めての活動写真常設館が千日前に誕生した。「当栄座」という寄席を改造した、第一電気館である。

東京ではそれよりわずかに早く、浅草にできていた。

以後、活動写真は急激に発展し、娯楽産業としての勢力を広げていく。業者が乱立して食い合う時代もあるが、大衆娯楽としての地盤は着実に固めていった。

正之助はその潮流に、危機感を覚えるのである。このまま安閑としていては、遠からず、寄席は活動写真に食われてしまう。

繁盛している手持ちの寄席を尻目《しりめ》に見ながら、正之助の気持ちは晴れなかった。次の売りものを早く見つけなければと、焦りだけ覚えた。

一つ、正之助の頭の中に引っかかっている景色がある。それは、いつか神戸で見た「萬歳《まんざい》」という芸だった。

どういう寄席で、どんな名前の芸人が出ていたかは定かでないが、舞台の印象だけは強烈だった。

二人が登場するなり、調子よく話を運び、客席をすぐに笑わせた。歌い、踊り、あるいは芝居の物真似も混え、客に間を与えない。

正之助も思わず引き込まれた。

〈この芸は、これからの時代に向いているかもしれんな〉

そのとき、客席に座って舞台を見ながら、正之助はそんな閃きを感じた。

頭の一角に引っかかっていたそれが、悩んでいるいま、急にふくらみを増したのである。

萬歳なら、萬歳の面白さなら、活動写真と太刀打ちできるのではないか。決まった形があるわけではなく、二人が好き勝手に喋ればよいのだから、笑いのタネはいくらでも作れるだろう。

野放図な、あの面白さは、大衆にもきっと、よろこばれるはずだ。

正之助は自分の頭にある景色をたぐり寄せながら、確信めいたものを抱いた。

〈よし。萬歳に本腰を入れてみるか〉

活動写真と勝負する決意が芽生えた。

大阪・北野の青龍館に、面白い萬歳が出ている。

相方が喋るのに合わせて、一方の男が動き回る。表情豊かに、ものすごい形相で、髪ふり乱して暴れ回る。

客席は沸きに沸き、拍手の嵐だ。正之助も引き込まれて、何度も笑い声を立てた。

〈この男はものになるな〉

一生懸命に舞台の上を跳ね回る男が、正之助のプロデューサー感覚に引っかかった。

早速、その男と交渉し、吉本へ引き抜いた。大正十五年のことである。

その男こそ、花菱アチャコだった。

アチャコは喜劇、仁輪加、軽口と経験して、当時は浮世亭夢丸と組み、萬歳に専念するようになっていた。

夢丸が活弁（活動写真の弁士）のように喋るのに合わせて、アチャコは身ぶり手ぶりを加えて面白おかしく演じて見せる。

それが正之助の目に止まったのである。

吉本に入ったアチャコは、千歳家今男とコンビを組んだ。以後、相手は何人か変わるが、昭和四十九年に七十七歳で亡くなるまで、アチャコは吉本所属の芸人であり続けた。

正之助が本腰を入れ始めたものの、しかし、萬歳の地位はまだ低かった。独自な芸としては認められず、安来節や落語の間の、時間つなぎのような使い方しかできなかった。

萬歳芸の多様性と多面性と、もう一つ、芸としての無限な可能性が、この時期、かえって災いしていたように思える。丸か四角か三角なのか、方向が定まらなかったのである。

そもそも、萬歳の始祖は玉子屋円辰という人物だとされる。本名、西本為吉というこの男は、現在の東大阪市に生まれている。

その芸名のとおり、玉子屋が商売で、中河内一帯の農家を回っては、玉子を買い集めていた。それに背が高かったので、煙突をもじって円辰と付けたらしい。河内音頭が上手で、もともとは玉子屋為丸という芸名も持っていたが、この円辰──玉子屋の為さんが、明治三十五年、尾張地方に伝わる伊六萬歳を取り入れて名古屋萬歳と称し、大阪の場末の寄席で演じた。それが始まりだとされている。後年、アチャコとの名コンビで一世を風靡《ふうび》する横山エンタツとは、別人である。時代も違う。

さて、正之助。

力を入れている萬歳を、大きく花開かせる方法はないかと、頭をひねった。萬歳は面白いと、天下に知らしめるにはどうすればよいか。

大阪の道頓堀に、弁天座という千五百席もの大劇場がある。残念ながら吉本には、それほど大きな劇場はない。

そこで萬歳を演じさせ、成功を収めれば、萬歳という芸が世間に知れ渡るのではないか。正之助はそう考えた。

弁天座は松竹が所有している。この時期、興行の世界での評価は、吉本より松竹のほうが上だった。

しかし、正之助にとって、それはなにほどの障害にもならなかった。

「一緒に萬歳大会をやりまへんか」

正之助の発案に、松竹側も賛成した。条件として、松竹は弁天座を提供し、吉本からは芸人を出す。話はまとまった。

昭和二年の八月、吉本と松竹が提携したこの興行は「諸芸名人大会」と銘打って、大成功を収めた。

千五百席ある弁天座は大入り満員の盛況で、笑いの渦に包まれた。正之助の狙いは的中したのである。

気をよくした吉本と松竹は、同じ年の十二月、再度、弁天座で萬歳大会を催す。このときは「全国萬歳座長大会」と、初めて萬歳を明確に打ち出した。

入場料は一等席が一円二十銭、二等八十銭、三等五十銭、小人十銭だった。

出演者の顔ぶれは、荒川芳丸・芳春、芦乃家雁玉・林田十郎、都家文雄・静代、玉子屋弥太丸・浅田家日左丸、浮世亭夢丸・柳家雪江、荒川光月・藤男、浮世亭出羽助・河内家一春、日本チャップリン・梅乃家ウグイス、松鶴家団之助・浪花家市松、玉子屋志乃武・山崎次郎、砂川捨市・曾我廼家嘉市、河内家文春・玉子家政夫、松葉家奴・荒川歌江、河内家芳春・二蝶、若松家正右衛門・小正、荒川芳若・芳勝、砂川

菊丸・照子、宮川セメンダル・小松月、花房秋峰・出雲金蝶、桂金之助・花次、河内家瓢箪・平和ニコニコらであった。

特別出演として、江戸家猫八と八木節家元の堀込源太がいる。

この興行も大当たりして、萬歳は世間に認知された。

しかし、直後に悶着《もんちゃく》が発生した。

前記した中の何人かが、大金を書き込んだ小切手を持っている。それを正之助が見つけたのである。

「それ、一体どうしたんや」

厳しく問い質《ただ》すと、松竹から受け取ったと白状した。

「おのれ、なんちゅうことしてくれるんや」

正之助は頭に血を昇らせた。萬歳が商売になると見て取って、松竹が吉本の芸人を引き抜きにかかったのだ。

当時、松竹は弁天座を含む道頓堀五座をすべて手中に収め、歌舞伎や新劇なども支配する、わが国最大の興行会社であった。

対する吉本は、演芸の世界で一大勢力にのし上がっていたものの、まだまだ、松竹に比べると、見劣りがした。格が違った。

それだけに、正之助としてはなおさら、我慢ならなかった。

〈舐《な》められてたまるかい〉

ただちに、歌舞伎座にある松竹の事務所へ乗り込んだ。こういう場面は、正之助の得意とするところでもあった。

「白井はどこや」

事務所へ駆け込むなり、正之助は声を荒げた。そして、社長室で白井松次郎に詰め寄った。

「こら白井。萬歳が当たったと思うたら、すぐ裏へ回って、うちの芸人を引き抜きにかかるとは、なにごとや。大松竹のすることか。俺はこれで飯を食うとる。食えんようになったら、死ななあかん。そうなったら、お前の命を取るが、それでもええか」

刺し違えてもかまわない。正之助は本気でそう思った。

松竹の社長――白井松次郎は五十歳、正之助は二十八歳の若造だが、理はこちらにあるので強かった。

「こんなことを続けるつもりか、やめるか、どっちや。返事せんかい」

正之助は迫った。

正之助の気迫に、白井松次郎は圧倒された。

「申しわけないことをした。こっちが悪かった」

白井は謝った。この男を怒らせると怖《こわ》い。白井はそう思ったことだろう。

「悪いと思うのなら、一筆、書いてもらおうか」

口ではなんとでも言える。その場逃れの方便では困る。

正之助はそう考えて、文書にするよう求めた。

白井は机の上の硯箱《すずりばこ》を引き寄せ、墨をすった。それから筆を持ち、誓約書を書いた。

吉本所属の芸人は、今後いっさい引き抜かないことを誓います。

したためて、正之助に手渡した。

「この証文のとおり、ほんまに守るやろな。もし約束を破るようなことがあったら、今度こそ、ただではすまんぞ」

「私も男だ。一旦、約束したことは必ず守る」

白井はきっぱりと答えた。

「その言葉、忘れるなよ」

念を押し、正之助はまだ水茎《みずぐき》の跡が残る証文を手にして、松竹の事務所を引き上げた。

このときの白井松次郎の心中は、煮えくり返っていただろう。吉本は新興の、いわば成り上がりの興行会社である。そこの支配人格の、二十八歳の若造に、一札書かされたのだ。面目丸つぶれの、忸怩《じくじ》たる思いであったのに違いない。

正之助は証文を持ち帰り、姉のせいに見せた。

「一札、書かせてやりましたで」

せいは手に取って改め、

「よくやったね」

と、褒《ほ》めた。

そこに書かれている文面もさることながら、大松竹の社長に頭を下げさせたことが、せいにとっては、さぞ痛快に思えたのに違いなかった。

それ以後、萬歳の興行価値は急激に高まった。

三年後の昭和五年、吉本は千日前の南陽館を萬歳の専門館にして、「十銭萬歳」を始めた。法善寺の花月の普通の入場料が五十銭、特別興行の場合が八十銭から一円のときである。

ちなみに、市電は七銭、夕刊二銭、ラムネ六銭だった。

この南陽館は芸人にとって、修練の場であった。萬歳道場とでも言えそうなほど、熱のこもる舞台が展開された。

ここで認められると、南地花月へ出演の機会が与えられる。芸人として出世コースへ乗ることになる。

そのため、昼夜三回の舞台に、どの芸人も全力投球した。火花を散らすような舞台がくり広げられた。

入場料は格安で、芸は面白い。それで客が入らないはずがない。南陽館は連日、大賑わいが続いた。

近くにある東亜キネマの上映館——敷島倶楽部や、マキノ映画の映画倶楽部、それに浪曲の定席——愛進館、喜劇の弥生館などは、煽りを喰ってがら空きの状態になった。

正之助が目をつけた萬歳は、活動写真だけにとどまらず、他の演芸まで凌駕《りようが》するほどの魔力を発揮したのである。

名人芸

「十銭萬歳」の少し前、昭和五年の四月、正之助は、大阪・玉造に一人の芸人を訪ねた。数年前、神戸の劇場で見かけ、頭に引っかかっている男だった。

正之助が訪れたとき、男は家の玄関先の薄暗い作業場で、ハトロン紙の袋を作っている最中であった。

手を休めようとせず、男は作業を続行した。「吉本の若ぼん」が顔を見せると、どの芸人でもよろこびをあらわにする。よい仕事にありつけると、期待するからである。だが、男は違った。いかにも迷惑だと言いたげな素振りで、黙々と仕事を続けた。

すでに何回となく、正之助は部下を送り込み、男を説得させている。しかし、よい返事がもらえないので、自ら足を運んだのである。

「難しそうやな、その仕事」

話のとっかかりを作るため、正之助は男の手元を見ながら言った。

「こんなもの、簡単だす」

ぶっきら棒に、男は答えた。それっきり、話が途切れた。

〈難儀やな〉

正之助は思案した。どうあっても、この男が欲しい。不機嫌そうな横顔を見せているが、なんとなく、それが可笑《おか》しい。内側にはたっぷり、笑いの要素を秘めているように思えてならなかった。

「どうやろ。うちへ入って、もう一ぺん、やってみる気はないかな」

正之助は用件を切り出した。

「そんな気、おまへんねん」

男はあっさりと拒んだ。

いまはハトロン紙の袋を作る商売をしているが、その前、男はヘアピンを製造していた。女性が髪に用いるその品物を、アメリカで見かけ、日本にはまだないので、早速、手がけたのだが、失敗に終わっていた。

明治二十九年、兵庫県の三田に生まれたこの男は、本名を石田正見という。時田一瓢の門下で喜劇を勉強し、二十歳のときに満州へ渡って新派の一座に加わったり、日本へ戻って浅草の舞台に立ったりした挙句、自分でも喜劇の一座を組織してアメリカまで出かけている。

横山太郎の名で萬歳も試みているが、いずれも思わしくなく、芸人稼業に見切りをつけていた。

そして、ヘアピンを製造したり、ハトロン紙の袋を作ったりしていたのである。

正之助には、その横山太郎の萬歳の舞台が頭にこびりついていた。

この男を自分のところへ引き入れ、あの男と組ませると、面白い萬歳ができ上がる。世間を驚かせるような、最高の萬歳が誕生するのに違いない——。

正之助の中では、すでに青写真ができ上がっている。そのためには、なんとしてでも、この男が欲しかった。

「そう言わずに、もう一ぺん、舞台に立ってみィへんか。俺にまかせてくれたら、責任持って、日本一の萬歳にしてやるで」

正之助は熱っぽく口説いた。

「日本一、でっか」

男はようやく、手を止めた。

「そや。日本一や」

「ほんまでんな、それ」

「ああ、ほんまや」

それならと、男は首を縦に振った。横山エンタツの誕生だった。

正之助は吉本の事務所で、横山エンタツと花菱アチャコを引き合わせた。

「二人に組んでもらうで」

正之助が申し渡すと、一瞬、アチャコは眉間《みけん》にシワを刻んだ。そして、大きな体を近づけ、正之助の耳元へ口を寄せた。

「いまの相方、どうしますのんや」

「別れたらええがな」

「あっさり言いはりまんな」

「あいつには俺から伝えるから、まかせといたらええんや」

それで決まった。アチャコもそれ以上は言い返せなかった。

その前の月——昭和五年の三月、千日前の三友倶楽部で催された「萬歳舌戦大会」で、人気投票を行なったとき、花菱アチャコと千歳家今男のコンビは第一位に選ばれていた。

それを解消して、新しいコンビを作ろうというのである。アチャコが驚くのも無理はなかった。

また、相方の今男にとっては非情な組み替えだが、正之助に逆らえる立場ではない。黙って引き下がるより仕方がなかった。

人気ナンバーワンの萬歳を解散させ、新コンビを作ろうとするからには、正之助にも大きな目的があった。

紋付、袴《はかま》に鼓と扇子。それが萬歳師の一つの形になっている。だが、いかにも古風で、時代に合わなくなっているように思える。

いまのところは、それでも通用するが、いずれは客に飽きられる。そうならないうちに新しい萬歳を作りたい。

正之助はそんな夢を描き、そして、アチャコとエンタツなら、その夢を実現してくれるだろうと睨んだのである。

「今男を泣かせるんや。その泣かせる分だけ、新しいコンビには頑張ってもらわなあかん」

アチャコとエンタツを前にして、正之助は発破《はっぱ》をかけた。

当時、アメリカでは「ローレル＆ハーディ」という喜劇役者のコンビが人気を呼んでいた。

それを見習い、正之助は二人に洋服を着せることにした。心斎橋のテーラーへ連れて行き、英国製の、一着百二十円の三つ揃いを仕立てさせた。

正之助はいまでも、芸人の着るものについては口うるさい。安物を嫌い、高価なものを着せたがる。人様に見られる商売であるからには、よい衣裳《いしょう》を着るのが当然。それも芸のうちだと、心得ているようである。

横山エンタツ・花菱アチャコの新コンビは、昭和五年の五月、大阪・玉造の三光館でデビューした。

エンタツは中肉中背で、眼鏡はロイド、鼻髭《ひげ》はチャップリンに似せている。一見、教師か銀行員に映る。

アチャコのほうは大男で、船場あたりの商家の旦那か、大番頭と思える風采《ふうさい》である。

そんな二人が、一般的にはまだ珍しい洋服姿で登場したので、客は目を見張った。どちらもすでに知られている顔ではあったものの、二人揃って舞台に立つのは初めてだった。

しかも、衣裳が一変している。いまで言うイメージチェンジで、客の度胆《どぎも》を抜いたのだ。

その上、二人の萬歳はお喋り一本だった。歌ったり踊ったり、暴れ回ったりはしなかった。

エンタツは一応、標準語である。

アチャコは大阪弁だ。

その二人のやりとりが、実になめらかに運ぶ。新しいコンビとは思えないほど、息はぴたりと合い、客をぐいぐい引っ張って行くのが分かる。

初日、正之助は大阪・玉造の三光館へ出かけ、舞台の端で二人の萬歳に注目した。生みの親としては、やはり、気がかりだった。

洋服姿の二人は「キミ」「ボク」と言い合う。「あんた」「お前」「お前さん」「私」「わし」「わて」「俺」などを聞き馴れた客には、それも耳新しい。いかにも洋服と似つかわしい。

それに、なんといっても会話が明るい。

ただ明るいだけではなく、その明るいお喋りの中に、仕掛けがあるようで、うっかり聞いていると、騙《だま》されそうになる。

そのため、客席は一言も聞き洩らすまいと、舞台の二人に吸い寄せられている。そして、どっと沸く。

〈これやがな〉

腕組みして見守りながら、正之助は一人合点した。

目の前の二人は、間違いなく新しい形の萬歳を演じている。洋服も、キミ・ボクも、さることながら、会話そのものが新しい。

いや、二人のかもし出す雰囲気そのものが、すでに新しかった。

客席の反応は上々で、何度も爆笑になる。その客の表情まで、正之助には新鮮に見えた。

〈お客さんまで、新しい笑い方をしとるやないか〉

これは当たる。間違いなく、売れる萬歳になる。

舞台の二人と客席を見比べながら、正之助は自信を深めた。自分が作り上げた新コンビの、門出の舞台が見事に成功したので、思わず、にんまりと笑みを洩らした。

正之助の狙いはたがわず、二人はたちまち人気者になった。デビュー後、二年の間に、萬歳の頂点に立った。新しいネタを演じるたびに、客は熱狂的な拍手で迎える。二人が出演する劇場はいずれも満員で、大爆笑の連続だった。

そのネタは、すべてエンタツが書いた。「僕は兵隊」「僕の家庭」「早慶戦」「象の卵」「破られた花嫁」「運と恋」など、大当たりを取った萬歳がいくつもある。エンタツには萬歳作家としての才能もあったようだ。

萬歳のネタにタイトルをつけたのも、彼が最初である。

すべてをひっくるめて、それは革命だった。新鮮な笑いで客を魅了した。

それまでは一段下に見られていた萬歳が、二人の出現で格を上げた。誰もが安心して楽しむことができる演芸として、地位を固めた。将来的にも、大いに見通しが明るくなった。

昭和五年という年は、正之助にとってはなにかと慌しかった。

エンタツ・アチャコをデビューさせ、上昇気流に乗せて、ひと息ついたところで、思いがけない出来事が発生した。

その年の師走の七日。

事務所のラジオから流れ出た声を聞いて、正之助は愕然《がくぜん》とした。「祝い酒」が聞こえてくるのだ。

「春団治やないか」

正之助は叫んだ。

「おい、新聞。新聞、持ってこい」

正之助の見幕に、そばにいた事務員が慌てて新聞を取りに走った。そして、おずおずと差し出すのを引ったくり、ラジオの番組紹介欄に目を走らせた。

ない。桂春団治の名前は、どこにも載っていない。

だが、いまラジオから流れてくる声は、まぎれもなく春団治だった。当時の放送は、すべて生《なま》で行われていた。

「おのれ。出し抜きやがったな」

正之助は激怒した。放送は午後零時四十分から始まっている。春団治は名調子で喋る。それがなおさら、正之助の神経を逆撫でした。

「おい、みんな。すぐにBKへ行け。あいつをひっ摑まえるんや」

正之助の怒鳴り声で、事務員達はいっせいに飛び出した。

初代の桂春団治は、吉本に所属している。その春団治をはじめ、吉本の落語家達をラジオで使わせて欲しいと、JOBK（NHK大阪放送局）では以前から申し入れていたが、交渉がまとまらなかった。

原因は、ラジオで無料《ただ》で聞かれると、客が寄席へこなくなる、という心配を、正之助が抱いていたからである。

そのため、JOBKからの熱心な誘いを、ことごとく撥《は》ねつけていた。

そういう状況の中で、春団治が無断でラジオに出演したのである。正之助が怒るのも当然と言えた。

春団治が吉本へ入ったのは、それより十年ほど前の大正十年のことである。前貸金二万円、月給七百円の、破格の待遇であった。

すでに人気者だった春団治を引き入れるのに、姉せいは思い切った条件を出した。正之助が姉夫婦の仕事を手伝い始めて、まだ三年目であったから、そのいきさつにはかかわっていない。

しかし、昭和五年のいまは違う。姉せいの右腕となって働いているし、実績も作り上げている。いくら相手が大物芸人だろうが、対等にものが言える立場にあった。ましてや春団治は、掟《おきて》を破ったのである。それを許しておけば、後々のためにならない。

また、JOBKのやり口も許し難い。吉本との交渉が難航しているさ中に、大看板の春団治をラジオへ引っ張り出したのだ。抜けがけの手段で。

正之助は両者に怒り、自らもJOBKへ駆けつけた。せいの指示を仰ぐまでもなかった。

JOBKは大阪・上本町九丁目にあった。

「ええか、逃がすなよ。首に縄をつけてでも、引っ張って帰るんや」

建物を取り囲む事務員達に、正之助は厳命した。自分も正面玄関で頑張った。

逃げ隠れせず、春団治ほどの大物なら、堂々と出てくるだろう。そう睨んでいたのである。

〈顔を見せよったら、どう言うてやろうか〉

かまうことはない。問答無用で、殴りつけるか。天下の春団治を張り倒そうか。

〈BKの奴らも同罪だ。このまま、ただではすまさんぞ。うちの芸人を、勝手に使いよってからに〉

待ち構えながら、正之助のはらわたは煮えくり返った。棒でも振りかざして、放送所の中へ暴れ込みたいほどだった。

正之助は待った。

だが、春団治はいっこうに出てくる気配がない。「祝い酒」の放送は、とっくに終わっている時間だった。

出てこないのも当然である。春団治は大阪・上本町九丁目のJOBKにはいなかった。

そういうこと、つまり、吉本に知れると妨害されるのではないかと予想して、NHKは前夜から春団治を京都の旅館で缶詰にしておき、京都から放送したのである。いくら待ち構えていても姿を見せないはずだった。

正之助は肩すかしを喰わされた。手の込んだやり口に、腹立ちはなおさら、つのった。

翌日の新聞に、その一件は賑々しく掲載された。春団治は新聞記者らのインタビューに答え、

「落語家の口に、蓋《ふた》は無理というもんだっせ。これからも、どんどん放送します」

と、開き直っている。放送中の彼の写真も載っていたりして、世間の話題を集める結果になった。

「なにをぬかすか」

正之助はその新聞を引き破った。勝手なことを言う春団治が許せなかった。

このケリはきっちり、つけてやる。そう思った。

これは春団治の、一種の抵抗だと考えられる。近ごろ、吉本は萬歳にばかり力を入れている。エンタツ・アチャコを初めとして、萬歳が売れ始め、世間で持てはやされ出した。落語より萬歳のほうが優遇されている。それが面白くなかったのではないか。

もともと、春団治は萬歳に対して理解があった。伝統芸としての誇りを持つ落語家達は、新興の演芸である萬歳を見下す傾向があり、同じ舞台への出演を露骨に嫌がったりする。

だが、春団治だけは別で、そんな気配はなく、萬歳師らとも気やすく話し、一緒の

舞台に出ることも拒まなかった。

それは、しかし、萬歳がまだ演芸として世間に認知されていないころである。他の演芸の添えもの程度にしか扱われていない時代の話だった。

人気者の春団治としては、大きな気持ちで、余裕を持って対応できた。横綱が幕下力士を見るような立場でいられた。

無論、春団治の人の好さ、気の好さも手伝ったのだろう。

しかし、その萬歳界に、エンタツ・アチャコという人気者が出現し、世間の関心を集め始めた。会社も落語を放ったらかしにして、萬歳にのぼせ上がっている。

そうはさせまへんで。

落語がありまっせ。春団治がいてまっせ。

そうアピールするために、謀叛《むほん》を起こしたのではないか。

それとも、二万円という前借金で縛られている身に嫌気がさして、ひと暴れしたか。

純粋に、ラジオという新しい分野への挑戦を目ざしたのか。

春団治の処遇について、吉本では幹部会議を開いた。罰《ばつ》として寄席への出演を禁止したが、春団治に反省の色が見えないため、貸した金を即刻、返せと迫った。

だが、それも返しそうにはないので、吉本はついに、差し押さえという強硬手段に出た。放送二日後の、十二月九日のことである。

家に帰ってきて、それを知った春団治は、紙切れを自分の口へ張りつけた。

口に封印した春団治の珍妙な写真が新聞に載り、彼の人気をかえって高める結果になった。

好き勝手な振舞いに、世間が喝采するのである。

「ええ加減にせんかい」

その新聞の写真も正之助は引き破った。すぐにでも押しかけて行き、本当に春団治を殴りつけたい。仕返しをしてやりたい気持ちで、うずうずする。だが、いまそんな行動に出ると、火に油を注ぐことになりかねない。新聞は面白がって書き立て、春団治の人気をいっそう大きくするだろう。

こっちが悪役で、向こうが善玉だと、世間に誤解される恐れがある。下手に動かず、ここは我慢のしどころかもしれないと、正之助は自分の心を鎮《しず》めた。向こう意気の強さを抑えるのは、苦しかった。

この決着をどうつけるか。

吉本としても本気で春団治の家財を差し押さえたのではなく、行きがかり上、そうなったまでのことである。両方の意地の突っ張り合いがそういう事態を招いたのだ。

大金を投じた人気者を、いつまでも封じ込めておくのは、もったいない。大きな損になる。

一方、春団治のほうにしても、身動きできない状況におかれて、さぞ辛いはずだった。吉本から借りた金を、気前よく肩代わりして引き受けてくれるようなスポンサーも、現われそうになかった。

その上、さらに正之助を悩ます情報が、配下の寄席の支配人から伝えられた。

「春団治を出演させせんかい、なんで出さんのやと、お客さんがうるそうて困ってますんや。どうしたらよろしいですやろか」

あちこちの寄席から、そんな訴えが舞い込むようになった。

新聞ダネになった春団治の落語を、改めて聞きたい。顔が見たい。そういう客が日ごとに増えていた。

しかし、こちらから妥協はしたくない。面子《めんつ》にかけても、そんなみっともない真似はできなかった。

〈さて、どうしたらええんやろ〉

正之助は頭をかかえ込んだ。

丁度、そこへ林家染丸が訪ねてきた。一人ではなく、落語界の幹部数人を伴っていた。

「すんまへん。差し出がましいことやけど、お願いの筋がおますんやが」

染丸が神妙な顔で切り出した。

「なんやいな、一体」

応対しながら、正之助には閃くものがあった。もしや、という期待が生まれた。

「春団治を許してやってもらえまへんやろか」

「お願いします」

そう言って、染丸をはじめとする幹部連中は頭を下げた。

染丸は春団治と仲がよい。そんな関係から、仲介役をかって出たらしい。

正之助の予感は当たった。

しかし、その場ですぐに承知しては、いかにも待ち望んでいたようで悔しい。

「そうそうたる顔ぶれに、わざわざ、こうして頼まれては、撥《は》ねつけるわけにもいかんけど、一応、姉にも相談したいから、この話、預からせてもらいたいんやが」

しめた、という思いを押し殺して、正之助は余裕のある態度を見せた。

「どうか、よろしゅうに、お願い致します」

染丸らは口々に頼んで引き上げた。

正之助の肚《はら》は決まっている。姉のせいに相談するまでもなかった。

ほどなく復帰した春団治の高座に、客は押しかけた。以前よりも人気ははるかに高まり、客の入りもよい。

〈ひょっとすると、俺は取り越し苦労をしていたのかもしれんぞ〉

客足の勢いを眺めながら、正之助はそう思った。

ラジオで無料で聞かれると、寄席へ客がこなくなるのではないかと心配して、反対し続けてきたが、どうやら、それは間違っているようだ。ラジオで聞いたから、もう寄席には足を運ばない、というわけでもなさそうである。

いや、むしろ反対に、ラジオで聞いたから、今度はもう一度、本物の顔を見に行き、本物の声を聞きに行きたい、そんな思いの客が増えているらしい。

正之助はそう悟った。それは新たな発見だった。思ってもみない世間の反応に、驚き、教えられもした。

東京ではすでに寄席中継を始めている。調べてみると、放送日から四、五日後には寄席が満員になる。

〈これを利用せん手はないな。つまらんことで頑張るよりも、前向きに考えたほうが得やな〉

正之助は思った。

しかし、それではどうぞと、こちらからJOBKへ話を持ち込むわけにはいかない。それもまた、面子《めんつ》が許さなかった。

〈よし。向こうから和解を申し込んできたら、手を握ることにしようか。これはええ機会かもしれんぞ〉

ただし、条件は五分と五分。それで寄席の中継をすれば、また新しい演芸の波を広げることになるかもしれない。きっと、商売になるだろう。

正之助が自分の意向を伝えると、姉のせいも賛成した。

「そやな。いつまでもラジオを敵に回していたら、時代に遅れることになるかもしれんわな。思い切って、ふところへ取り込むほうが利口やと、私も思うんやわ」

「けど、こっちから頭を下げるわけにはいかんから、向こうの出方を待ちまひょか」

姉との話をまとめて、正之助はJOBKからの働きかけを待った。

大阪でラジオの放送が始まったのは、大正十四年（一九二五）の五月である。東京ではそれより二カ月早く開局している。

演芸番組が大阪で最初に放送されたのは大正十四年五月十五日、放送開始五日目であった。宮川松安という浪花節の芸人が初めてである。

同じ日にもう一人、桂三木助が落語を一席語っている。

次いで六月五日に神田伯海の講談があり、それ以後、この三つ——浪花節、落語、講談が、放送演芸の主流を占めるようになっていた。

しかし、寄席の中継は、大阪ではまだ行われていない。正之助はJOBKの出方を窺いながら、その時期を狙っていた。

吉本に面子があれば、JOBKにも意地がある。

どちらも相手の力を欲しいと思いながら、話は容易に進展しない。面子と意地が突っ張り合い、吉本所属の芸人はまだラジオに出られない。寄席中継の話はそれっきりで、二年余りが過ぎた。

昭和八年のある日、事務所で芸人の出番表を調べている正之助に、文芸・宣伝部長の橋本鐵彦が相談を持ちかけた。

「〝萬歳〟の字を変えたいと思うてますんやけど、どうでしょうか」

「どういうことやねん、それは」

「〝萬歳〟の字は、どうも古めかしいような気がしてなりませんねん。特に〝エンタツ・アチャコ〟なんかを聞いていると〝萬歳〟ではないと思いますんや」

「〝萬歳〟でなかったら、一体なんや」

　正之助が訊き返すと、橋本は手にした紙を広げて見せた。そこにはいくつもの文字が書いてあった。

〝萬歳〟は〝万歳〟になったり、もっと略して〝万才〟と書かれたりするようになっている。

　しかし、橋本にはそのいずれもが気に入らず、なにか目新しい文字はないかと、思案していた。

〝萬〟の字は大袈裟《おおげさ》で、固い感じがする。〝万〟のほうは反対に、軽すぎる。〝萬才〟では頭でっかち、〝万歳〟では逆に下のほうが重苦しく、字の座り具合が不自然に思える。

　そこで橋本は〝漫〟の字に目をつけた。

　当時、この字を用いることが流行し、ポンチ絵と称していたものが〝漫画〟になり、活弁（活動写真の弁士）の大辻司郎や徳川夢声らが、話芸一本の〝漫談〟という新しい演芸を作り出し、人気を博しつつあった。

　その〝漫〟が、橋本の目にとまったのである。調べてみると〝漫〟の字には含蓄《がんちく》のある意味が込められているのだ。

　ひろし、ひろいさま、ほしいまま、しまりがない、放縦、はびこる、氾濫《はんらん》す、あまねし、たいらか、ちる、分散する、無理に、むやみに、何とはなしに、あざむき、だまし、満ちる、しずむ、没する、などなどである。

多すぎて、わけが分からないようだが、それこそが〝萬歳〟に代わる新しい名前として、ふさわしいような気がする。

放縦、あまねし（広く行きわたる）、何とはなしに、あざむき、などという辺りに、いかにもマンザイらしい匂いもする。

それに第一、字づらそのものが明るく、陽気である、これ以上、ぴたりと、あてはまる字は、もう見当たらないように思えた。

橋本はまず〝漫〟を決め、次に下に付ける字を探した。

〝漫歳〟では下のほうが厚化粧のようで、うっとうしい。そこで、それまでは毛嫌いしていた軽い字の〝万才〟から〝才〟を引っ張ってきて下に並べると、これが実に収まりがよいのだ。

〝才〟の字には、生まれつきの資質、才能、頭の働き、才知、学問、学、才識などの意味がある。

〝漫〟のような〝才〟を持つ芸。

漫才——

これしかないと、橋本は自信を深め、いく通りも書いて確かめてから、上役である正之助に相談したのである。

相談というよりも、事後承諾に近い。

橋本鐵彦も正之助にひけをとらないぐらい、向こう意気が強い。意志強固だ。相談を持ちかける前から〝萬歳〟は〝漫才〟に代えようと、心に決めていた。

「これにしようと思いますんやけど」

広げた紙の中に、ひと際《きわ》、大きく書いた〝漫才〟を指差して、橋本は正之助の表情を窺った。

「なるほど」

しばらく眺めてから、正之助は呟いた。

「すっきりして、ええやないか」

「よろしいですか」

「よろしいやろ」

それで決まった。

橋本は早速、発行し始めたばかりの「吉本演芸通信」に、

「従来の〝萬歳〟は、今後〝漫才〟と改称する」

と、書いた。

一方的な通告に、芸人達は驚いた。吉本の内部でも反対があり、橋本に苦情を訴える芸人もいた。

それでも説を曲げず、橋本は持論を展開して説得に努めた。

「〝萬歳〟という字には尊厳な感じがつきまとうが、いま、演芸場や寄席の高座で演じられている〝萬歳〟には、そんなもの、全然ないやろ。洋服の上から紋付、袴《はかま》を着せようとしているようで、似合わへんのや。ふさわしくないんや」

その点〝漫才〟のほうはと、橋本はその理由を熱っぽく解説した。

それでもまだ、芸人達は不服そうな気配を見せたが、博識の花月亭九里丸が、

「〝萬歳〟というよりは〝漫才〟のほうがええ。気軽な感じと、新しさがある」

と、賛成のほうへ回ったので、反対していた芸人達も、

「九里丸さんがええと言うのやったら、ええんやろ」

と、納得した。

おかげで一件落着し〝漫才〟は認知されるようになった。

その字をひねり出す間、橋本の頭の中にあったのは「エンタツ・アチャコ」のコンビだった。この二人に〝萬歳〟の字は、似つかわしくない。

世間を驚かせるようなレッテルが欲しい。斬新《ざんしん》な名称を付けてやりたい。

そう考えて作り出した文字である。「エンタツ・アチャコ」のために用意された言葉であった。

それから一年余り経過した昭和九年の五月、吉本はＪＯＢＫと、ようやく和解した。春団治の一件から、四年半も経っている。

面子と意地の突っ張り合いは、ずいぶん長かった。どちらも、しぶとい戦いだった。

正之助とＪＯＢＫの初代の局長が握手を交わし、その一カ月後の昭和九年六月、大阪で初めての寄席中継が行われた。南地法善寺花月からの中継で「エンタツ・アチャコ」が出演した。

しかし、橋本が苦心した〝漫才〟も、ＮＨＫにはまだ認められず、このときの二人のタイトルは「二人漫談」となっていた。

「なんでですやろか」

不服そうに呟く橋本に、正之助も答えようがなかった。

ＮＨＫは万事に慎重である。

〝漫才〟という、まだ、できたばかりの言葉を使用するのは心もとない。この先、定着するか消滅するか、分からない。

その点〝二人漫談〟なら安心である。聴取者にも理解しやすい。そう考えたものと思える。

ラジオ中継の当日、正之助も南地法善寺花月へ出かけた。珍しさも手伝い、客席は満員である。

舞台に立ったエンタツ・アチャコは「早慶戦」を喋った。これは前の年——昭和八年の秋、二人が東京・神宮球場で実際に早慶戦を見て、それをもとにエンタツが作った漫才だった。東京での仕事がある二人に、柳家金語楼が招待券をくれたので、たまたま見に行ったのである。

ところが、これが大変な試合だった。慶応の三塁手——水原茂（後に巨人軍の監督などを務めた）が、スタンドに投げ返したリンゴが原因で、両校の応援団が乱闘騒ぎを演じたのだ。六大学野球の球史に残る「リンゴ事件」である。

アチャコは野球を知らないが、エンタツは詳しい。早速、それをヒントに漫才を作り上げたところ、当たった。実況放送を真似たスピードのある喋り方に、客は大よろこびし、二人の人気を不動のものにした。

その得意のネタを、二人は初めてのラジオの寄席中継に出したのである。

正之助は舞台の端で見守った。客席の一角には検閲官が二人、座っている。エンタツ・アチャコがなにを喋るか、目を光らせているのだ。

そのせいか、客席はいっこうに盛り上がらない。笑いが起こらない。

舞台の二人は熱演し、面白いはずのところへさしかかっても、小さな笑いが発生するだけで、すぐにしぼんでしまう。いつものような大爆笑につながらない。

〈おかしいな〉

正之助は訝《いぶか》った。

検閲官が目ざわりなのか、それとも、ラジオの初めての中継なので、客のほうも緊張しているのか。

アチャコ「二塁ケンセイ。ショート入りましたが、タッチならず、危うくセーフ、セーフ」

エンタツ「セーフ、セーフって、これは、やっぱり、政府の仕事ですか」

アチャコ「なにを言ってるのや。バッテリー間のサイン、極めて慎重。第四球、投げました、打ちました、大きな当たり、レフト、センター間を抜いたヒット、ヒット」

エンタツ「ヒット、ヒット、人殺しや！」

アチャコ「球はぐんぐん延びています、延びています」

エンタツ「来年まで延びています」

アチャコ「そない延びるかいな。レフト、センター、ともにバック、バック」

エンタツ「オールバック」

アチャコ「理髪屋やがな……」

野球を知らないアチャコが、漫才の中では知っている側、知っているエンタツが知らない役に回っている。

いつもなら、どっと受けるところなのに、客はおとなしい。正之助は怪訝《けげん》に思い、客席のほうへ回った。そして、納得できた。

舞台の袖《そで》の、客席からよく見える場所に、

「放送中はお静かに」

と書いた貼り紙がしてあった。客は忠実に、それを守っていたのである。

ラジオで放送されたおかげで、エンタツ・アチャコの名前は全国的に知れ渡った。

日本人でその名を知らない者がいないぐらい、有名になった。

以後、二人が出演する寄席は、押すな押すなの大入り満員である。

〈なるほど。そういうことやったんやな〉

正之助は改めて、放送の威力を知った。ラジオという新しい媒体の可能性に、はてしない興味をそそられた。

昭和ヒトケタのこの時期は、わが国の演芸史の上で、非常に重要な意味を持つと、遠藤は思う。

名人、奇人と称せられた初代の桂春団治の謀叛《むほん》によって、正之助は図らずも、ラジオの魔力を教えられた。いまで言うマスコミの影響力の大きさを、身をもって学んだ。

そして、NHKと手を結び〝萬歳〟から〝漫才〟に変身したエンタツ・アチャコを起用して、そのマスコミの力の確証を得た。

たまたま、そのときは〝二人漫談〟というタイトルになったが、内容は間違いなく、ニューマンザイの〝漫才〟そのものであった。結果、〝漫才〟も浸透し、定着していった。今日の漫才の基礎が打ち込まれたのである。

落語の春団治、漫才のエンタツ・アチャコと、いまに名を残す名人の中に、もう一人、縁の下の力持ち——陰の名人を加える必要があると、遠藤は考える。

ずばり、林正之助、その人である。

この時期の正之助の判断に狂いがあれば、それ以後のわが国の演芸地図は、消極的な方向へ、大きく様変わりしていたものと思われる。

漫才芸の確立や隆盛が望めないのは無論、吉本興業そのものも存続し得たかどうか。

春団治憎しのあまり、ラジオを徹底的に毛嫌いし、アチャコの相方としてエンタツを担ぎ出さず、橋本鐵彦が提案した〝漫才〟を撥ねつけていれば、演芸の世界は間違いなく、別の道をたどる運命にあっただろう。演芸全体が、陽の差さない裏街道を歩まなければならなかったのではないかと、遠藤は分析する。

そういう意味において、正之助もまた、春団治やエンタツ・アチャコと同様に、いや、それ以上の名人であると、遠藤は評価したい。そのプロデューサー感覚こそ、名人芸と称するのにふさわしいだろう。

しかし、名人芸の持ち主でも当惑する難問が、間もなく持ち上がった。

NHKの放送から二カ月後、東京・新橋演舞場に出演して、得意ネタの「早慶戦」で東京の客を爆笑の渦に巻き込んでいたエンタツ・アチャコの、アチャコのほうが、中耳炎を患ったのである。

高熱と痛みに耐えて、どうにか十日間の舞台を務め、大阪へ戻って南地花月からのラジオ中継にも出演したが、それが限界で、アチャコは大阪赤十字病院へ入院した。

そして、手術を受け、一カ月間、入院生活を送る羽目になった。

正之助も心配で、何度か見舞いに出向いた。人気絶頂の芸人に休まれるのは、会社としては辛い。だが、なによりも体が肝心である。

「医者がええと言うまで、完全に治しとけよ」

正之助が諭すのに、アチャコのほうが気がはやるらしく、退院許可を待たずに抜け出した。

荒れ狂言

前ぶれもなく、エンタツが事務所へ顔を出した。アチャコが大阪赤十字病院へまだ入院中のことである。相方がいないので仕事ができず、体を持て余して遊びにきたのかと正之助は思ったが、そうではなかった。

エンタツはいつも、生真面目《きまじめ》な表情をしている。それをなお引き締めて、意外なことを口にした。

「相手を代えたいと思っているのですが」

「なに」

正之助は驚いて訊《き》き返した。

「いま、なんと言うたんや」

自分の耳を疑いながら、もう一度、尋ねた。

「相手を代えたいと思います。ですから、相方に、そう伝えてもらえませんでしょうか」

エンタツは淡々と話した。

「そんなー。無茶やがな、それは」

正之助のほうが慌てた。この男、正気だろうかと、エンタツの顔を喰い入るように眺めた。

目下、人気絶頂の漫才コンビが、どうして別れなければならないのか。なぜ、相方を代えたいなどと言い出すのか。

正之助には理解できなかった。エンタツの頭が狂ったのではないかとさえ思った。

「なんでや。なんで相方を代えたいのや」

問い質《ただ》すのに、エンタツは答えようとしない。

「理由はなんや。アチャコでは気に入らんのか」

アチャコが入院中のため、確かにいまは仕事がない。

しかし、いつまでも続くわけではなく、もう間もなく、アチャコも退院できる。中耳炎だから、命に別状あるわけでもないだろう。

それなのに、一体なにを血迷って、コンビ別れをしたいと言うのか。

「なんでや。え、なんでやねん。そのわけを聞かせてくれ」

正之助は真意を探ろうとした。だが、エンタツは、

「お願いします。相方に、そう伝えて下さい」

の一点張りで、それ以上の理由は話そうとしなかった。

エンタツは一度言い出すと、後に引かない強情な面がある。玉造でハトロン紙の袋を作っていた彼を、説得に出かけたときがそうだったと、正之助は思い出した。

あれから四年余り経った現在、アチャコと別れたいと言う。相方の入院中に、一方的なその仕打ちは、あまりにも人の道に外れるのではないか。どんな理由があるにせよ、自分勝手にすぎるではないか。

コンビの生みの親である正之助としては、声を荒げて、なじりたい気持ちだった。アチャコが退院するまで待って、自分の口から切り出すのが筋ではないかと言いたかった。

しかし、なにを言っても、もうエンタツは耳を貸さないだろう。自分の考えどおりに行動するのが、目に見えていた。

「分かった」

説得を諦《あきら》め、正之助は呟《つぶや》いた。お願いします、と言い残して、エンタツは帰った。

アチャコにも嫌な予感があったのかもしれない。医者の許可を待たずに、勝手に退院してきた。

「エンタツがコンビを代えたいと言うとるぞ」

正之助がエンタツの意向を伝えると、一瞬、アチャコは目を剝《む》いた。

「いま、なんと言いはりました?」

正之助がそうであったように、アチャコも訊き返した。

「エンタツが相方を代えたいと言うとるんや」

もう一度、繰り返したとたん、

「そんな、殺生《せっしょう》な……」

と、アチャコは絶句した。が、すぐ気を取り直して、

「冗談、冗談ですやろ」

と、無理に笑顔を浮かべた。

「冗談やない。ほんまの話や」

「そんな……」

殺生や、そら、殺生やでと、アチャコは何度も口走った。

「僕らが、なんで別れなあきまへんのや。僕が、なんで代わらなあきまへんのや」

殺生な、ほんまに殺生な話や、と、アチャコの呟きは次第に小さくなった。

「え、なんですねん。教えておくんなはれ。その理由を教えておくんなはれ」

正之助に迫りながら、アチャコは目に涙を溢《あふ》れさせた。頬《ほお》に伝わる涙を拭《ぬぐ》おうともせず、男泣きした。

エンタツの思いがけない仕打ちに対する、怒りの涙だったのだろう。悔し泣きだったのだろう。

問い詰められても、正之助にも答えようがなかった。エンタツから理由は聞いていないのだ。

「言い出したら、後へ引かん男やからな……。しゃない。あとは俺にまかせとけ。悪いようにはせん」

正之助は慰めを言った。それでもしばらく、アチャコは泣き続けた。余程、無念であったのに違いない。

その直後、エンタツは杉浦エノスケとコンビを組んだ。正之助にはそれで、謎《なぞ》が解けた。

〈あいつ、欲を出しよったな〉

そう思った。

アチャコと組んでいれば、出演料を折半しなければならない。しかし、新米の杉浦エノスケとなら、思いどおりに配分できる。七・三か八・二の割合で、自分の取り分が増やせる。

それを計算して、エンタツは相方を代えたのだと、正之助は解釈した。

ところが、世間には別の噂《うわさ》も流れた。

人気者のエンタツ・アチャコを、二人まとめて売らなくても、一人ずつ分けて売れば、稼ぎも倍増するだろう。そう考えて、吉本が会社の方針として、このコンビを別れさせたのではないか、というのである。

吉本なら、やりそうな手だと、したり顔で言う演芸関係者も現われた。

だが、この点について、正之助は断乎《だんこ》、否定する。

エンタツ・アチャコは自分で作り出したコンビだ。しかも、目下、人気絶頂にある。

漫才は二人の芸であり、二人揃《そろ》ってこそ、商売になる。二人で一つの商品だ。

その理屈が痛いほど分かっている自分が、どうしてコンビを別れさせたりするものか。売れなくなったというのなら、ともかく、売れまくっている最中だというのに。

だから、この噂、この説は、正之助としてはあくまでも打ち消したい。間違いだと言いたかった。

ただ一つ、正之助の心の中には、次のような思いが芽生えていた。

エンタツから相方を代えたいと知らされたときは驚いたが、時間の経過とともに、また別の受け止め方ができるようになったのである。

エンタツ・アチャコは、いま絶頂にある。漫才界の王座についている。その地位を、これから先、何年も持続させるのは、至難のわざだろう。

頂上を極めた者には、次は下り坂が待ち構えている。漫才に限らず、どんな芸でも芸人も、同じ経過をたどる運命にある。

自分の作り上げたエンタツ・アチャコが、落ち目になる姿は見たくない。ぼろ雑巾《ぞうきん》のようになって、世間から見向きもされなくなっては、悲しい。

だが、花の盛りのいま、絶頂期のいま、二人の漫才が消えてしまえば、みじめな姿は見なくてもすむ。無残な思いをしなくてもよい。

それに、いまなら世間も大騒ぎするだろう。なぜコンビを解散するのかと、人々の噂のタネになるだろう。

そうして話題になればなるほど、世間の関心は漫才に集まる。人々の目が漫才に向く。それが漫才界全体を、ますます発展させる刺激剤になるのではないかと、正之助は考えたのである。

「惜しいな。なんでやめるんや」

「もっと漫才、やってくれたらええのに」

エンタツ・アチャコを惜しむ、そんな声が、正之助には聞こえる。聞こえるうちに消してしまうのも、生みの親である自分の役目かもしれない。漫才界の将来のためには──。

それがあったから、エンタツの説得が鈍ったのである。初めの約束どおり、日本一の漫才に仕立て上げたのだから、あとは本人の好きなようにさせてやろうと思った。

正之助は千歳家今男を事務所へ呼び、アチャコとのコンビを復活するように伝えた。

「ええか。頼むで」

「よろこぶべきか、悲しむべきか、なんともはや……」

今男は複雑な顔になった。

四年ほど前、アチャコ・今男のコンビを解散させて、正之助はエンタツ・アチャコを作ったのである。今男を泣かせたのだ。

それをまた、もとどおりになれと押しつけるのだから、今男にしても一言、言いたいはずだった。

だが、正之助の差配に口出しできる立場ではなかった。

「人気者と組めるんや。よろこぶべきことやぞ、これは」

正之助の言葉に、今男は頷いた。

エンタツ・アチャコの人気コンビが別れて、漫才界がざわつき、そのざわつきがまだ鎮《しず》まらない昭和九年の十月六日、初代の桂春団治が亡くなった。行年五十七歳だった。

正之助にとっては、なにかと思い出の深い芸人であった。結果的にラジオの威力を教えてくれたのも、春団治だった。

ごたごたはあったものの、吉本にとっても大切な芸人の一人に違いなかった。姉のせいは、

「吉本が今日あるのは、春団治師匠のおかげ」

と、感謝していたし、正之助にしても、その思いは同じであった。

「無茶しよるな」

皇道派の将校らが千四百人の下士官や兵を率いて首相官邸などを襲撃したニュースを知り、正之助は呟いた。

斎藤実内大臣、高橋是清大蔵大臣らが殺傷され、岡田啓介内閣は総辞職に追いやら

れた。「二・二六事件」である。

それを発端に、わが国は暗い時代へ突入する。東京市内には二月二十七日から七月十八日まで、戒厳令が敷かれた。

その後、内閣は総辞職や解散を繰り返し、翌年――昭和十二年七月七日には盧溝橋事件が起こり、日中戦争へと広がる。

大阪では大正十五年から始まっていた御堂筋の工事が、五月十一日に完成した。それまでは幅五メートルほどしかなかった曲がりくねった道を、九倍もの四十三・六メートルに広げたのだから、市民は驚いた。長さは梅田から難波まで、真っ直ぐに四・四キロもある。

「飛行場を造るつもりか」

「向こう側まで歩いて渡れへんがな」

市民の間では、そんな声が渦巻いた。

総工費三千三百七十八万円を投じたこの大事業に、時の市長――関一は、しかし、自信を持っていた。

「いまに自動車が増える。この道が完成したら、みんながよろこぶよ」

と、予言した。

だが、関市長自身は、二年前の昭和十年一月に腸チフスで亡くなり、御堂筋の完成を見ていない。いまに名を残す、名市長の筆頭だろう。ちなみに墓は、阿倍野の霊園にある。

完成間もない御堂筋を、正之助も見に出かけた。他にも多くの市民が、見物に押しかけている。花見と同じくらいの賑わいで、それを目当ての露店も何軒か並んでいた。

〈なるほど、凄《すご》いものを造りよったな〉

向こう側の人間の顔が、はっきり見極められないほど道幅が広い。しばしたたずみ、正之助も感嘆した。これほど広い道路は、生まれて初めて目にした。

〈うちの会社も、この道路ぐらい、堂々としたものにせな、あかんな〉

これは大阪の動脈になりよる。うちの会社も、それに負けないように、もっともっと頑張らなあかん。

だだっ広い道路を眺めながら、正之助は新たな気力を奮い立たせた。演芸の世界における御堂筋のようにならなければと、決意した。

それより五年前の昭和七年三月、姉せいと正之助、それに弟の弘高が理事になり、吉本興行部は吉本興業合名会社になっている。漫才や落語だけではなく、演劇、浪曲、映画など、演芸全般を取り扱うための基盤として、会社組織にしたのである。

翌八年には、文芸、宣伝、映画の三部門を設け、橋本鐵彦がこれらを統括して精力的に働き、「吉本演芸通信」を発行したり、「萬歳」を「漫才」に変えたりしている。

さらに十年には、秋田実、長沖一、小野十三郎、吉田留三郎らを文芸部員として採用し、演芸の充実を図った。

即製の芸を、芸人を売るだけではなく、新しい演芸の流れを作りたい。そして、その流れを堂々とした確かなものに育てたい。そういう願望に基づくものであった。広い新しい道路を目の前にしながら、正之助はその思いをいっそう強めた。

世の中が暗い方向へ向かえば向かうほど、一般大衆は娯楽を求めるようになる。明るい笑いを渇望する。

それに応えるため、正之助も精一杯、楽しい舞台を見せるように努力した。安くて面白いものを、をモットーに頑張った。

おかげで暗い世相とは裏腹に、吉本の寄席は客によろこばれた。大衆に支持されて、会社自体も大きくなっていった。

無論、ただ手をこまねいていて大きくなったわけではない。話は前後するが、「二・二六事件」の前年――昭和十年に、吉本の社史を汚す大事件が起きている。

正之助が東京・浅草の花月劇場の落成祝いに出席している間に、姉せいが脱税と贈賄容疑で、大阪地方検事局に拘引されたのである。昭和十年十一月十六日、午後六時の出来事だった。

東京でその知らせを受けた正之助は、愕然とした。落成式どころではなくなった。吉本の顧問格に、辻阪信次郎という人物がいる。辻阪は大阪府議会議長という要職にあり、せいは個人的にもなにかと相談に乗ってもらっていた。

その辻阪もせいとほぼ同時に、検事局へ拘引された。辻阪は興行税、所得税の調査委員でもあるから、手心を加えてもらうため、多額の金を贈り、また、彼を通じて税吏にも贈賄している、という容疑だった。

それだけにとどまらず、正之助にも召喚《しょうかん》通知がきた。そのため、急いで東京から戻り、刑事課に出頭した。

経理にはノータッチなので、正之助にはなにがどうなっているのか、分からなかった。

「あんたが会社の実権を握っているのだから、知らないはずはないだろう」

取り調べ官は頭から疑ってかかり、執拗《しつよう》に問い詰めた。辻阪とせいの間に、どのような金銭の動きがあったか、訊き出そうとした。

だが、実際のところ、正之助にもそれは分からなかった。辻阪とせいとの関係がどうなっているのか、おぼろげには推察できても、本当のところは知らない。

いや、推察できるだけに、本当のところは訊きにくく、見極めにくい。男女の仲まで深まっているのか、単なる相談相手にすぎないのか。

そういう状況での金の動きまでは、なおさら、見えにくい。実の姉弟であるだけに、問い質すのは面映《おもはゆ》い。

だから、正之助としては、

「知りまへん。分かりまへんな」

と、答えるしかなかった。

この時期、吉本だけではなく、大阪の興行界や花柳界は集中的に手入れを受けている。正之助がかつて喧嘩した松竹の白井松次郎も、新興キネマの取締役も、宗右衛門町や新町、堀江、今里新地などの関係者らも調べられていた。

そういう中で、辻阪信次郎が自らの命を断った。昭和十一年の一月二十三日、独房の中で、ハンカチ二枚をつなぎ合わせ、窓わくに引っかけて首を吊《つ》ったのである。

いっさいの責任は自分にあるとする、むかし気質の、男らしい結末のつけ方とも言える。せいをかばう心もあったのだろう。

そういう犠牲を礎にして、昭和十三年、吉本はついに株式会社になった。

資本金は四十八万円だった。

正式社名は吉本興業株式会社となった。

社長には姉のせいがなり、正之助は専務に就いた。だが、脱税騒動の一件以後、せいは体調がすぐれず、会社の実権は正之助がまかされていた。

株式会社になったものの、社員達は誰も、

「社長」

「専務」

などと呼んだりはしない。

せいのことは、船場の言い方を習って、

「御寮《ごりよん》さん」

と呼び、正之助のことは、

「御大《おんたい》」

と、言い習わしている。御大など、大袈裟すぎて気恥ずかしいが、いつのころからか、それが定着してしまったのである。

正之助はせいのことを第三者に話すとき、

「姉」

と言うが、面と向かっては、

「姉さん」

などと、まず言わない。余程の場合でなければ、大抵は主語を省略した話し方で間に合わせる。姉弟の有難さで、それだけでも充分意思は通じる。

せいのほうも、

「正之助」

というような言い方はせず、やはり、主語を外して喋る。専務などとは決して言わない。

第三者に対しては、

「林」

と、正之助の苗字《みょうじ》を口にした。

偶然の一致だが、正之助の妻の名前もせいという。姉と同じ名前の女性をと、思ったわけではないのに、そうなったのである。不思議なめぐり合わせだった。

それもあってか、社員達は姉のせいのほうを、

「本家の御寮さん」

と、呼び、ときたま、用事で会社に顔を出す妻のせいのほうは、

「御寮さん」

と区分けしていた。

形は株式会社になったが、実態はまだまだ、家族的な雰囲気が濃かった。

昭和十三年、夏の初めのある日、正之助が事務所の書棚で調べものをしていると、

「林はいますか」

と、姉のせいが事務所に声をかけながら入ってきた。柱のかげで見えなかったらしい。

「ここにいますけど」

正之助が顔をのぞかせると、せいは相談があると言い、社長室へ誘った。

「通天閣、買おうと思いますんやけど」

いきなり、せいはそう切り出した。

「通天閣ですか」

正之助はいささか驚いた。通天閣が売りに出ているという噂は聞いている。しかし、それを姉が買おうと言い出すとは、思いもしなかった。

そんなものを手に入れて、一体どうするつもりなのか。正之助は訊き返したかった

が、それっきり、黙っている姉の顔を見て、自分も口をつぐんだ。

もう、買う気になっている。それがありありと分かる表情だった。思うところがあるらしい。

「ええでしょう」

正之助は頷《うなず》いた。

大阪のシンボル――通天閣は明治四十五年（一九一二）七月三日、総工費九万七千七十一円四十一銭をかけて建てられた。

高さは六十四メートルである。

それより九年前に開かれた第五回内国勧業博覧会の跡地に、歓楽街を造ることになり、その目玉として大阪土地建物株式会社が建設した。

この歓楽街の基本になるサンプルは、ニューヨークのコニーアイランド遊園とパリのエッフェル塔、それに凱旋門《がいせんもん》まで含んでいた。

一帯を「新世界」と名付けたのは、大阪土地建物の社長で、商業会議所会頭でもある土居通夫だった。ドボルザークの「新世界交響曲」からもらったらしい。

「通天閣」の命名は、土居通夫の「通」と、天に通じる高い建物、という意味を込めて、社内で決めたのだろうと思われていたが、そうではないようである。

藤沢南岳という儒学者が名付け親らしい。漢籍に精通しているこの人は、当時、各方面から命名を依頼され、小豆島の「寒霞渓《かんかけい》」なども名付け親になっている。が、いずれにしろ「天に通じるほど高い建物」という意味が含まれているのは間違いないだろう。

ダイヤモンド高い　高いは通天閣　通天閣こわい　こわいはユーレン（幽霊）

大阪の子供達の尻取り歌として歌われ、高いものの象徴になった東洋一を誇るこの塔も、しかし、建設後二十数年経った昭和十三年ごろは、客足も寂しくなっていた。物珍しさで押しかけていた客が、次第に遠のいている。

暗い世の中が、人々の遊び心を萎《な》えさせるせいもあった。

そんな通天閣を、せいは買いたいと言うのである。そして、正之助も承知した。姉の心が読めたからである。

せいは昭和九年、大阪府知事から表彰を受けている。脱税と贈賄容疑で新聞沙汰になる一年前である。

その六年前、昭和三年にも「紺綬褒章」をもらっており、いずれも理由は夫の遺《のこ》した事業を女手で守り、隆盛させて、公共や慈善団体に多額の寄付をしたことを褒められたものである。

いわば、功なり名をとげたその身が、新聞ダネで世間を騒がせたのだ。その一事で、世間の評価は一変したのに違いない。

「表向きはええ格好して寄付なんかしとるけど、かげでは税金ごまかして、悪いことしてたんか」

「とんでもないキツネやないか」

「寄付するのは、悪いことをごまかすための隠れミノやったんやな」

恐らく世間には、そんな噂が飛び交っているだろう。それをそのまま、言わせておくのは、心苦しい。悔しくもある。

吉本せいは健在です。吉本せいはここにあり。

そんな気概を、女の意地を、いま一度、世間に示したい。大阪中をあっと言わせて、鬱憤《うっぷん》を晴らしたい。そういう思いに突き上げられて、姉は通天閣を手に入れようとしているのではないかと、正之助は想像した。

いや、もしかすれば、獄死した辻阪信次郎のための、でっかい墓標のつもりかもしれなかった。

昭和十三年の八月二十五日、吉本興業は通天閣を買い取った。二十五万円だった。資本金四十八万円の会社にとって、その半分以上もの買物は、決して安くはなかった。それでも手に入れたのは、せいの思いがいかに大きかったかという証明でもあろう。

吉本せい健在なりの証と、名誉挽回《ばんかい》のデモンストレーションと、いま一つ、辻阪信次郎への鎮魂を込めた買物であった。

それが分かるから、正之助も賛成したのである。

昭和十四年三月のことである。正之助がそろそろ床に就こうかと思っている時刻、自宅の電話が鳴った。妻のせいが受話器を取り、短いやりとりのあと、

「会社の人から電話がかかっていますけど。緊急の用事だそうです」

と、知らせた。正之助はせいと替わって受話器を握った。嫌な予感が閃《ひらめ》いた。

「遅い時間に、すみません」

怯《おび》えるような声が聞こえる。部下の若い事務員からだった。

「なんや」

「逃げられました」

「逃げられた？」

「ワカナ師匠と一郎師匠が、いなくなったのです」

「あほんだら！」

正之助は怒鳴った。

「すみません」

「そやから、お前を見張りに付けておいたんやないか。それやのに逃げられるとは、どういうことや。お前、サボってたな」

「いいえ。ずっと師匠らのそばに付いていました。NHKでの放送をすませて、そのあと北新地の花月倶楽部でトリを務めて、それから師匠は……」

「あいつらに、師匠などと言わんでもええんや。それから、どうしたんや」

「それから、二人は家へ帰ると言われますので、私も家まで付いて行こうとしたのですが、途中で姿が見えなくなったのです」

会社へ電話をかけたが、遅い時間で誰もいないので、悪いと思いつつ、直接、自宅へかけさせてもらったと、事務員はいきさつを話した。

だが、途中から正之助は受話器を戻した。余計なことは聞く必要がなかった。

〈ちくしょう〉

正之助は舌打ちした。嫌な予感は的中したようである。

電話のそばを離れようとしたとき、再びベルが鳴った。急いで近寄る妻を制して、正之助は自分で受話器を取った。先程の事務員がかけ直してきたのなら、怒鳴りつけてやろうと思ったが、そうではなかった。東京にいる弟の弘高からだった。東京事務所の責任者として、弘高は向こうに住みついている。

「ラッキー・セブンが姿をくらませたのですよ」

彼らに付けている事務員から、いまそういう連絡が入ったと、弘高は知らせた。

「やはり、そうか」

正之助は呟いた。

「と言いますと」

「いや、こっちでもワカナ・一郎が事務員をまいて逃げよったんや」

話しながら、正之助はアチャコの顔を思い浮かべた。気をつけなければ、アチャコも危ない。

松竹との二度目の喧嘩《けんか》の幕開けだった。

表向きの相手は、新興キネマである。しかし、その後ろには松竹が控えている。新興キネマは松竹の傍系会社だった。

十二年前の昭和二年、正之助は松竹の白井松次郎社長から、今後いっさい、芸人の引き抜きはしないという一札を取っている。だから、松竹としては表立った動きはできなかった。

そこで、新興キネマの京都撮影所内に、浪曲、漫談、漫才、曲芸、ステージダンス、レビューなど、演芸全般を包括する「演芸部」を新設し、その名目のもとに吉本の芸人の引き抜きにかかったのである。

演芸に乗り出してくるという情報は、正之助も早くから耳にしている。だが、一札書かせているから、まさか、それを破るような真似はしないだろうと思っていた。ところが松竹側にしても、切羽詰まる事情があった。正之助が東宝の役員に就任する話が持ち上がっていたからだ。

小林一三の率いる東宝は、次々と大劇場をオープンさせ、映画の製作にも積極的に取り組んでいる。その東宝と吉本に手を結ばれると、松竹の映画は脅かされる。そういう危機感があり、それなら自分のほうも、演芸の世界へ乗り出して、吉本に対抗しようと考えたのである。松竹側が先制攻撃をかけたのだ。

正之助と東宝のかかわりは、それより七、八年前に遡《さかのぼ》る。そのころ人気のあった浪曲と、映画を組み合わせた「浪曲トーキー」という新機軸の映画製作を、正之助が思いついた。

そして、寿々木米若の「佐渡情話」、天中軒雲月の「孝子五郎正宗」などを作り、人気を呼んだ。浪曲と映画の組み合わせは、大成功を収めた。

それなら、漫才と映画はどうだろうかと考え、正之助はエンタツ・アチャコ主演の「これは失礼」を作った。それもまた、大評判になった。

そういういきさつから、東宝の前身であるPCLとの関係が深まり、役員にという話が持ち上がったのである。東宝としては、吉本の力と、正之助のプロデューサー手腕が欲しかったのだろう。

小林一三と正之助に仲良くされては一大事と、松竹が慌てたのも当然かもしれない。

当時、吉本にはアチャコ・今男、エンタツ・エノスケなど四十組――八十人の漫才師と、落語、漫談が数十人、喜劇、民謡、ショー、舞踊などの一団が多数、所属していた。

その中でも売れっこは、ミスワカナ・玉松一郎のコンビだった。漫才ではすでに、エンタツやアチャコらをしのぐほどになっていた。

この二人は二年前――昭和十二年に、正之助が見つけ、育て上げた漫才だった。ワカナは洋服姿で舞台に立ち、ダンスが上手で歌も歌える。一郎はアコーディオンを弾く。

正之助が目をつけたときはまだ無名で、あちこちを流れ歩き、相当くたびれた状態だった。

そんな二人が、育ての親である自分を裏切ることはないだろうと、正之助は安心していた。しかし、芸人の本性が油断ならないことも、知っている。ワカナ・一郎もこの数日、なんとなく気配が怪しい。それで念のため、見張り役を付けておいたのである。

弘高の話では、吉本所属の益田喜頓や坊屋三郎の動きも怪しいという。芸人は全く油断がならない。鼻先に金をぶら下げられると、どのようにでもなってしまう。恩も義理もあったものではない。

〈ほんまに、育て甲斐《がい》のない奴《やつ》らやで〉

正之助はつくづく、そう思った。情けないほどであった。

翌日、会社で全員に発破をかけてから、正之助は名古屋へ向かった。発破の内容は当然、所属の芸人達の行動に気をつけろ、となった。

アチャコが名古屋の劇場へ出ている。よもや、と思うものの、どうも正之助は気になる。そのため、確かめておきたかった。

夜、舞台が終わるのを待って、正之助はアチャコをホテルへ呼びつけた。シングルルームに備えつけてあるテーブルを挟み、二人は向き合った。

瞬間、アチャコが視線を逸《そら》せた。

「この部屋、温《ぬく》うおますなあ。ちょっと、窓開けまひょか」

アチャコは腰を浮かし、窓へ手を伸ばした。

「余計なことをするな」

正之助は一喝した。三月である。部屋の暖房も強くはない。むしろ、肌寒いぐらいだった。

アチャコは驚いたように座り直した。

「お前、この俺に隠しごとをしてるな」

正之助は睨みつけながら言った。どう見ても、アチャコの気配が普通ではない。小心で、正直者だから、態度に表われるのだ。

「え、どうやねん」

「――――」

「黙っていても分からんやないか。え、隠しごとをしてるやろ」

正之助は問い詰めた。視線を避けるように、アチャコはしきりにまばたきを繰り返した。

だが、正之助の眼光が怖《こわ》くなったのか、ついに、うなだれた。

〈やっぱり、こいつにまで手を伸ばしとる〉

正之助は確信した。名古屋へきて正解だったと思った。

「誘われたんか」

声の調子を落として、正之助は訊いた。

「――へえ」

アチャコは小さく頷き返した。

「永田やな」

「へえ」

永田とは、新興キネマの撮影所長――永田雅一のことである。彼が引き抜きの総指揮官役だった。

「で、なんぼもろたんや」

「――」

「言わんかい。なんぼもろたんや」

正之助はテーブルを叩《たた》いた。

「五百円――。いや、その」

言ってから、アチャコは慌てて自分の口元を押さえた。

「なんちゅうことをするんや、お前は」

正之助は怒鳴った。面と向かって白状されると、抑えていたものが一気に噴き出した。

「お前、誰のおかげでここまでなれたんや。今日があると思うとるんや。え、いっぺん言うてみろ」

正之助としても、そんな恩着せがましい台詞《せりふ》は口にしたくない。だが、言わなければ、いまは自分の肚《はら》の虫が治まりそうになかった。

「すんまへん。悪うおました」

アチャコは泣き出しそうな顔を上げた。

こんなこともあろうかと思い、正之助は大金を用意してきた。

札束で頰《ほっ》ぺたを殴りつければ、大抵の芸人は言うことを聞く。謀叛《むほん》を起こすのも、忠誠心を誓うのも、突きつめると、そこへたどり着くはずであった。

「五百円、そうなんやな」

「へえ」

アチャコは頷いた。

「よし」

正之助は目の前で五百円、取り出した。テーブルに置き、

「明日一番に、これを永田に返せ。ええな」

と、アチャコのほうへ押しやった。

「すんまへん。ほな、そうさせてもらいます」

アチャコは大きな体を縮めながら答えた。

しかし、正之助はまだ安心できなかった。アチャコは翻意させたものの、目下、人気絶頂のミスワカナ・玉松一郎には手を焼いた。どこへ隠れたのか、姿を見せないので、接触も説得もできない。

そのうち、二人が松竹の劇場に出演するという情報が入ったので、正之助はそれを差し止めるための訴えを起こした。証人として呼ばれたミスワカナは、昭和十二年三月に吉本へ入ってからのいきさつを、洗いざらい喋《しゃべ》った。

吉本へ入社したころの月給は、内縁の夫である一郎の分と合わせて六十円で、脱退したときは二百三十円だったとか、新興キネマとの契約では、三年間の専属料が七千円で、月給は二人一緒で千円、などと、細かい点まで話した。

二百三十円の月給が、四倍以上の千円になるのである。しかも、七千円もの専属料も転がり込む。

二人がその気になるのも、当然と言えるかもしれなかった。

だが、正之助の腹わたは煮えくり返った。月給の点はともかく、その他のことについても、ワカナはことごとく吉本を悪しざまに言う。レコードの吹き込み料や、ラジオの放送料は会社が取り上げる。一日何回もの舞台の掛け持ちをさせられる。そのため、健康を害するようになった、などなど。

そこまで売れるようになったのは、一体、誰のおかげなのか。その言葉の底には、感謝の気持ちのかけらも見えない。現在の自分達の人気にのぼせ上がって、すべてを計算ずくで片付けようとしている。

それが正之助には腹立たしく、我慢できなかった。

〈こうなったら、とことん、勝負したる〉

正之助は決心した。

ワカナ・一郎も憎いが、裏であやつる新興キネマの永田雅一も憎い。いや、そのもう一つ裏側の、誓約書をないがしろにした松竹のやり口が、許し難かった。

〈もう一ぺん、松竹の本社へ乗り込んでやろうか〉

正之助の頭には、そんな思いもかすめた。乗り込んで行って誓約書を鼻先へ突きつけ、談判してやりたい。

だが、あれから十二年経った現在では、自分も会社もそれなりに世間の評価を受けている。ヤクザまがいの振舞いに及んでは、かえって事態を不利にする。ここは冷静に、正攻法で処理しなければと、正之助は自分の感情を殺した。

吉本と新興キネマとの間では、その後もいざこざが繰り返された。

ヤクザまでからみ、一触即発の危険をはらむようになった。

東宝と松竹の代理戦争をさせられる馬鹿らしさに、正之助は気づいている。だが、行きがかり上、どうにもならない。いまさら引き下がるわけにはいかない。それに、売られた喧嘩はとことん買うのが、正之助の性格でもあった。

「御大、えらいことです。いま、京都で警察が出る騒ぎになっているそうです」

正之助が事務所で次の手を思案しているとき、部下の橋本が知らせにきた。

「どういうことやねん」

「千本組と山口組が睨み合ってるところへ、警察隊が出動してきたそうです」

そんな事態が発生するかもしれないと、正之助にも充分、察しはついた。

現在、京都の劇場には、吉本から走った坊屋三郎らが出演している。それを差し止めるために神戸の山口組が出向いたところ、永田雅一の息のかかる千本組が立ちはだかり、劇場の前で、あわや、の場面が展開された。

気づいた市民が通報し、警察隊が駆けつけたのである。

二年前の昭和十二年には、やはり、引き抜きが原因で、林長二郎（のちの長谷川一夫）がカミソリで顔面を切られる事件が発生している。東宝が松竹のトップスターである林長二郎を引き抜いたのだ。

新興キネマの永田雅一は、その事件でも重要参考人の一人として、警察の調べを受けている。かなり手荒な策を用いる恐れがあるので、正之助としても警戒していた。

「で、どうなったんや」

「まだ分かりませんが、なにかがあり次第、連絡を寄越すように言ってあります」

「難儀な話や」

正之助は舌打ちした。新聞は面白がって、また書き立てるだろう。

明るい話題ならともかく、こういうもめごとを記事にされると、演芸界全体の印象を悪化させる。健全な娯楽としてようやく育て上げてきた漫才の、足を引っ張ることにもなりかねない。世間にそっぽを向かれては、大変である。一日でも早い解決を、正之助は願った。

その後も裁判に訴えたり訴えられたりを繰り返した挙句、京都府警と大阪府警が調停に乗り出して、ようやく、解決の糸口が見えた。

その年の一月には、近衛内閣が総辞職したり、三月には死者九十四人、重軽傷者六百十人にものぼる大阪・枚方《ひらかた》の、陸軍火薬庫の大爆発が起こっている。また、五月十一日には中国東北部とモンゴル国境のノモンハンで、日満軍が大敗した「ノモンハン事件」も発生していた。大東亜建設に、わが国が燃えている最中でもあった。

そういう時局下での吉本と新興キネマの抗争を、単なる演芸界の喧嘩として見すごすわけにはいかないと、警察でも受け止めたらしい。

五月二十二日、京都・大阪両府警の保安課長が列席し、吉本側からは正之助の弟で常務の弘高が、新興キネマ側からは白井信太郎社長が出席して、解決のための条件を協議した。

正之助はけったくそが悪いので、顔を出さなかった。自分が出るほどでもないと思った。

二カ月に及ぶ吉本と新興キネマとの〝戦争〟は、ようやく終局を迎えた。

弘高が持ち帰った契約書の文面を、正之助は丹念に読んだ。

吉本側が新興キネマの演芸部設置を認める見返りとして、松竹・新興キネマ側は正之助が東宝の重役に就くことを認める。

吉本側の芸人のうち、ワカナ・一郎、ラッパ・日佐丸、ラッキー・セブン、益田喜頓、坊屋三郎ら十一名の、新興キネマへの移籍を認める代わりに、新興キネマ側は前記十一名の養育料として、吉本側に一万円を支払う。

主な条件は、そんなところである。

「ま、ええやろ」

ほぼ満足のいく内容だったので、正之助は納得した。売れっこのワカナ・一郎を手放すのは惜しいが、やむを得なかった。

「こんな一万円、会社の金庫へ入れるのは、けったくそ悪いぞ。世間を騒がせたんや。お詫《わ》びのつもりで、お上へ寄付しよ」

「そうですね」

正之助の提案に、弘高も賛成した。一万円は大金だが、それがなければ困るわけでもなかった。

正之助は姉のせいにもそう話し、許可をもらった。

「世間様に迷惑をかけたのやから、そうするべきね」

せいも即座に同意した。

正之助はその金を、軍人援護費用として献金した。それを知った新興キネマ側も、同じ額を軍人援護会へ寄付した。負けてはならじと思ったのだろう。

　この騒動で得をしたのは、芸人達だった。

　吉本は金を生む芸人達を失い、新興キネマはそれを獲得するために莫大な金を遣《つか》った。

　その上、新興側が払う給料は高いから、吉本側としても、それに見劣りしない待遇を要求される。それまでの演芸界での独占が崩れ、うま味が少なくなった分だけ、頑張らなければならなかった。

　状況は厳しい。

　しかし、厳しければ厳しいほど、正之助は闘志を燃やす。

　それから二年の間に、吉本と新興キネマは舞台の上で火花を散らし合う。芸人の質と内容で、あるいは観客の動員数で、しのぎを削り合う。

　正之助は第一線に立って指揮し、新興キネマ側が打ち出す企画より、常に上回るものを用意した。

　向こうで売れっこは、ワカナ・一郎ぐらいである。正之助の目から見れば、他は取るに足らない雑魚《ざこ》ばかりだ。

　その点、こちらはエンタツ・エノスケ、アチャコ・今男をはじめ、まだまだタマは揃っている。騒動以後、芸人の給料を全面的にアップしたから、みんなも張り切っていた。

苦境に追い詰められた新興キネマ側は、最後の生き残り策として、吉本の文芸部員である秋田実らを引き抜いた。

二年前に双方で交した契約書には、芸人の引き抜きはしない、という条項はあるが「文芸部員」までは書いていない。

そこを狙っての、いわば裏をぐっての策動だった。秋田実らに、新作漫才を書かせて勝負しようと考えたのである。

〈汚ない手を使いよる〉

正之助はまたも、腹を立てなければならなかった。

しかし、新興キネマの頑張りも、そこまでが限界だった。

「今度は角座で講談をやるらしいですよ。東京から、一竜斎貞山を連れてくるそうです」

弘高から知らせを受けた正之助は、つかの間、考えた。

「角、か。よっしゃ、うちは南地の花月や、貞山、恐れるに足らずや」

向こうと同じときに、柳家金語楼と、石田一松、柳家三亀松、それに、あきれたぼういずの川田晴久を出せと、正之助は命じた。

「ええか。それであとは、答えを待つばかりや。高みの見物といこうやないか」

「分かりました。それでいきましょう」

弘高も頷いた。

〈これで息の根を止めてやる〉

正之助はその自信があった。一竜斎貞山がどれだけの名人でも、大阪の客はこちらの四人の顔ぶれのほうになびく。見たいと思うはずだ。

正之助のプロデューサー感覚では、そういう答えになっていた。

正解か間違いか、当日、自分でも南地花月へ出向いた。客席の入口には人だかりができている。入り切れない盛況である。

「順番に、順番にお願いしますよ」

「押さないで下さい」

支配人が陣頭に立ち、必死で客をさばいていた。

そこへ角座の様子を探りに行っていた者が戻ってきた。

「どうやった」

楽屋のわきの、人気のないところへ連れて行き、正之助は訊いた。

「あきません。がら空きです」

「あかんことあるかい。それで当然や」

「すんません」

「よっしゃ。もうええ。ご苦労さん」

正之助はほくそ笑んだ。

〈どうや。思い知ったか〉

永田雅一の顔を思い浮かべながら、呟きをもらした。溜飲《りゅういん》が下がるようだった。

それをきっかけに、以後、新興キネマは急激に力を失った。吉本の敵ではなくなった。

角座対南地花月の決戦は、正之助の予想どおり、大勝利に終わり、向こうの息の根を断ったのである。

昭和十六年十二月八日に始まった太平洋戦争は、各戦線で勝利を収めていた。新聞には連日、華々しい戦いぶりが報道された。

だが、それは初めのうちだけで、雲行きは次第に怪しくなった。国民の暮らしも、我慢を強いられるようになり、物資も不足し始めた。「ゼイタク禁止令」が発令されたり、配給制度やキップ生活に追い詰められていった。

そういう状況の中でも、正之助はなんとか演芸を続けようとした。しかし、一人二人と芸人達も兵隊にとられ、商売にならなくなった。

追い討ちをかけるように、昭和十九年に「決戦非常措置要綱」なるものが発令され、東京、大阪などの大都市の劇場十九が閉鎖された。吉本も法善寺の南地花月、天神橋筋の大阪花月劇場、新世界の南陽演舞場の三つを閉めなければならなくなった。戦局は激しさを増し、国民はもう演芸を楽しむ余裕などなかった。

その上、空襲に見舞われ、吉本が所有する劇場の大半は焼失した。今度は吉本も正之助も、息の根を止められた。

再登場

〈これからは、時代が変わるな〉

終戦後、焼け野原になった大阪の街を眺めながら、正之助は思った。

寄席のほとんどを空襲で失ってしまったし、もう演芸は駄目になるのではないか。

漫才や落語など、誰も見向きもしなくなるのではないか。

これからの娯楽は、映画が中心になる。映画には音楽も物語も、笑いも涙もある。

大衆はその魅力に引きつけられるのに違いない。

正之助はそう睨《にら》んだ。

まず映画館を開きたい。しかし、資金がない。なにやかやと売った金が九十六万円残っていたが、戦時中の苦しいときに、なし崩しに遣ってしまい、すっからかんになっていた。

そのため、正之助は自ら三和銀行へ出向き、借金を申し込んだ。人に頭を下げるのは、嫌いな性分である。

だが、そんなことも言ってはおれない。頼み込んで、三百万円を借りることに成功した。

それを元手に、昭和二十一年の秋、千日前グランド劇場をオープンさせた。続いて、梅田と新世界のグランドを、そして、千日前の常盤座、京都の新京極花月、祇園の弥栄クラブと、次々と数を増やしていった。

どの映画館にも、客が殺到した。ようやくめぐってきた平和の中で、人々は娯楽に飢えていた。

その賑わいをみて、正之助は自信を深めた。

〈よし、映画でいける〉

自分の予想に狂いはないと、判断した。

昭和二十二年のある日、正之助は所属の芸人達を呼び集めた。所属といっても名ばかりで、ほとんど仕事らしい仕事はなかった。

「時代は変わった。吉本の演芸は解散せなしゃあない。貸した金はもういらん。キミらは自由になってくれ」

正之助は芸人達に申し渡した。

「そら、結構な話や。借金を帳消しにしてもらえるやなんて」

「そやけど、吉本を離れたら、わしら一体、どうなるんやろ」

「なんとかなるわいな」

よろこぶ者や不安がる者など、いろいろある中で、花菱アチャコだけは絶対に離れたくないと言い張った。

「そんな殺生なこと言わんと。お願いしまっさ。吉本に置いといておくんなはれ」

正之助がいくら説得しても、そう言って引き下がらなかった。

それはアチャコの、吉本に対する忠誠心だった。恩義の表われであった。出る舞台がなくても、仕事がなくてもかまわない。自分が今日あるのは吉本のおかげだから、その吉本を離れることはできないと、肝に銘じていたのである。

結局、吉本所属の芸人としては、花菱アチャコ一人だけが残った。忠誠心と恩義も無論あったのだろうが、正之助が芸人を見抜く眼力に長《た》けているのと同様、アチャコもまた、プロデューサーを見抜く目を持ち合わせていたのだと、遠藤は思う。

〈この人のそばを離れたら、あかん。この人にしがみついていたら、絶対、大丈夫や〉

正之助に対して、絶大な信頼感を寄せていたのではないか。

昭和二十三年一月七日、吉本は新たに株式会社となり、せいが会長、正之助が社長の座についた。資本金六百五十万円だった。

しかし、二年後の昭和二十五年三月十四日、せいは肺結核で亡くなった。六十二歳であった。

「姉さん。安らかに眠って下さい。あとは私と弘高が守ります」

天王寺で営まれた葬式の日、正之助は遺影に手を合わせて誓った。面と向かって姉さんと呼びかけることはめったになかったが、このときは声に出して言った。

なんといっても、せいは吉本の柱だった。一代で世間に名前を知られるほどの会社に育て上げたのである。吉本の顔であり、看板そのものであった。

せいの死後、会社の全責任は正之助の肩にかかってきた。そうなってみて、改めて姉の偉大さを教えられる思いがした。

自分の姉を褒《ほ》めるのは気恥ずかしいが、思い切りのよさ、度胸のよさという点では、正之助でも一歩譲るほどだった。通天閣のような大きな買物でも、ぽんと決めてしまうような、女にしておくのは惜しい性格だったと、正之助は思う。

その半面、細かな気の遣い方もした。芸人の祝いごとや忌みごとにも、必ず顔を出して世話をやく。借金の相談から夫婦喧嘩の仲裁役まで、買って出る。

男の正之助では、到底、真似のできない気配りがあった。それが吉本という興行会社の大きな魅力になり、芸人達を引きつけていたのである。

もっとも、せいの用いる芸人操縦法には、一つの型があった。

例えば、会社に対して不義理をする芸人がいると、

「あれを叱《しか》っておき」

と、正之助に命令する。言われたとおり、正之助はその芸人を呼びつけ、怒鳴り上げる。たっぷりと叱ったところで、今度は姉がかげへ回り、

「あんたが悪いから、林が怒るのやで。ええか、これからは気をつけや」

と、なだめ役に回り、なにがしかの小遣い銭を与えるのだ。

結果、芸人達は、

「御大は恐いけど、御寮さんはやさしゅうて、ええ人やで」

と、思い込む。正之助が悪玉で、せいが善玉というパターンが、いつの間にかでき上がった。姉と弟の間で打ち合わせたわけではないが、暗黙のうちに、芸人操縦法の一つとして、吉本では定着していた。

姉が亡くなったので、もう、その手を使えない。

いや、使おうとしても、吉本所属の芸人は花菱アチャコ一人だけしか残っていない

のだ。

それが、功なり名を遂げた姉にとっては、ただ一つ、心残りではなかったかと、正之助は思う。

演芸に見切りをつけ、吉本は目下、映画に力を注いでいる。そして、幸いそれは好調である。

だが、姉が興《おこ》したそもそもの始まりは、演芸だった。演芸の吉本として、成長してきた。

その足跡を、栄光の歴史をかなぐり捨てて、会社は方向転換を目ざしている。それは正之助の方針でもあった。

晩年、日赤病院へ入院していた姉は、もう全面的に会社の運営は正之助にまかせていた。余計な口出しはしなかった。

だが、心の中にはそれだけが引っかかり、寂しかったのではないかと、正之助は姉のために申しわけない気になっていた。

亡き姉の寂しい胸のうちは充分に察しがつくものの、正之助の肚《はら》の中では、もう完全に演芸を見限っていた。

映画館に群がる客の熱気を見るにつけ、

〈大丈夫、これでいける〉

という自信を深めていった。

しかし、吉本にも一人だけ、所属の芸人が残っている。その一人——花菱アチャコのために、正之助は一興行を打ち、稼ぎをそっくり与えた。

アチャコは戦禍で家を失くしていたので、それで建てるように言った。

「おおきに。恩に着ます」

震えながら、アチャコは押し頂いた。

吉本に忠誠心を見せたアチャコへの、それは正之助からのプレゼントであった。その後は映画に出演させて、金が入る道を作ってやった。

吉本が映画に力を注いでいる間に、松竹は寄席の再興を推し進めていた。上方落語に執念を燃やす五代目の笑福亭松鶴らと協力し合い、昭和二十二年の三月、四ツ橋の文楽座で「上方趣味大阪落語の会」を催した。

それが大成功を収めたので、その年の九月、松竹は手持ちの映画館「戎橋松竹」を寄席に切り替えた。

芸人達はよろこび、翌二十三年四月、関西演芸協会を結成した。

会長には講談の旭堂南陵がなり、副会長は笑福亭松鶴（五代目）、それに、芦乃家雁玉、林田十郎、桂春団治（二代目）、花月亭九里丸らが理事に名を連ねた。総勢七十人にものぼる芸人が集まった。

だが、吉本はそれらの動きを横目に眺めているだけで、演芸に対する方針はなにもなかった。

御大――正之助が見限ったまま、その方面への積極策は全くなかった。

〈どこまでやりよるか、ま、お手並み拝見やな〉

正之助としては、冷ややかに見守るだけであった。

ＮＨＫが昭和二十四年九月から放送を始めた「上方演芸会」という演芸番組が、「浪花小唄」のメロディとともに全国津々浦々まで流れ、たちまち、人気番組になった。

「また来週の木曜日」

「どうぞ、みなさん、お揃いで」

「いらっしゃいませ」

司会の芦乃家雁玉と林田十郎が掛け合いで、大阪弁でそう言うのを、遠藤も子供のころに聞いた覚えがあった。三味線入りの「浪花小唄」のメロディも、いまだに耳に残っていた。

戦後一番早く人気漫才コンビの座を獲得したのは、多分、この芦乃家雁玉・林田十郎だろう。もっちゃりした大阪弁らしい大阪弁に、独得の味があった。

吉本所属の唯一の芸人——花菱アチャコも、間もなく始まったNHKのラジオドラマ「アチャコ青春手帳」と、続いて放送された「お父さんはお人好し」で、爆発的な人気を呼ぶようになった。相手役はいずれも、浪花千栄子だった。

エンタツも「チョビ髭漫遊記」や「エンタツの迷探偵」で活躍している。が、この時期、アチャコのほうの人気が数歩、先行していたと、遠藤は判定する。

だが、まだまだ、正之助は動かない。じっと静観したままであった。

「御大。もう一度、演芸をやりたいのですが」

昭和三十三年の秋、制作部長の八田竹男が正之助に相談を持ちかけた。

「堪忍《かんにん》してくれ。俺はもう、演芸は懲りとんのや。芸人の世話をみるのは、かなわんのや」

正之助は撥《は》ねつけた。つい十年ほど前、吉本所属の芸人達を、アチャコ一人だけ残して全員手放したときの、苦い思いが甦《よみがえ》った。

「しかし、現在のうちの会社のやり方では、近い将来、必ず頭打ちになるだろうと、私は心配しとるのです」

「どういうことやねん、それは」

正之助は一瞬、不快感を覚えた。聞き捨てならないと思い、八田の顔を睨み返した。吉本は現在、六つの映画館を持ち、経営は順調である。それなのに、なにを心配だというのか。

「確かに映画は商売になります。映画産業も隆盛です。しかし、それはいまがピークで、これから先はテレビに喰われるだろうと思うのです」

八田は昭和十二年、早稲田大学の法学部を中退して吉本へ入り、正之助の部下の一人として大いに働いている。時代を見る目も持ち合わせていた。

テレビが普及し始めていることは、正之助も知っている。しかし、絵の粗い、画面の小さい、おもちゃのような代物が、映画の敵になるとは、正之助には到底、思えなかった。

だが、八田は、テレビが映画に取って代わる時代が、必ずやってくるという。

「ですから、いまのわが社のように、映画だけに寄りかかっていては、大変なことになる。そのため、もう一度、演芸部門を開きたいと、私は思うのです」

八田は熱心に話す。正之助は腕組みした。

「幸いわが社は、過去に実績があります。演芸の吉本と称せられる時代を築いています。それを生かせば、大丈夫です」

「そうは言っても、キミ、うちの所属になっている芸人は、アチャコ一人だけやぞ。それで演芸ができるのか」

「その点は、私に心づもりがありますから、まかせて頂きたいのです」

「しかし、なあ」

正之助は考え込んだ。

現実に吉本はいま、映画で稼いでいる。だが、八田の言うように、その映画がテレビに取って代わられる時代が、こないとも限らない。

いまは玩具のようだが、テレビはまだまだ改良されて、性能もよくなるだろう。天然色のものまで出現するかもしれない。

各家庭にそれが一台ずつ入り込むようになると、これは手ごわい。映画を流されるようになれば、もう誰も映画館へ足を運ばなくなる恐れもある。

そうなったとき、映画を柱にしているわが社はピンチに見舞われる。その前に、演芸にも手を広げておこうという八田の進言は、的を射ているかもしれない。

再び演芸の世界へ乗り出すのは、冒険だ。先行している松竹を相手に、しんどい戦いを覚悟しなければならないだろう。

しかし、いま、その冒険が必要かもしれない――。

「自信、あるのか」

「はい」

正之助が訊くと、八田は即座に答えた。

自信があるという八田の返事で、正之助は演芸部門を再開する気になった。冒険だが、やってみようと決心した。

先行している松竹に、はたして、どう斬り込むか。因縁のある相手だけに、気になる。

これまでの勝負は、吉本が勝ちを収めているものの、今度は大きく出遅れた。

しかし、再開するからには、みっともない真似はできない。負けるようなことでは、悔しい。どうあっても、勝ってもらいたい。

あれこれ考えると、正之助はまた、自分が第一線へ出て差配したい衝動に駆られた。

なんだかだと言いながら、芸人とのかかわりの中で生きてきたのである。

その血がざわつき、落ちつかせてくれない。古い芸人の顔が、次々と甦ってならなかった。

〈そういえば、あいつも可哀相な奴やったなあ〉

新興キネマとの戦争で、向こうへ走ったミスワカナのことを、正之助は思い出した。彼女は戦後間もない昭和二十一年の十月、亡くなった。

その少し前、ワカナ・一郎は正之助のところへ詫《わ》びを入れに訪れた。手土産に金張りのシガレットケースを持ってきた。

「ぬけぬけと、顔を出せる義理ではありませんが、お詫びに上がりました。過去のことは深く反省しておりますので、どうか、もう一度、吉本に入れてもらえませんでしょうか」

「お願い致します」

「勝手な奴だと、お叱りを受けるのは重々承知でやって参りました。お願い致します」

ワカナと一郎は、何度も頭を下げた。

だが、正之助は撥ねつけた。

「もう、ええ。反省だなんだと言うても、しゃあないやろ。終わったことや。俺はなんとも思うてへん。しかし、今、お前らをうちへ戻したら、周りに示しがつかん。物事には、けじめというものが肝心やからな」

ま、頑張ってくれ、と、正之助は二人を帰らせた。

それから間もなく、西宮球場で舞台に出ているとき、ワカナは倒れて亡くなった。彼女の家は京都にある。だが、わが国は進駐軍の統制下にあり、遺体の移動はできない決まりになっている。

それを聞いた正之助は、知り合いのMPに頼み、内証で許可を取りつけた。おかげでワカナの遺体は、無事に京都の家へ運ぶことができた。

〈最期まで、手を焼かせる奴やったなあ〉

しかし、それだけに思い出は残る。可愛い芸人の一人であったと思う。

御大とか、後年は〝ライオン〟などという異名をたてまつられ、芸人に恐れられる正之助だが、根はやさしいと、遠藤は分析する。そのやさしさの表われが、ワカナの一件で窺われるのだ。

さて、松竹には目下、日の出の勢いの漫才師――中田ダイマル・ラケットがいる。本名中田勇夫、中田信男のこの兄弟コンビは、最初、ボクシングの格好を取り入れた漫才で評判を呼び、人気者にのし上がった。

かつてのエンタツ・アチャコのように、一世を風靡《ふうび》しつつある。

それに拮抗《きっこう》できるような漫才を、育てることができるかどうか。はやる気持ちを抑えて、ここは黙って八田にまかせようと、正之助は思った。

正之助の許可を得て、演芸の世界へ再登場を狙う八田の頭の中には、一つの夢があった。

落語家や漫才師らは、集めようと思えばすぐに集まるだろう。吉本が演芸を再開すると知れば、自薦他薦の売り込みもあるだろう。

しかし、そういう、いわば手垢《てあか》のついた芸人は、いまさら使いたくない。それでは先行している松竹の、人気者達に到底、太刀打ちできない。

新規に始めるからには、それに見合う新しい芸人が欲しい。そして、新しい売りものになる演芸をやりたい。

それはなにか。

八田は知恵を絞った。眠られぬ日が続いた。

腹心の部下の一人に、中邨秀雄がいる。中邨は関西学院大学のラグビー部の出身で、三年前に入社したばかりであった。

八田は細身だが、中邨のほうはラグビーで鍛えた頑丈な体をしている。顔付きも精《せい》悍《かん》だ。

体型的にも、年齢的にも違うが、八田はこの青年社員を気に入っている。仕事への取り組み方に情熱が感じられるので、将来必ず、吉本を背負って立つ人物になるのではないかと、目っこをつけていた。

「目玉になるような出しものが、ぜひ必要なんだ」

「そうですね。世間をあっと言わせるものでなければ、うちの会社が寄席演芸に再登場する意味がありませんからね」

「そこなんだ。落語や漫才だけでは、どうしようもないからな」

二人は額を寄せ合って相談した。

丁度、そのころ、北野劇場が閉鎖するという情報を聞き込んだ。そこには目下売り出し中のコメディアン達が何人か出演している。台本書きの花登《はなと》筐《こばこ》が率いる一党——大村崑、佐々十郎、芦屋雁之助、芦屋小雁、中山千夏らである。

彼らはテレビに登場して、急激に人気を高めつつあるが、北野劇場でも〝実演〟を見せている。その舞台を失えば、さぞ困るのに違いない。

〈よし〉

八田は閃くものを感じた。彼らを使えば新しい演芸が作れるのではないか。目玉になる出しものが、ひねり出せると思った。

八田は早速、花登筐に会いに行った。近くの喫茶店へ誘い出し、用件を切り出した。

「うちへ、ぜひ、きて欲しいんだ」

「しかし、僕らは東宝系の事務所に所属していますから。事務所のほうが、どう言うか分かりません」

「承知さえしてくれたら、そっちのほうは私のほうで手を打つから、安心して、まかせてくれないかね」

「しかし、事務所には義理もある」

「頼むよ。うちの会社が、むかし、演芸王国と言われたことは、キミも知ってくれていると思うが、戦後十年以上にもなる今日まで、演芸とは遠ざかってきた。しかし、いま一度、乗り出すことになったんだ。それには従来のものとは違う、新しい出しものが欲しい。その新しいものを、キミらの力を借りて作ってみたいのだよ」

八田は熱心にかき口説いた。初めは渋っていた花登も、その熱意に気持ちを動かされたようである。

「分かりました。行きましょう」

「きてくれるか」

八田は胸を撫《な》で下ろした。

花登筐をはじめ、大村崑、佐々十郎、芦屋雁之助、芦屋小雁らと、八田は一年間の契約を取りつけることに成功した。

契約金はリーダー格の花登が十五万円で、他は五万円だった。

演芸場は梅田グランド劇場の地下——東映封切館を改装する段取りになっている。そこで「コメディ」を演じさせようと、八田は考えた。

松竹は本拠地の角座で、漫才や落語を出して客を集めている。「ダイラケ」の人気もあり、大入りを続けていた。

それと色合いの違う演芸として「吉本コメディ」を思いついたのである。花登筐をはじめとするコメディアン達を引き入れたことが、大きなヒントになった。

それを、ただ演芸場で見せるだけでは、もったいないと、八田は思った。客に知ってもらうには、宣伝が必要である。これからはすべてが宣伝の時代である。

八田はまたも知恵を絞った。

映画に取って代わる時代がくるだろうと、自分が予測しているテレビを、なんとかして取り込めないだろうか。

宣伝効果が最も期待できるのは、いま全国の家庭へ急速に浸透しているテレビだ。テレビの伝達力を利用すれば、無名の芸人でも一夜で人気者に仕立て上げることが可能だろう。

これを使わない手はない。

いま関西の民間テレビ局は、大阪（のちに朝日と合併）、読売、関西の三局が出揃っている。いずれも新聞社がバックに控えていた。

〈毎日はどうなっているのだろう〉

調べると、昭和三十四年三月一日、放送を開始することが分かった。そこで八田は、毎日テレビへ出かけた。

製作部長に会い、ずばり、

「番組が足らないのではありませんか」

と、切り出すと、それで困っているところだ、という答えが返った。

「うちでは今度、演芸を再開することになったのですよ。映画館を改装した〝梅田花月〟で、寄席をやりますが、それをテレビで中継しませんか」

「吉本がもう一度、演芸に復帰するのですか」

「そうです」

「それはよろこばしいですね。吉本さんなら大丈夫でしょう。心配いりませんね」

製作部長は即決を控えたものの、その話しぶりから推察して、八田は大いに脈ありと見た。

〈きっと、うまくいく〉

自信を持って、八田は毎日テレビを後にした。製作部長は重役に相談すると約束した。

数日後、梅田花月劇場は毎日テレビと契約を結んだ。そこからの中継放送は、すべて毎日テレビにまかせるという内容だった。

八田は正之助に結果報告をした。

「ご苦労さん。しかし、これからがいよいよ、始まりやぞ。頑張ってくれ」

「はい」

八田は大きく頷いた。勝算はあった。

テレビで放送すれば、それを見た客が、今度は本物を見たくなり、劇場にもやってくるはずだ。社内ではすでに伝説化している初代桂春団治のNHK出演の一件を、八田は思い出した。

いわば、故事に倣《なら》ったのである。ラジオがテレビに代わっても、人間の心は同じだと、八田は見透していた。

昭和三十四年三月一日、梅田花月はオープンした。

戦後十数年、演芸の世界で沈黙を守り続けてきた吉本興業が、いよいよ動き始めたのである。

午前十一時に開場し、入場料は百五十円だった。入れ替えなしで、一日三回興行する。

第一回目の出しものは、花菱アチャコ主演の「迷月赤城山」である。花登筐が台本を書き、演出も受け持った。

独占契約を結んでいる毎日テレビは、カメラを三台持ち込み、夕方の四時半から生中継を行なった。

八田も部下の中郡も、じっとしていられず、テレビ局のスタッフらと一緒になって働いた。

生中継は時間との勝負である。失敗しないよう、スタッフも必死なら、舞台の上の出演者らも、熱いライトに照らされながら懸命に務めた。

テレビの照明は、特に強烈である。それを浴びながら、アチャコをはじめとする出演者らは、文字どおり〝熱演〟した。

それにもかかわらず、結果は芳しくなかった。映画館のころに比べると、梅田花月の収益は落ちている。

半年や一年は赤字覚悟と、最初は太っ腹なところを見せていた会社の上層部が、いい顔をしなくなった。八田は苦境に立たされた。

オープンから三カ月しか経っていないある日、八田は正之助に呼ばれた。

「どうや、見通しは」

部屋へ入るなり、問いかけられた。

「はい。一生懸命、頑張っていますが」

「俺の手元へ届いている数字では、厳しいようやが、この先、どうや。ものになりそうかどうか。キミの率直な意見を聞かせてくれ」

「時間さえ頂ければ、必ずものにしてみせます。始めてから三カ月といえば、まだまだ勉強期間中です。これからいよいよ、成果が表われるころです。お客さんにもよろこんでもらえるようになるはずです」

八田は熱っぽく話した。

「お願いします。もう少し時間を下さい」

その場の言い逃がれではなく、実際、自信めいたものが湧《わ》いていた。いま少し時間の余裕さえ与えられれば、絶対、売りものに仕立て上げてやる。そんな確信があった。

「よし。キミのその言葉を信じることにしよう」

「有難うございます」

「頑張ってくれよ」

「はい、頑張ります」

八田は一礼して部屋を出た。約束したからには、なんとしてでも、ものにしなければならない。そう思うと、武者震いが出た。

数日後、正之助は梅田花月へ立ち寄った。舞台はとっくに終わった、夜遅い時間だった。

終わったあとも、毎晩、遅くまで稽古《けいこ》してると聞いていたので、どんな具合なのか気になって、のぞきに行ったのである。

舞台の上では数人が入り乱れ、大声で台詞を言ったり、見得を切ったりしている。アチャコらの中に混って、八田と中郁の顔も見える。花登筺もいる。

正之助が現われたのに誰も気づかず、練習に熱中していた。

中郁が猛然と、舞台の端の植え込みの中に飛び込んだ。

大きな音がして、大道具の植え込みが倒れた。アチャコをはじめ、そこに居合わせる芸人達は呆然《ぼうぜん》とした様子で立ちつくす。倒れた植え込みの中から、中郁が這い出した。

正之助は薄暗い客席の後方に立ったまま、稽古風景を見守った。無論、客は一人もいない。稽古に熱中して、まだ誰も正之助に気づいていないようだった。

「ええか。いま、中郁クンが見本を示したように、あのぐらいの勢いで、ぶつかって行ってくれよ。それでないと、迫力がないからな」

八田が全員に言い渡す。

「そうだ。とにかく、もっと、みんな、動き回るべきや。コメディは動きの面白さや。思い切って動くんや」

花登筐も大声を張り上げた。

「大丈夫か、中郁クン」

どこかで打ちつけたのか、中郁は額をこすった。それを見て、八田が声をかけた。

「大丈夫です」

中郁は背広を脱ぎ捨て、ネクタイを弛《ゆる》めた格好で、ワイシャツの腕をまくり上げた。学生時代、ラグビーの選手だったから、体は頑丈だった。

「よっしゃ。それじゃ、もう一回、やってみてくれ。みんな、よく見ていろよ」

「はい」

八田の命令に従い、中郁はまたもダッシュした。再び大きな音がして、植え込みが倒れた。木の葉が数枚、ちぎれて舞い上がった。

正之助は黙ったまま、目を凝らした。いま、下手に言葉などかけられないほど、舞台の上の全員は真剣だった。弾き飛ばされそうな熱気が、そこには立ち込めていた。

「ええか。うちはドタバタに徹するんや。芸で勝負しようと思うたら、大間違いや。どう転んでも、勝てるわけがない。しかし、ドタバタなら、充分、勝算がある。舞台の上で動いて動いて動き回って、お客さんの度肝を抜くんや」

八田が発破をかけると、一同が声を揃えて答えた。誰もいない客席に反響して、正之助には鬨《とき》の声のように聞こえた。

目下、松竹の新喜劇が受けている。渋谷天外、藤山寛美の率いる舞台は、日毎に人気を高めつつある。

ＮＨＫをはじめ、民放のテレビにも次々と登場して、日の出の勢いだ。笑いと涙と人情を、巧みに織り込んだ芝居に、客は喝采を送るようだった。

天外も寛美も芸達者である。

それらと、まともに勝負を挑んでは、到底勝てっこない。そこで八田は、ドタバタに徹する作戦を立てたのだ。しかも、生半可なドタバタではなく、文字どおり体当りでぶつかっていくよう、出演者達にも申し渡したのである。

稽古風景を眺めながら、正之助は得心がいった。ある種の感動さえ覚えた。

〈これは、ものにしよるかもしれん。いや、この意気込みなら、必ずものにしよるやろ〉

八田以下、中郁、花登筐、それに出演者一同の奮闘ぶりを見て、正之助は確信した。時間を与えて、気長に見守ってやろう。そう決心した。

中郁が今度は刀を振りかざしながら、またも植え込みの中へ躍り込んで行った。

ベイビーの巻

この時期、吉本興業には今日まで名を残すタレントが何人か入っている。

白木みのるも、その一人である。というよりも、白木が入ったとき、吉本所属の芸人は花菱アチャコと、もう一人、江利チエミの、二人だけだった。

江利チエミは、父親が柳家三亀松と親しかった関係から、吉本の所属になったらしい。三亀松は金語楼らとともに、吉本に所属していた時代があった。

白木みのるを吉本へ連れてきたのは、劇場課長の高山だった。

昭和三十四年の初め、高山が橋本鐵彦の部屋へ入ってきた。橋本は専務になっていた。

「変なことをお訊きしますけど、うちの会社、また演芸を始めるそうですね。実演、始めるのでしょう」

「どこで聞いたんや」

「みんな、そんな噂してますよ」

演芸に乗り出すことは、社内では極秘になっている。まだ社員達には知らせていない。劇場課長のポストにあっても、分からないはずだった。

だが、高山はどこかで聞き込んだらしい。橋本が追及しても、そういう噂が流れていると言うだけであった。

「そこで、お話があるのですが、実演向きの、いいのが見つかったので、抑えてあるんですよ」

「抑えてあるいうて、それ、芸人か」

「いや、まだ素人です」

「素人、か」

「しかし、びっくりするぐらい、歌が上手なんですよ。ＮＨＫの素人のど自慢で、何回も鐘三つ鳴らした経験があるんです」

「歌い手なら、うち、いらんぞ」

「ま、そうおっしゃらずに、ぜひ一度会ってみて下さいよ。岡山県の興行師が欲しいと言うのを、半ば喧嘩腰で連れてきて、いま、新世界の旅館に泊めているのです」

「俺の承諾も得ずに、気の早い奴やな」

「すみません」

高山はぺこりと、頭を下げた。

劇場課長の役職にいるだけに、高山はこれまでに何人もの芸人達と知り合っている。芸人を見る目も確かである。

その高山が早手回しに、上役の許可も得ずに〝確保〟しているからには、それなりの相手だろうと、橋本は見当つけた。素人とはいえ、ただの素人ではないだろうと思った。

「よし。連れてきてくれ」

会ってみたくなり、橋本はそう言った。

「ただし、うちが演芸に乗り出すことは、まだ誰にも喋るなよ」

「分かりました。それじゃ、一時間ほど時間を下さい。すぐに連れてきますから」

高山は部屋を飛び出した。

噂を認める形になるが、この際、仕方がない。近々、演芸界へ再登場するのは、すでに社の上層部では決定ずみである。そのため、有望な芸人がいれば、欲しいのは山々だった。

橋本はわざわざ東京まで出向き、接触したり、物色したりを繰り返していたが、目ぼしい相手が見つからず、困っているときでもあった。

ほどなく、高山は息をはずませながら戻ってきた。後ろには愛くるしい顔の少年を伴っていた。

少年は折目正しく礼をした。

「キミ、なんという名前なの」

相手が子供なので、橋本はやさしい声で訊いた。

「はい、柏木彰と申します」

「柏木クン、か」

なかなか、しっかりした少年である。

顔立ちも女の子のように可愛らしい。橋本の第一印象は上々だった。

「歌がうまいんだって」

橋本が言うと、柏木少年はてれ笑いを浮かべた。その笑顔が、またいい。

「NHKののど自慢で、鐘を三つ鳴らしたんだって」

「はい」

「どんな歌を歌ったの」

「三橋美智也さんの〝おんな船頭唄〟です」

「ほほう。難しい歌だね」

音程が高く、歌いにくい歌を、この少年が本当に歌えるのか。橋本は気になった。

「それじゃ、いま、ここで歌ってくれないかね」

「はい、歌います」

柏木少年は素直に答え、直立不動の姿勢になった。

それから、いきなり、頭の天辺から出るようなボーイソプラノで歌い始めた。

〽嬉しがらせて　泣かせて消えた　憎いあの夜の　旅の風
〈うまい〉

一声聞いただけで、橋本は唸《うな》った。

顔を上気させながら、柏木少年は高々と歌い上げる。

〈どうです、大したものでしょう〉

保護者のように、そばに控えている劇場課長の高山が、そう言いたそうな顔を向けた。

歌い終わった柏木少年は、

「失礼しました」

と、一礼した。橋本の部屋の入口付近には、社員達が何人か顔をのぞかせている。

柏木少年の歌いっぷりに引きつけられたらしい。

「大したもんだよ。驚いたね」

橋本は拍手しながら言った。実際、伴奏もないのにそれだけ歌えるとは、驚きだった。NHKの鐘三つに、偽りはなさそうであった。

「よし。うちの舞台に出てもらおう」

橋本はその場で決定した。こんな可愛らしい少年が、目下人気ナンバーワンの三橋美智也の歌真似をする。それだけでも充分、客に受けるだろうと思った。

「有難うございます」

柏木少年は再び頭を下げた。その躾《しつけ》のよさも、橋本にとっては好ましく映った。

「よかったな」

高山が肩を叩くと、柏木少年はうれしそうな顔になり、またも礼をした。

「しかし、柏木彰という名前は、堅苦しいな」

橋本は腕組みしながら、つかの間、考えた。

「どうだろう。柏木の柏を二つに分けて〝白木〟というのは」

橋本の提案に、柏木少年は、

「おまかせします」

と、答えた。

「彰も固いから、男の子らしく、平仮名で〝みのる〟にしてはどうかね」

「それも、おまかせします」

柏木少年は従順に頷き、「白木みのる」が誕生した。

演芸再開のための〝秘密兵器〟として、橋本は自分が名付け親になった白木みのるに期待した。

「ええか。客をあっと驚かせたいから、外部に知られないように、キミが面倒をみてくれよ」

「承知しました」

橋本は劇場課長の高山に、そう命じた。

出番がくるまで、白木みのるは新世界の旅館に宿泊させている。その間に、思いがけない事態が発生した。

新しく制定された法律で、未成年者には仕事をさせてはならない、ということになったのである。

それを知って、橋本は慌てた。折角、見つけ出し、その日のために温存している柏木少年こと白木みのるが、その法律に引っかかるではないか。

〈難儀やなあ〉

なんとか抜け道はないだろうかと、橋本は頭をひねった。

しかし、未成年者を内証で使っていることが発覚すれば、吉本興業の名に傷がつく。同業者のたれ込みも怖い。

残念だが、諦めるべきか。

迷った末、法律には逆らうべきでないと悟り、橋本は高山を呼んで申し渡した。

「キミも知ってのとおり、厄介な法律ができよった。だから、残念だが、あの少年、うちでは使うわけにはいかん。旅館代は当然、こっちが持つが、それにプラス、小遣いを与えて、帰ってもらってくれ。あの子、田舎はどこや」

「島根県だと言っていたと思いますが、しかし、その法律は大丈夫ですよ」

「大丈夫いうて、どういうことやねん」

「分かりませんでしたか」

「なにがや」

「彼、小柄で、子供のような可愛らしい顔をしてますけど、もう大人ですよ」

「なに」

「成人式もすませています」

「本当か、それ」

「本当ですよ」

高山はしてやったり、という表情になった。

「生年月日は、昭和九年の五月六日ですから、満二十四歳、もうすぐ五になるはずですよ」

「悪いなあ、キミは。俺をびっくりさせよってからに」

「すみませんでした」

高山は謝った。それから、

「白木みのる、大丈夫ですね。うちで使えますね」

と、念を押す。

「当たり前だよ」

橋本は力を込めて答えた。その騙《だま》され方は、しかし、有難かった。手に入れた秘密兵器を失わずにすみ、安堵《あんど》した。

白木みのるは島根県の、大根島の出身である。中海に浮かぶ小さなこの島は、牡丹《ぼたん》の花の産地として有名だが、現在では埋め立てが進んで陸続きになった。島ではなくなり、車でも行くことができる。近ごろは牡丹など、園芸用の草花の他に、薬用人参でも名高い。

余談だが、遠藤がごく最近、出身地確認のために、白木みのるの家に電話をかけると、父親が出、

「大根島じゃ」

と、純朴そのものの声で教えてくれた。

高山は柏木彰こと白木みのるが素人だと、橋本に紹介したが、実はそうではなかった。

島根県の大根島から出てきた白木は、すでに千土地興業に所属していた。ミヤコ蝶々のところでも世話になり、結構、余興などで稼ぎがあった。

吉本へ誘われたとき、だから、初めは乗り気でなかった。吉本の営業品目も、映画か余興しかなかったから、同じ余興なら、なにも移る必要はないと思っていた。

〈松風を騒がせたら、一発で金になる〉

白木にはそんな自信もあった。松風を騒がせるとは、歌を歌えば、という意味である。

だが、吉本が本格的な演芸を始めるという話なので、移籍する気になったのだ。

その本格的な演芸が開始されるまでの数日間、新世界の旅館で待機している白木は、

退屈で体を持て余していた。

そのため、日に一度は、新しく所属になった吉本の事務所へ遊びに出かけた。事務所は見世物小屋のある空地のそば（現在、吉本会館が建っている場所）の、粗末な建物だった。

ある日、白木が入って行くと、橋本が声をかけた。

「どうだね、白木クン。歌のほうは練習しているかね」

「はい。ときどき」

「そりゃ結構。ところで、今日はなにか用かね」

「いえ、別に用事はありませんけど、暇なので遊びにきたんです」

「そうかね、暇かね。じゃ、映画でも見てくればいいや」

橋本の言葉は東京弁である。大阪弁も多少は混るが、青年時代まで過ごした東京の言葉のほうが濃く出る。

「どうだね、見に行くかね」

「はい。行きます」

「じゃ、見たい映画館へ行って、うちの所属だと、木戸番に言いなさい。無料で入れてくれるから」

橋本はそう言って、二つ三つの映画館を教えてくれた。

「それじゃ、行かせてもらいます」

白木は礼を言い、早速、その一つへ出かけた。

〈よし。これからは毎日、映画のハシゴをしてやろう〉

映画好きの白木はほくそ笑んだ。さすが、映画の吉本である。無料で見せてくれるとは有難かった。所属になって、儲けものをしたと思った。

「白木です」

そう告げて、白木は洋画専門館の木戸を通ろうとした。そのとたん、

「おい。ちょっと待て、ちょっと待て」

と、係の男が呼び止めた。

「なんや、お前は」

「僕、今度、吉本の所属になった白木みのるという者です」

「白木みのる？　そんな芸人は、うちにはおらん。うちにいるのは、アチャコ先生と江利チエミだけや」

「そこへ、僕も入れてもらったのです」

「嘘をつくな。子供のくせに、大人を騙そうと思うても、そうはいかんぞ」

「本当です」

いくら説明しても信じてくれず、挙句、白木は係の男に襟首《えりくび》をつままれ、外へ放り出されてしまった。

間もなく、吉本バラエティーが始まり、白木みのるも参加した。

花菱アチャコがいる。横山エンタツがいる。

芦屋雁之助、小雁、大村崑、佐々十郎らの顔もある。

笑福亭松之助も加わった。

吉本からは制作部長の八田と、中邨の他に、本書きの若手もきて、連日、徹夜の稽古が続いた。

それでも、客は入らない。

初めのころは珍しさもあってか、結構、客が詰めかけた。だが、それもほんの短い期間だけで、客席はがら空きの状態になった。

「おい。見てみィ、今日は六人やぞ」

「難儀やなあ」

「あれ、一人、帰りよるで。立ち上がったがな」

「便所と違うんかいな」

「違うで。あれは帰る気やで」

舞台の袖から、こっそりと客席をのぞいては、そんな心配をする日が続いた。

「あの客に頼みに行こか。もう一ぺん、座ってくれ、と」

「ほんまやなあ」

出演者同士、顔を寄せ合っては、心細い思いをした。客のいない客席の椅子《いす》が、白木には恨めしかった。

それでも、八田以下全員は張り切っていた。

〈いつか必ず、いや、もうすぐ必ず、陽の差すときがくるんや〉

そう信じて、舞台が終わってからも遅くまで、稽古に打ち込んだ。

会社からは橋本もときどき、姿を見せた。稽古風景を黙って見守っている。

その上役の、正之助も、ぶらりと、やってくる。大抵は下駄ばきで、これも黙って、客席の後方で腕組みしながら注目していた。

客の入りが悪いから、舞台に金がかけられない。儲かっていなければ、会社はどうしても経費を安く上げようとする。大道具や小道具にも、そのシワ寄せがきた。

「もう少しの辛抱や。頑張ってくれ」

八田は自らを励ますように、出演者達にも声をかけた。そして、中郡とともに、舞台稽古の先頭に立った。

その辛抱という言葉には、精神的な面だけでなく、物質的な意味あいも含まれていた。

雁之助が主演で「月形半平太」をするとき、こんなことがあった。

「春雨じゃ、濡《ぬ》れて行こう」

と、傘をさして橋を渡る場面がある。見せ場のそこで用いる橋が、ない。会社は作ってくれない。

稽古は橋がないままで終えたが、いざ本番になると、三尺ほどの朱塗りの橋が、きちんと掛かっている。

〈やっぱり会社も、出すときには出すんやな〉

白木は勝手に考えていたが、そうではなかった。舞台の終了後、雁之助が、

「この橋、わしが金出して作ったんや」

と、話すのを聞いた。

経費を渋る会社の台所事情への驚きよりも、そのとき、白木は雁之助の役者魂への驚きのほうが大きかった。

舞台のためなら、銭金《ぜにかね》をいとわず、精一杯の努力をして、客をよろこばせようとす

る、その心意気を見せつけられたようで、よい勉強になったと思った。

ある日、舞台の練習が終わったあと、佐々十郎が白木みのるに声をかけた。

「御大がスシを食わしてやると言ってるんだけど、俺一人じゃ心細いから、ベイビーも一緒に行こうよ」

どういう風の吹き回しで、正之助が佐々十郎を誘ったのか、分からない。が、なんでも日本一のスシを食わせてやると言っているらしい。

小柄な白木はそのころ、周りの者から「ベイビー」と呼ばれるようになっていた。

「僕がついて行っても、ええんやろか」

「いいよ、いいよ。きてくれよ。俺一人では気味が悪いもの」

スシは好きだし、佐々十郎もそう言うので、白木は同行する気になった。

二人が楽屋の入口で待っていると、正之助が現われ、先に立って歩き出した。足元は下駄である。佐々十郎と白木は、数歩後ろに従った。

「ええか。日本一のスシを食わしてやるからな」

途中で正之助は振り返り、そう告げた。

「有難うございます」

佐々十郎と白木は同時に頭を下げた。

しかし、普段はめったに口をきく機会もない会社の偉い人が、スシをおごってくれると言うのである。しかも、日本一のスシだという。

これにはなにか、わけがあるのではないかと、白木は思った。うまきものを食わす人に油断するな、という言い伝えもある。

〈佐々やんだけにご馳走して、なにか重大な話でもするつもりだったのと違うやろか。うっかりついてきたけど、邪魔になれへんやろか〉

白木は後悔し始めた。佐々十郎に断わって、一人だけ引き返そうかと思った。黙って歩く正之助の背中に、不気味な威圧感も覚えた。

佐々十郎も不安げな顔付きになっている。正之助は下駄の音を響かせて、お初天神の裏通りへ入って行く。顔を見合わせながら、二人は後に続いた。

「よっしゃ。ここや」

不意に正之助が足を止めた。顎《あご》をしゃくって見せた先には、間口一間足らずの、屋台と見まがうような店がある。くすんだ暖簾《のれん》が夜風にうごめいた。

「ここが、その日本一のスシですか」

目を見開きながら、佐々十郎が訊いた。

「そうや。日本一や、暖簾を見てみィ」

にやりと笑みを洩《も》らして、正之助は中へ入った。佐々十郎が暖簾をつまみ、広げて見せた。

「なるほど、違いない。日本一と書いてある」

「味ではないんかいな」

「変だと思ったんだ。なんで御大が、わざわざ、この俺に、日本一のスシをご馳走してくれるのかと、不思議でならなかったんだ」

「まるで落語の〝素人うなぎ〟やな」

「一杯食わされたよ」

二人が、入口で話していると、中から正之助が、

「何をぐずぐずしているんや。入らんかい」

と、怒鳴った。

「はい」

お互いを前へ押しやるようにして、二人は入った。七、八人も座れば満席になる手狭さで、壁には〝一皿十円〟という貼り紙がしてあった。

素うどんでも、二十五円している。

その時代の、一皿三個で十円のにぎりズシである。ゲソ（イカの足）なら四つあった。

安物のスシの中でも、恐らく、最低線の値段だろう。しかし、店の名前だけは確かに「日本一」だった。

「遠慮せずに、喰えよ」

「はい」

正之助に促されて、佐々十郎と白木みのるは神妙に頷いた。エビやアワビなどの高級なネタはない。マグロ、イカ、タコなど、ごく一般的なものばかりが並んでいた。

「マグロ、もらいます」

「僕も、それ」

佐々十郎に合わせて、白木みのるも注文した。そのとたん、横に座った正之助が、

「こいつら、辛いものが好きやから、サビ、利《き》かしてやってくれ」

と、口出しした。

「へえ」

豆しぼりの鉢巻き姿の職人は合点し、手早く握った。佐々十郎と白木は、またも顔を見合わせた。二人とも特に、辛いもの好きではなかった。

ほどなく出てきた皿のマグロに、白木はハケで醬油《しょうゆ》を塗った。割箸でつまんで頰張った瞬間、ワサビが鼻へ突き抜けた。

「んー」

隣りの佐々十郎も、唸った。効《き》きすぎるぐらい、効いている。白木は危うく、吐き出しそうになった。

正之助は素知らぬふうで、口を動かす。その視線に気づかれないよう、白木はマグロのネタをめくり、下のワサビを取り除いた。佐々十郎もそれを真似《まね》た。

三十分ほどで「日本一」のにぎりズシを出、正之助は再び先に立って歩いた。

「どうやった、味は」

「はい。おいしかったです。ご馳走さまでした」

「それは結構」

しばらく、そのまま歩いてから、

「俺はちょっと他へ回るから、キミらとはここで別れよう」

と、正之助は足を止めた。それから、厳しい表情で二人を見比べた。

「ええか。本当に日本一のスシが喰えるような芸人にならな、あかんぞ」

言い残して、立ち去った。それを言うために、わざわざ「日本一」のにぎりズシへ連れて行ったらしい。

正之助は多分に茶目っ気を持ち合わせている。その茶目っ気で、二人をからかったようである。芸人なぶりをしたのかもしれない。

だが、ただ、からかうのではなく、なぶるのではなかった。底には、きちんとサビも仕込んであった。

「本当に、日本一のスシが喰えるような芸人にならな、あかんぞ」

別れ際の、その一言は、白木の胸に応えた。佐々十郎も恐らく同じだろう。からかいながら、いたぶりながら、正之助は励ましてくれているのだ。

効きすぎるワサビ以上に、それは効いた。つんと鼻の奥を刺激し、白木の神経を奮い立たせた。

〈よし、頑張るぞ〉

佐々十郎と並んで黙々と歩きながら、白木は新たな決意がみなぎるのを覚えた。

松ちゃんの章

松ちゃんこと笑福亭松之助は、白木みのるより二週間遅れて吉本興業に入った。

本名は明石徳三と称し、大正十四年、神戸・福原の生まれである。

五代目笑福亭松鶴の弟子だが、喜劇役者としての才能もあり、昭和三十年代の半ば、人気者になった。

だが、ここではまだ、その少し前の話になる。

宝塚の新芸座にいた松之助は、知人の紹介で吉本の制作部長——八田と会った。

「今度、うちでも新喜劇をやろうと思うんだが、力を貸してくれないかね」

八田はそう切り出した。

「新喜劇いうて、それはすでに、松竹がしてるのと違いますか」

渋谷天外や藤山寛美らの松竹新喜劇が評判になっているので、松之助は訝《いぶか》った。

が、八田の答えは明快だった。

「向こうは、松竹新喜劇。こっちは吉本新喜劇だ」

「しかし、それ、おかしいんと違いますか」

「なにがおかしいんだ」

八田に切り返されて、松之助はそれ以上、言い返せなかった。

〈なるほど、そう言われたら、そうや〉

同じ新喜劇と謳《うた》っても、頭の二文字が違う。その違いは、水と油ほど隔てられている。

〈この人、もしかすると、凄いことを考える人かもしれん〉

厚かましく、大胆で、しかも理にかなった「吉本新喜劇」の発想に、松之助は興味を覚えた。

〈一丁、やってみるか〉

そんな気にさせられた。

「どうかね。きてくれないかね」

「お願いします」

八田に促され、松之助は承諾した。契約期間は一応、一年で、契約金も受け取った。

しかし、客の入りは悪い。

役者は無論、会社の人達も必死で取り組んでいるのに、客席には空席が目立つ。なんとかしなければと、全員が知恵と力を出し合う中で、ある日、八田が、

「松之助クン。キミ、本を書いてくれないかね」

と言った。

松之助は書くことが好きで、芝居の台本を何本か書いた実績もある。それを知って、八田は頼んだようだ。

「やらせてもらいます」

松之助が引き受けると、八田は一つだけ注文を出した。

「うちの芝居は、前のほうを見ていなければ筋が理解できない、というようなことでは困るんだ。便所に立ったお客さんでも、戻ってくると、すぐに笑える。そういう芝居を書いて欲しいんだよ」

「分かりました」

松之助は頷いた。笑いと涙の、人情芝居の松竹新喜劇とは、そこのところが大きく違う。

〈なるほど、やっぱり、考えてはるな〉

教えられたと、松之助は思った。

専門に台本を書いているのは、竹本浩三という若手一人だけである。他にも野末陳平、香村菊雄らが、ときたま書くぐらいで、ほとんどは竹本が一手に引き受けていた。そこへ松之助も加わることになった。勿論、役者としても舞台に立つから、作家兼出演者の、二足のワラジをはくことになった。

「おい、ちょっと、あの柱のかげを見てみィ」

「どこ、どこ」

「あそこや」

舞台の袖が騒々しい。出番を待つ者や、引き下がってきた者が、囁き合いながら客席のほうを窺う。

松之助も浪人者の衣裳のまま、みんなの間から顔をのぞかせた。

今日は結構、客の入りがよい。半分以上は埋まっていた。

その後方の、薄暗い柱のかげに、男が一人うつむき加減で立っている。ジャンパー姿の、ごくありふれた風体だが、視線はじっと舞台に注いだままである。まばたきもせず、注目する。

舞台の袖のみんなが、小突き合ってのぞくのは、その男だった。

「あれは、どう見ても寛美さんやで」

「ほんまや。あの顔は、寛美さんや」

「間違いない」

それはまぎれもなく、松竹新喜劇の花形スター、藤山寛美であった。

吉本新喜劇とは、そも、なんぞや。一体どんなものを演じるのか。幕間《まくあい》の時間を狙って、藤山寛美は様子を見にきたらしい。敵情視察である。

「俺らの芝居、それだけ面白いんやろか」

「あほ、面白いから見にきやはったんとは違うぞ」

「ほな、なんでや」

「どんな下手くそな芝居をしているか、確かめにきやはったんやで」

「悔しいやないか」

「悔しい思うたら、頑張らんかい」

「偉そうなこと言わんと、お前のほうこそ頑張らんかい」

「おお、頑張ったる」

藤山寛美の姿をのぞき見しながら、一同は口々に言い合った。

その日の舞台は力が入った。

他の客は眼中にはない。意識するのは、藤山寛美の目だけだ。

向こうから見れば取るに足らない芝居かもしれないが、こちらとしては偉大なるライバルに映る。そのライバルの、看板スターが見守っているのだと思うと、闘争心が湧いてくる。

〈負けられますかいな〉

松之助も張り切り、いつもより熱のこもる芝居をした。立ち回りのとき、つい、力が入りすぎ、竹光で相手の腕に本気で斬りつけ、悲鳴を上げさせた。

藤山寛美のときと同じように、出演者達が張り切る人物が、もう一人いた。

正之助である。御大、あるいはライオンとも陰口されていた。

正之助は予告もなく、不意に現われて、客席のそこここで目を光らせる。一つの場所に落ちつかず、いま前の席にいたかと思うと、次には後方へ移ったり、あるいは舞台の袖や楽屋にも出没する。油断できないのである。

そして芝居のできが悪いと、

「あれ、なんや。学芸会でも、もっと、ましやぞ」

と、怒鳴り上げる。

そのため、みんなはちりちりし、

「おい、ライオンがきてるぞ」

と、知らされたとたん、全員、電流でも浴びたように体を硬直させた。

台本書きの竹本浩三は、演出から大道具、小道具の調達まで、一手に引き受けていた。

まげものの喜劇を演じるのに予算の関係上、正式なかつらは使用できないので、竹本は松屋町の玩具問屋へ行き、紙製のオモチャのかつらを何種類も買い求めた。

出演者はそれをかぶり、殿様や若様や浪人者や、あるいはお姫様、奥女中などに扮する。

八田の言う、

「辛抱してくれ」

の中に、それも含まれていた。

昭和三十五年の正月興行のとき、松之助は梅田花月で大失態を演じた。というよりも、武勇伝と言うほうが正しいかもしれない。

正月の楽屋には、酒が持ち込まれる。松之助はいたって好きなほうである。

紙のチョンマゲを付けた若武者の衣裳で、出番を待ちながら、松之助はコップ酒を呑んだ。差し入れのおせち料理をつまみながら、何杯か空けたころ、出番になった。

酔うほどの量ではない。意識は確かだし、足元もしっかりしている。舞台へ登場した松之助は、雲助どもに取り囲まれた姫君と腰元を助ける役だった。

喜劇風の、軽妙な台詞《せりふ》のやりとりのあと、立ち回りになったとたん、前の席に陣取った男の客が、

「下手くそ」

と、野次を飛ばした。

男はその前から、出演者の誰彼なしに大声を発したり、見当違いな拍手をして、客席のひんしゅくを買っていた。

正月気分で、酒も入っているようだった。

松之助のほうにも酒が入っている。酒と酒とが、瞬間、刺激し合った。

「下手くそとは、なんや」

立ち回りの手を止め、松之助は客席に向かって言い返した。

「下手くそやから下手くそと言うんや。それが、どこが悪い。この下手くそ」

「なにを、おのれ。さっきから、出てくる者に次々とケチを付けよってからに」

それまではおとなしかった松之助の体の中の酒が、一気に頭へ昇った。竹光を振りかざして、舞台から飛び下りた。

「松ちゃん、やめとけ」

誰かが引き止めたが、その手を振り払った。

「そ、それが客に対する態度か」

男は立ち上がり、逃げ腰になった。

「おのれのような奴は、客とは違うわい」

叩き切ってやると、松之助は竹光を振りかざし、男に切りつけようとした。

その見幕に、男は怯《おび》えて逃げ出した。客席の通路を懸命に走る。

「待て」

松之助は後を追った。

「松ちゃん、落ちつけ」

「あほなこと、するな」

出演者数人が、その後を追う。客席は総立ちになり、

「これのほうが面白いやないか」

「これも芝居か」

「もっと、やれやれ」

と、拍手まじりに、けしかけた。

男は木戸をすり抜けて町へ逃げ出し、なおも追いかけようとする松之助は、立ちは

だかる支配人に抱き止められた。

　抱きかかえられるようにして、松之助は楽屋へ連れ戻された。

　走り回ったせいで、酔いが一気にきた。自分では確かなつもりだが、他から見ればそうではなかったらしい。

「無茶したら、あかんがな。あれでも客やねんから」

「そや。客は大切にせなあかんで」

「ま、松ちゃんが腹立てるのも分かるけどな。あいつの野次はしつっこいから」

「ほんまや、ほんまや」

「そばで見ていて、俺、胸がすーっとしたで。一緒に刀持って、追っかけたいぐらいやったな」

　みんなは周りを取り囲み、なだめたり、すかしたりした。

　それを聞きながら、松之助は別のことを考えていた。忠臣蔵の松の廊下ではないが、せめて一太刀、あの男を竹光で殴りつけられなかったことが、残念でならなかった。

　しかし、それも、つかの間だった。ほどなく、また次の不安が頭をかすめた。

〈今日はライオン、きてたんやろか〉

　大きな目玉をぎょろつかせて、松之助は集まっている顔ぶれを見回した。それを、勘違いしたらしい。

「松ちゃん、気分が悪いんか」

「ゲロゲロするんやったら、トイレへ行きや」

「誰か、洗面器持ってきてやれ」

慌てる周囲を、

「違うんや。気分は快適や」

と、松之助は制した。どうやら、今日はきていないらしい。

〈そうやろな。あの人がきていたら、もう、とっくに、ここへ乗り込んできてるやろ。それで、俺はいまごろ――〉

松之助は首を引っ込めた。たちまち、酔いが抜けていくようであった。

だが、翌日、正之助は姿を見せた。

松之助が出番を終え、楽屋へ戻ると、支配人が急いで現われ、

「いま、ライオンの姿が見えましたで。早《は》よ、逃げなはれ」

と、教えた。昨日の一件を聞いて、説教しにきたのに違いない。それを察して、支配人は知らせてくれたのである。

松之助は慌てた。紙のかつらを脱ぎ捨て、衣裳の上にオーバーを羽織り、楽屋を飛

び出した。次の出番まで、四時間ある。それまでに楽屋へ戻ればよかった。

〈くわばら、くわばら。危ないこっちゃ〉

化粧もろくに落としてないので、行き交う人が怪訝《けげん》な目を向ける。それを避けるため、オーバーの襟を立て、うつむき加減になり、松之助は歩いた。

行くあてはない。ただ、正之助と顔を合わせるのが怖いために、逃げ出したのである。

曽根崎警察署の角から左に折れ、梅田新道へ向かった。そこから淀屋橋へ行き、時間つぶしに御堂筋を歩くことにした。

片道四キロ、往復八キロの道を、ぶらぶら歩けば、四時間ぐらいは経つだろう。そう思い、冬空に枝を伸ばす銀杏《いちょう》並木を見上げながら、松之助は足を運んだ。

難波の高島屋の前まで行き着き、今度は反対側の通りを引き返し、時計を確かめると、頃合な時間になっている。

正之助が四時間もの長い間、楽屋にとどまっているとは思えない。

〈やれやれ〉

一難去った気分で、松之助は梅田花月の近くまで戻った。すると――。

向こうから歩いてくる人物が目に入った。

オーバーを着て、足元は靴である。珍しく下駄ばきではない。

だが、たてがみのような銀髪は、まぎれもなくライオンだった。一瞬、鋭い眼光で射る。

〈あかんがな〉

松之助は狼狽《ろうばい》した。丁度、近くに公衆便所がある。そこへ身を隠そうとした。

入口は両側に設けてある。その一方から松之助が走り込むと、向こうの入口から正之助が現われた。

「こら」

「すんまへん」

一喝されて、松之助は弾かれたように頭を下げた。万事休すだった。

「なにを逃げ隠れするんや。俺と顔を合わせるのが、それだけ怖いのか」

「へえ、その」

「身に覚えがあるからやろ」

「はい。いや、その」

「こんなところでは話もできん。外へ出んかい」

「はい」

正之助の後ろについて、松之助も公衆便所から出た。喫茶店にでも連れて行かれるのかと思ったが、そうではなく、公衆便所の壁のそばに立ったまま、正之助は説教を始めた。

「お前、舞台をなんと心得ているんや」

「へえ。すんまへん」

視線を合わせるのが怖く、松之助はうなだれたままでいる。

「いくら正月とはいえ、芸人が酒を呑んで舞台へ上がるとは、なにごとや。そんなことが許されるとでも思うとるんか」

「すんません」

松之助はひたすら、謝るしかなかった。自分でもよいことをしたとは、決して思っていなかった。

「おまけに、客を相手に立ち回りを演じるとは、言語道断やないか。客は銭を払《はろ》うて、見にきてくれているのや。それを相手に、本気で喧嘩するとは、とんでもない話や。たとえ、どんな憎たらしい野次を飛ばされても、それを上手にあしらうのが芸人や。それも芸のうちや。そう思わんか」

「はい。そう思います」

「思うんやったら、そうせんかい」

「すんません」

「すんません、すんません言うて、ほんまにすまんと思うてるんか」

「はい。思うてます」

松之助は神妙に答えた。非は自分のほうにあるので、とにかく、謝るだけである。一言の反論もできなかった。

三十分余り、こんこんと諭してから、

「分かったら、早よ楽屋へ帰れ。出番やろ」

と、正之助は促した。時間が迫っているので、松之助も気になっているところだった。

「すんませんでした。ほな、失礼させてもらいます」

一礼して、松之助はその場を離れた。

「俺はおまえに期待してるんやからな」

背後から正之助が浴びせかけた。振り返って、松之助は再び頭を下げた。

〈あの人とは、余程相性が悪いんやろか。それとも反対に、よすぎるんやろか〉

折角、四時間も逃げ回っていたのに、公衆便所のそばで、ばったり出くわすとは、一体どういうめぐり合わせになっているのか。恨めしいような、結果としてはそれでよかったような、松之助は複雑な思いに捉われた。

吉本新喜劇は、相変わらず冴《さ》えない。

全員、辛抱しながら頑張っているのに、世間が振り向いてくれないのだ。

昭和三十四年の三月にスタートして、丸二年経過したが、先行き明るくなりそうにも思えないので、松之助は我慢できなくなった。

〈こんなことをしていて、ええんやろか〉

舞台の上から、がら空きの客席を見ると、心配になる。このまま、吉本興業にとどまっていては、芸人としての自分が駄目になってしまうのではないか。不安にとりつかれた。

一旦、のぞき出した不安は、松之助の内部でたちまち膨張した。なにごとによらず、思い込むと一直線に突っ走る性格である。一本気の、凝り性だ。

そんな松之助の心中を見透かすように、松竹から誘いの声がかかった。つまり、芸人としての自分の価値を、まだ評価してくれていることになる。うれしい話である。

〈どうしよう〉

吉本には二年間、お世話になっているから、義理も感じる。松之助は悩んだ。

その悩みを、仲のよい白木みのるに打ち明けて相談した。

「どやろ、ベイビー。俺、松竹へ行こうかと思うんやけど」

「ええがな、それ。僕も行きたいで」

「ほんまか」

「ほんまや」

「ほな、二人で行こか。ベイビーなら向こうも大歓迎するで」

「そやろか」

「そら、そうや。よっしゃ、決まった。すべては俺にまかせといてくれ」

白木が一緒に行くと言うので、松之助は勇気が出た。悩んでいたことが、吹っ切れた。

話を最終的に煮詰め、いよいよ決行という日、白木は急性盲腸炎になり、入院した。

そのため、松之助は一人で吉本の事務所へ出向き、やめさせて欲しいと申し出た。

「で、どうするつもりだ」

八田に訊かれ、どうせ分かることなので正直に、松竹へ行かせてもらうと、松之助は答えた。

「そうか。ま、頑張ってくれ」

「お役に立てず、申しわけありませんでした」

不義理を詫び、松之助は引き下がった。快くとはいかないまでも、八田は許してくれた。

後日談だが、このとき、松之助と吉本との契約期間は、まだ一カ月残っていた。それを承知で、八田はいちゃもんもつけず、移籍を認めてくれたのである。何年か後、松之助はその事実を知り、吉本興業と八田に、大いに感謝した。

「なにを勝手なことを言うんだ。契約はまだ一カ月残っているぞ」

そう言って突っぱねられても仕方がなかった。

一方、入院中の白木は、見舞いにきた会社の者から、松之助の悪口を聞かされた。

「お前も松竹へ行く気やろ」

探りを入れては、松之助が白木の悪口を喋っていると、吹き込むのである。

〈松ちゃんが、そんなこと言うはずがない〉

打ち消そうと思うが、繰り返して聞かされると、本当かなという疑いものぞく。

病院のベッドの上で、白木は悶々とした。

結局、松之助一人が松竹へ移った。昭和三十六年の四月である。

白木みのるは吉本に残った。

二人は仲がよかったが、その一件後、気まずい状態になった。悪口を言った言わぬと会社から聞かされ、仲違いしたのである。

結果的には、会社にうまく計られたのだろう。白木を松竹へ行かせないための作戦だったと思われる。

松之助が吉本を飛び出したいま一つの理由は、台本書きとしての悩みだった。

天王寺公園を設定した芝居のとき、ある出演者が通天閣の天辺を手で摑《つか》み、後ろからともしている電球を取り出した。その出演者は公園の片隅でジュースを売るオッサンの役だった。

作家兼役者として、その舞台には松之助も登場する。が、まだ顔を出さないうちに、早々と、ジュース売りのオッサン役が、遠景としてセットされた通天閣をいじったのである。

客席は爆笑する。爆笑するから、なおさら調子に乗り、ジュース売りのオッサンは電球まで取り出して、ふざけた。

芝居は約束事の芸である。それでこそ成り立つ芸術である。たとえ喜劇であろうとも、その約束事を外しては存続し得ない。芝居を演じる意味がない。舞台に配置された道具類は、すべて約束事に守られて効果を発揮する。ドラマはその中で展開されていく。

それを無視するような、通天閣の天辺を手で撫で回すような振舞いは、到底、芝居とは言えない。悪ふざけにしても、質《たち》が悪すぎる。

文学座の芝居ではないのだから、ときには客席と一体になるアソビも必要だと、松之助は思う。しかし、そのアソビを、芝居の基本を破壊するような悪手で行なわれては、我慢できない。

「なんちゅうことをするんや」

自分の出番を終え、楽屋へ戻るなり、松之助はジュース売りのオッサン役に怒鳴った。漫才師の彼は、売りものの円い眼鏡の奥の目をしょぼつかせた。

「客が笑うから、なにをしてもええというもんとは違うやろ。それなら、全員が舞台へ出て、手当り次第に道具を叩きつぶせば、客席は大笑いしよるやろ。そやけど、それでは芝居になれへんやろ」

折角、自分が書いた芝居を台無しにされ、松之助は泣きたい気持ちになっていた。高邁《こうまい》な演劇論を説くつもりはないし、自分でもそれは苦手である。

ただ、最低限度の基本だけは分かって欲しいと思い、松之助はまくし立てた。分かったのか、分からないのか。

ジュース売りのオッサン役は、以後も同じような振舞いに及んだ。一度、それで受けると、今度は客席も期待するようになる。

「次はどこを壊しよるんやろか」

ドラマのストーリーよりも、客の関心はそっちへ向く。そして、笑いを取れば、その味が忘れられず、行なう側としてはアンコールに応えたくなってくる。悪循環である。

松之助はそこに絶望もした。しかし、その松之助も六年後には再び吉本へ戻ることになるのだから、芸人さんは不可解だと、遠藤は思う。

松竹に移った松之助は、その少し前に始まった朝日テレビのコメディー「スチャラカ社員」で、人気者になっていた。そこに目をつけて、松竹が引き抜いたのである。

このコメディーは香川登志緒（のちに登枝緒）の原作で、人気絶頂の中田ダイマル・ラケットや、ミヤコ蝶々、南都雄二らが出演しており、松之助もそこへレギュラーとして加わっていた。

もっとも、蝶々・雄二と松之助は、昭和二十九年に始まった朝日放送のラジオ番組

「漫才学校」で共演している。他に、夢路いとし・喜味こいし、秋田Aスケ・Bスケ、森光子らも一緒で、ドングリまなこの松之助は「目玉の松ちゃん」のニックネームを奉られて、すでに人気者の仲間入りを果たしていたが。

しかし、世間に顔を知られるようになったのは「スチャラカ社員」が最初だろう。それから一年後には、白木みのるも同じテレビ局の「てなもんや三度笠」で、茶の間の人気をかっさらう。

馬面《うまづら》を売りものにした〝あんかけの時次郎〟こと藤田まことの相棒の小坊主――珍念は、ぴたり、白木のはまり役だった。

藤田とともに人気者になっていったが、二人の芸達者ぶりもさることながら、これはコメディーとしてのできも秀逸だった。香川登枝緒の代表作のうちでも、筆頭格だろうと思われる。

それはともかく、松竹へ移った松之助は「スチャラカ社員」のレギュラーを外された。吉本側から文句が出たのである。

さて、白木が松之助と行動を共にしていれば、はたして「てなもんや三度笠」の主役級の仕事が舞い込んできたかどうか。

結果として、松之助は松竹へ移ってテレビのレギュラーを失ったが、白木は吉本に残ったのが幸運だったのである。

人の運不運、というよりも、ことに芸人の運と不運は、微妙なところで大きく変わる。この二人に、その顕著な例を窺うことができる。

以後、もう一度、白木は謀叛を起こしかけたことがある。やはり、松竹へ行こうとしたのだが、その話が九割方決まりかけたある日、梅田花月の舞台が終了後、橋本鐵彦に呼び出された。

「ちょっと、話があるんだ」

橋本は白木を吉本に入れてくれた恩人である。

〈さては、露見したかな〉

不機嫌そうな橋本の様子を見て、白木はそう感じた。

梅田花月の地下には、ボイラー室がある。橋本はそこへ白木を連れて行った。

薄暗いその部屋には、浴衣姿の男が七、八人、待ち構えていた。白地の裾《すそ》に波の模様の、揃いの柄が入っている。一目で怖い連中だと分かった。

小柄な白木を、彼らは取り囲んだ。その中へ橋本が入り込み、正面から見据えた。

「白木クン。やめるのかね」

「やめません」

橋本の問いかけに、間髪を容れず、白木は答えた。そう言わざるを得ない雰囲気だった。

「よろしい」

橋本は大きく頷いた。ボイラー室を出てからも、しばらくの間、白木の震えは止まらなかった。以来、十年間、吉本にとどまった。

晴れ舞台

白木みのると笑福亭松之助の二人は、演芸部門を再開した吉本興業の第一期スターと言えるが、その後、続々と人気者が現われた。

白木、松之助と同じ昭和三十四年に入った顔ぶれでは、白羽大介、花紀京、平参平がいる。

白羽大介は本名を勝俣定彦と称し、高校教師の経歴を持つ。親指と人差し指を使って、ところかまわず、尺取り虫のような仕草を作り、すねてみせるのが面白く、人気が出た。

花紀京は横山エンタツの次男で、関西大学の文学部を中退して芸能の世界へ入った。父親に似た、どこかすっとぼけた味わいに魅力のある芸人だ。本名は石田京三という。

平参平は禿頭と独得な歩き方で評判になった。

昭和三十五年には岡八郎（のちに八朗）が入っている。岡八郎こと市岡輝夫は、宝塚映画の俳優だった。スターとまではいかず、大部屋でくすぶっているとき、花菱アチャコの目にとまり、その推薦で吉本に入った。

銀幕よりも、お笑いに向いていると、アチャコは見抜いたのかもしれない。その目に狂いはなく、岡は奥目の八ちゃんとして、俄然《がぜん》、人気者になっていく。

昭和三十七年には、桑原和男、ルーキー新一が、昭和三十八年は原哲男、前田五郎、昭和三十九年は財津一郎、山田スミ子、西川きよし、昭和四十年は坂田利夫など、この時期、吉本には個性豊かな人材が集まった。

ことにルーキー新一は、押しつぶしたような太い声と、両方の胸元をつまんで、

「いやん、いやん」

と、すねる格好や、

「これはエライことですよ」

などというギャグが大いに受け、一世を風靡した。白羽大介とのコンビが絶妙だった。

当時、遠藤もテレビの前に吸い寄せられた覚えがある。

彼らの人気が高まるにつれ、吉本新喜劇の評判も急上昇した。

いや、吉本新喜劇が評判になったから、彼らも人気者に成長していったのかもしれ

ない。

その先輩格として白木みのるがおり、さらに大御所として、花菱アチャコが控えている。芸人の層は厚く深い。

それらがようやく、花開き始めたのであった。

一方、八田が予言したとおり、映画は衰退の一途をたどっていた。石原裕次郎や小林旭らの出現で、日活はまだ健闘していたものの、全体的には先の見通しが暗かった。

昭和三十四年四月、皇太子のご成婚式典の中継をきっかけに、テレビの受信契約数は急増加し、その年の十月には三百万を突破した。

二年後の三十六年には倍の六百万を超え、翌三十七年にはついに、受信契約数は一千万の大台を突破した。

人気番組も次々と生まれ、人々はもう映画館へ足を運ばなくても、茶の間に座っているだけで楽しい思いができる。

ドラマ中心の映画よりも、数倍も幅広く、各種の娯楽を詰め込んだテレビ映像のほうが、楽しみが大きい。

しかも無料で（映画代に比べると、受信料はわずか）寝転がってでも、炬燵《こたつ》に入っていても見られる。この魅力は絶大だった。

吉本新喜劇は評判になり、人気者が続々と誕生したが、しかし、その評判も人気も、上すべりの状態であった。

評判ほどに、人気ほどに、客が劇場へやってこないのだ。

テレビ放映での新喜劇には、視聴者が増えつつあった。だが、それらが劇場の客にならないのである。

入場券を払って劇場へ行くよりは、家でテレビの新喜劇を見るほうがよい。そういう現象が起こっているようだった。

ドタバタを、わざわざ金を出して見に行くには及ばない。ブラウン管で見れば充分。その程度の受け止め方をされている〝評判〟であり、〝人気〟であったのかもしれない。

視聴者にしても、番組の内容は二の次三の次で、テレビというメディアそれ自体に魅了され、ニュースだろうが、ドラマだろうが、クイズだろうが、あるいはコマーシャルだろうが、とにかく、なんでもよいから、ただブラウン管に映ってさえいれば、それで満足する時代だったのだろう。テレビそのものが、まだまだ、珍しかったのだ。

そのズレの間で、テレビの新喜劇はよろこばれ、劇場のほうの客足は鈍いという、矛盾する現象にとりつかれていたのである。

吉本では昭和三十四年の「うめだ花月」に続き、三十七年には「京都花月」を、オープンさせていた。だが、客の入りが悪いので、経営は火の車だった。

重要なその時期、正之助は病いに見舞われた。持病の糖尿病が悪化し、入院する羽目に陥った。「なんば花月」のオープンを、間近に控えたころである。

〈残念やな〉

大事なときに入院するのは、辛い。正之助は自分の病気が恨めしかった。

〈会社を誰にまかせるか〉

正之助は考えた。が、その必要もなく、弟の弘高の顔が浮かんだ。

弘高は東京で、吉本系の別会社を作っている。それを呼び戻して、自分の後釜《あとがま》の社長にする。正之助はそう決めた。

「お前、大阪へ戻って、俺の後を引き継いでくれ」

電話をかけ、事情を説明してから、正之助は頼んだ。つかの間、沈黙してから、弘高は、

「分かりました。そうしましょう」

と、引き受けた。

中央大学を卒業後、新聞記者をしていた弘高は、昭和の初め、吉本が東京・浅草へ

進出を目論んだころ、

「新聞記者なんぞ、やめて、お前は東京の、吉本の責任者になれ」

と、正之助に命令され、そのとおりに従ったのである。兄の言いつけには逆らわず、常に忠実だった。それだけ、兄・正之助を信頼し、尊敬もしていたのだろう。また、正之助のほうも、この弟を頼りにし、期待も寄せていた。

〈弘高なら大丈夫。俺の後を充分、切り回しよる〉

正之助が一目置くぐらい、弘高のプロデューサー感覚は鋭い。目のつけどころが違う。新聞記者時代の経験が生きているのかもしれない。

昭和九年にアメリカから呼び、大評判を取った「マーカスショー」も、実は弘高の発案だった。

昭和三十八年五月、正之助は弘高に社長の座をまかせた。

これで治療に専念できる。正之助はひとまず安心して、阪大病院へ入院した。

東京から戻った弘高は、一人ではなかった。自分の息のかかる部下を数人、伴ってきた。

大阪の吉本には、専務の橋本鐵彦がいる。その部下の八田竹男がいるし、そのまた部下の中邨秀雄がいる。

現実に会社を切り回しているのは、この三人であり、ことに現場では八田と中邨のラインが強かった。

演芸部門の再開を正之助に進言し、なんとしてでも新喜劇を盛り立てようと情熱を燃やす八田と、体当たりでそれを支える中邨にとって、新しい社長はなじみにくかった。

二人が死にもの狂いで取り組んでいる演芸に対して、弘高社長は冷ややかだった。人気ばかりが先行して、実入りの少ない新喜劇を縮小し、花月劇場も閉鎖しようとする動きさえ見せた。

「やりにくくなったなあ」

「本当ですね」

八田と中邨は、社内での自分達の立場が窮屈になっていくのを感じた。東京から乗り込んできた〝進駐軍〟達の振舞いが、癇《かん》にさわり始めた。

専務の橋本はもともと、弘高に乞われて吉本へ入社したのである。日本大学の国文科を卒業後、脚本家になりたくて、新劇のシナリオを書いたり、松竹の蒲田撮影所に出入りしたりしているころ、東京の吉本の責任者になったばかりの弘高と知り合った。

そして、ある日、吉本という会社の話を聞いて欲しいと、喫茶店に誘われた。

「キミ、寄席を知っているかね」

「知りませんが、一度だけ見たことがあります」

「ほほう、どういうのを」

「十銭萬歳です」

「面白かったかね」

「喧嘩をしました」

「喧嘩？」

「看板にはエンタツ・アチャコなど、名の売れた萬歳がずらりと並んでいるのに、いくら待っても、その人らは顔を見せないのですよ。舞台に出てくるのは、名前も知らない連中ばかりなんです。それで帰りがけに支配人に、インチキだと言ってやったのですよ」

「それで喧嘩になったのかね」

「はい。ここにずらりと並んでいる名前は、うちに所属している芸人全員の名前であって、今日、実際に舞台に出るのは、こっちのほうの、この顔ぶれだと、下のほうに小さく書いてある名前を指差すのですから。明らかにインチキですよ、あれは。いま思い出しても腹が立ちます」

「よく使う手なんだよ。ま、そう怒りなさんな」

そんなやりとりの挙句、

「どうだね。うちへきて、力を貸してくれないかね」

と、切り出され、シナリオ書きの苦労が身にしみているころでもあったので、承知したのである。それから間もなく、大阪の正之助から、

「橋本という男、こっちへ寄越せ」

という声がかかり、大阪へくり込んできたいきさつがあった。

そういう関係から、弘高社長と橋本専務は通じ合っている。仲がよい。

その橋本の部下である八田と中郡は、ともに橋本自らが吉本へ入社させた。つまり、弘高社長とは一直線で結ばれるはずだった。

なのに、どうも、ぎくしゃくする。理屈どおりに運ばない部分がある。

そこに組織の難しさ、不可思議さが窺える。〝進駐軍〟と〝原住民派〟の対立が目立ち始めた。

演芸に期待しない弘高は、社長の座に就いた直後から、路線の変更を打ち出した。

〝ボウリング〟という遊びが、これから盛んになる。そう睨み、吉本も事業化に乗り出すことになった。

弘高は決断が早い。それに比べると、正之助ははるかに慎重派である。

早速、ボウリング場の建設にとりかかった。場所は見世物小屋用の広場（現在吉本会館が建っている）を充てた。一角にある本社事務所も、その中へくり込まれた。

約千坪の敷地に七億円を投入したボウリング場が、昭和三十九年四月に完成した。屋根の上に巨大なピンをそびやかしたこの建物は、西日本一の規模を誇り、ボウリングブームの火つけ役になった。

弘高の目論みは的中した。

ボウリングの人気は高まり、プロのボウラーも出現した。テレビ番組にも登場するようになり、ことに女子プロは時代の花形としてもてはやされた。

球を転がし、十八メートル先に三角形で並ぶ木製のピンを倒すだけの遊びだが、命中したときの快音がたまらない。破壊的な魅力に溢れるゲームだった。

おかげで吉本の営業成績は好転した。衰退期に入った映画と、いま一つ冴えない演芸の中にあって、ボウリングによる稼ぎは群を抜いた。

前の年の六十パーセント近い売り上げの増加があり、そのうちの八十パーセントはボウリングによってもたらされた。

新社長の弘高は、鮮やかな手腕を示したことになる。金のなる木――ボウリングは、吉本の中心品目になった。

そのため、映画館や花月劇場の従業員達まで、ボウリング場へ駆り立てられた。暇な事業や、金を稼がない部門の人間は、すべてボウリング場へ回された。

演芸に情熱をそそぐ八田と中邨にとって、それを見るのは辛かった。耐えられない屈辱に思えた。

八田と同様、中邨も演芸が好きで、吉本へ入ったのである。演芸の吉本に人生を賭けていた。

それなのに、会社の方針は大きく様変わりしてしまった。新社長はボウリングを主軸にした経営に乗り出し、しかも好成績を収めている。

とすると、この路線は今後も続くだろう。弘高社長がいる限り、吉本ではボウリングが大手を振ってまかり通り、演芸は脇へ追いやられる。

いや、すでに邪魔者扱いを受けているのではないか。早晩、演芸部門の打ち切りを宣告されるかもしれない。

そう考えると、中邨は暗い気分になった。先行き希望が持てず、絶望感に捉われた。

悩んだ。何日も眠られない夜が続いた。そして、ついに苦しい結論を出した。

「やめたいと思うのですが」

出社した中郵は、上司である八田に申し出た。

「なに？　いま、なんと言った」

八田は訊き返した。すぐには意味が分からなかったらしい。

「会社をやめようと思うんです」

「そんな——。なにを急に言い出すのだ」

「急にではありません。考えた挙句の結論です」

「無茶を言わないでくれよ。いま、キミにやめられると、うちの会社はどうなるのだ。演芸はどうなるのだ」

「すみません」

「すみませんではないよ。頼むよ。そんなことを言わないでくれよ」

「しかし、いまのうちの会社は、僕の理想と大きくかけ離れているのです。それは部長もよくお分かりだと思いますが」

「分かるよ。分かっているよ」

八田は苦しそうな表情になった。ボウリングが主で、演芸は邪魔者扱いにされかかっている。その現状は八田も痛いほど承知していた。

「僕は演芸に憧れて、うちの会社へ入ってきました。演芸の吉本に、自分なりの理想を描いていました。しかし、現実は違います。違う方向へ進み始めています。それでは僕が、この会社で働く意味がありません。目的がありません。はっきり言って、絶望したのです」

中邨は一気に吐き出した。

まだまだ、言いたいことは山ほどある。だが、それ以上言えば、八田を苦しませる。中邨以上に、むしろ八田のほうが、現在の吉本興業には絶望しているのに違いなかった。ボウリングに血道を上げるやり方に、我慢できないものを感じているはずであった。

それが分かるだけに、中邨としても自分の感情にブレーキをかけなければならなかった。言えば言うほど、八田を苦境に追い詰めることになった。

「お願いします。やめさせて下さい」

用意してきた辞表を取り出し、中邨は八田に手渡した。

「待ってくれよ」

「お願いします」

押しつけて、中邨はその場を離れた。

「一応、預かるが、私の一存では決めかねるからな」

「お願いします」

大学時代、ラグビー部の選手だった中邨は、すべてに一直線で突き進むところがある。言い出すと、後へ引き下がらない性格を、八田も充分承知している。止めても無駄だと、諦めなければならなかった。

中邨にいま、やめられるのは痛い。自分の片腕として、体当たりで演芸に取り組んでいるのだ。

しかし、その演芸が脇へ追いやられている現状では、中邨がやめたくなるのも当然かもしれない。八田としても中邨の気持ちが分かるだけに、無理に引き止めることができなかった。

〈演芸に賭ける中邨の情熱を、生かしてやりたい。吉本を飛び出しても、それは可能だろう〉

悩んだ末に、八田は決断を下した。

そして、中邨は吉本を離れた。正之助が入院中の出来事だった。

吉本をやめた中邨秀雄は、自分でプロダクションを興した。小さな事務所を構え、理想とする演芸の育成を目ざすことになった。

中邨を慕う芸人は数多い。とりあえずは、彼らのマネージメントが主な仕事になった。

　正之助の病いは回復に向かっている。

　といっても、糖尿は気の長い病気である。根治するのは難しく、ひたすら養生に気をつけなければならない。

　阪大病院を退院した正之助は、兵庫県・夙川《しゆくがわ》の自宅で静養生活を始めた。会社は弟の弘高が切り回してくれている。幸いボウリングが当たり、業績は急上昇中である。

　あとは自分の健康のことさえ考えればよい。周りのすべては、一応、順調に運んでいた。

〈このまま引退して、気らくに暮らすのもええかもしれんな〉

　齢《よわい》六十半ばを越えている。今後は弘高にまかせても大丈夫だろう。

　静かな日々にあって、正之助はふと、達観した気分に見舞われた。それは結構、快い境地だった。

　だが、その静けさを打ち破る出来事が発生した。

　昭和四十年の春先、二月六日に、妻のせいが亡くなったのである。死因は破傷風だった。

　正之助の家では犬を飼っていた。その犬がなにかのはずみでせいに嚙《か》みつき、そこから黴菌《ばいきん》が入ったのである。

姉と同じ名前の妻は、よく気のつく女だった。常に本家を立て、会社の者や芸人達にも気を配るので、誰からも慕われていた。

控え目で口数少なく、昔風の、典型的な日本女性のタイプだった。夫に対しては忠実で、

〈できた女房やった〉

と正之助自身、思う。家庭内のことでは、全面的に頼り切っていた。

その妻に死なれて、正之助は気落ちした。自分より先に逝《い》くとは、思ってもいなかった。

葬儀は自宅で取り行なうことになった。

当日、所属の芸人達も全員が参列した。正之助を元気づけようとしてか、彼らは賑やかに喋る。なにが可笑《おか》しいのか、笑い声を洩らす者もいた。

〈かなわんな〉

正之助は眉をひそめた。もともと、芸人の葬式は陽気に行なう傾向がある。それと同じ伝で、賑々《にぎにぎ》しく振舞おうとしているようだった。

参列者は一般の人も多い。まして、ここは夙川の高級住宅地といわれる一帯である。

近所の人々も大勢、顔を見せている。

そんなところで芸人風の葬式をされたのでは、一般の人達をあきれさせることになりかねない。一体なにごとだと、不思議がられるだろう。

しかし、折角、きてくれた芸人達を、追い返すのもはばかられる。どうしたものかと思案しながら、正之助は喪主として祭壇のそばに座っていた。

次々と焼香が始まった。

花菱アチャコ、白木みのるなど、古い順に芸人達は焼香台の前へ立ち、神妙に手を合わせる。さすがにそのときは、どの顔も大真面目になっていた。

鉦《かね》を叩《たた》き、焼香をすませると、みんなは正之助のほうへも深々と頭を下げて引き下がる。この分なら追い返す必要はないと、正之助は安心した。

ところが――。

漫才の人生幸朗が焼香台の前へ歩み出た。神妙な面持ちで祭壇を見上げてから、彼は鉦を叩こうとした。

だが、叩くところが違った。

そばに積み重ねてあるお供えの饅頭《まんじゅう》を、しきりに叩いた。

人生幸朗は度の強い眼鏡をかけている。そのため見えにくく、鉦と饅頭を間違えたらしい。

「人生クン、鉦は隣りだよ」

正之助は見かねて声をかけた。だが、辺りをはばかって小声を出したので、彼には聞こえなかったらしい。

なおも饅頭を叩き、音が出ないのを不思議がってか、首をひねる。

「人生クン、鉦は隣りだ」

再度、正之助は忠告した。それでもまだ、人生幸朗は気づかず、懸命に叩きながら自分の手元をのぞき込んだ。

それを見て、後に控えた芸人達が忍び笑いを洩らした。口元を押さえ、笑いを噛み殺しながら、その場から逃げ出す者もいた。

「鉦は隣りだ」

正之助は声を荒げた。

「あ、そうでっか。えらい、すんまへん」

ようやく気づき、人生幸朗は鉦を叩いた。

無論、悪気があってしたことではないので、正之助もそれ以上は怒るわけにいかなかった。

すし屋で皿に描いてあるエビを、しきりにつまもうとした、というエピソードが、人生幸朗にはある。実際、見えにくいのだ。

しかし、本人はともかく、周りの連中が正之助の気にさわった。

人生幸朗の間違いの一件を、ひと固まりになって囁《ささや》き合いながら、忍び笑いする。腰を折り曲げ、必死で笑いを我慢する者もいる。

それでは厳粛な葬儀の雰囲気を壊しかねない。いや、すでにぶち壊しにしているではないか。

正之助は喪主の席を離れ、会社の者を探した。丁度、八田の顔が見えたので手招きした。

「あの連中、連れて帰れ」

「分かりました」

八田は芸人達のそばへ行き、帰るように促した。

「わたい、まだ、お焼香してまへんねんけど」

「俺もや」

「いいから、いいから」

不服そうな芸人達をなだめ、八田は一同を帰らせた。

正之助は喪主の席へ戻った。

〈騒々しいことで、お前もびっくりしたやろが、ま、芸人さんで商売させてもらってるんやから、大目に見てやってくれ〉

せいの遺影を見上げて、語りかけた。

〈分かってますがな、それぐらいのことは。もっと騒々しゅうても、かましませんよ〉

せいがほほえみ返したように、正之助には思えた。

その年――昭和四十年は、ボウリング以外では吉本にとって、あまりよい年ではなかった。

新喜劇の人気者二人――ルーキー新一と白羽大介が、十月に退団した。二人ともテレビでの評判が高まり、それにつれて劇場へも客が足を向けるようになった矢先だった。

吉本の演芸部門で、目下、第一線で活躍しているのは、この二人であった。それが飛び出したため、新喜劇はまたも苦境に立たされた。

ボウリングブームは、まだ衰える気配がない。

テレビで放映されるボウリングの番組も、高い視聴率を稼いでいる。乱立気味と思えるほど、続々とボウリング場がオープンしたが、本家の吉本ボウルは安泰だった。高い収益を上げていた。

しかし、昭和四十一年、今度は社長の弘高が病いに倒れた。脳軟化症になったのである。

妻を亡くした衝撃から、ようやく立ち直りかけていた正之助は、再び奈落の底へ突き落とされる思いがした。

〈ついてないな、俺は〉

自分自身の体も、まだ完全に立ち直っているとは言えない。

しかも、いますぐ、社長のポストをまかせられるような人物はいなかった。

引退して、のんびり暮らそうかと思っていた正之助の夢は、吹き飛ばされた。のん気なことを考えてはいられなかった。

入院した弘高に代わり、再び正之助が会社を指揮することになった。彼が元気になって戻る日のために、社長のポストは据え置きにしてあった。

弘高は正之助より八つ年下である。まだ六十にはなっていない。頼りにするその若い弟に倒れられ、正之助は神を呪わしいとさえ思った。

そんな正之助の心情を逆撫でするような、世間の雑音も耳に入った。

「兄弟でも、本当はあの二人、仲がええことおまへんのやろか」

「正之助はんは弟の弘高はんに、会社を乗っ取られたと思うてはったんと違いまっか」

「姉のせいさんは、どちらかといえば、弘高はんのプロデューサーとしての感覚を高《たこ》う評価してはりましたさかいにな」

「正之助はんに比べると、東京で大学生活を送った弘高さんは、スマートですもんな」

「ほんま、ほんま。東京的というのか、アカ抜けしてはりますわな」

「それに対して、正之助はんのほうは、いかにも大阪的で、もっちゃりしてますな」

「大阪対東京というわけでんな」

「そうだす。性格的にも、二人は対照的ですわな。向こう意気が強いだけの正之助はんに対して、弘高はんのほうは理性的で、神経質なところもおますさかいにな」

「そんな二人が、実の兄弟とはいえ、仲よくできるわけがおまへんやろ」

「と思いまっけどな」

「ほな、弘高はんが病気で倒れて、再び会社の実権が自分に戻ってきたから、正之助はん、内心ではよろこんではりますんやろか」

「さあ、どうだすやろ」

どこからともなく、そういう噂が正之助にも聞こえてきた。

だが、聞き流した。相手にしなかった。

〈なんなりと、言いたい奴には言わせておけばええんや〉

自分は心底、弟の病気を心配している。身を案じている。

それでいい。世間に、他人に、それを理解してもらわなくても、かまわない。

どこの世界に、実の弟を、血肉を分けた兄弟を、本心から憎む人間がいるものか。

正之助は信心には縁遠いほうである。だが、弟・弘高の病いが治るよう、心の中では手を合わせた。

弘高の病気は、しかし、思わしくなかった。

体の自由が利かなくなり、到底、第一線へ戻れそうにない。

となると、一時しのぎではなく、これから先も正之助が会社を切り回さなければならないだろう。

一旦は引退さえ考えた身が、またも前面へ立つことになる。世間では、もう、とっくに定年を迎えている年なのである。

〈舞台から下りようとするのに、まだ、あかん、戻ってこいと引っ張りよる。幕を下

ろしてくれよらん。よろこんでええのか、悲しんでええのか。しんどいことやで〉

その舞台も、晴れ舞台とは言い難い。

ボウリングのおかげで、確かに会社の収益は上がっている。弘高の働きの成果である。

だが、演芸で生きてきた正之助には、どこかに満たされない思いがつきまとう。収益さえ上げればそれでよしと、割り切ることができなかった。

ボウリングにプロデューサー感覚など、不要である。つまり、正之助の力を発揮しようがない。

満たされない思いは、そこに由来するようであった。自分の関知しない分野で、会社は稼いでいる。そういう状況が、先頭に立つべき人間にとって好ましく映るはずがなかった。

結構と言えば結構な話だが、そのボウリングもいまが最高潮ではないかと、正之助は予測した。

何年も続く遊びとは思えない。商売として、いつまでも扱える対象ではないだろう。間もなく熱気が冷めて、誰も寄りつかなくなるのではないか。

とすれば、次になにを持ってくるか。

正之助は考えた。

やはり、吉本は演芸だ。演芸の吉本である。

正之助が休んでいる間に、演芸部門はかなり、弛《ゆる》みが生じている。ガタがきていた。

そっちの手当てをしておかなければ、大変なことになる。ボウリングブームが消えるのと同時に、吉本も消滅しかねなかった。

〈なんとしてでも、まず、彼を呼び戻さないかん〉

正之助は中邨秀雄の顔を思い浮かべた。

弘高体制からはみ出し、吉本に見切りをつけて飛び出したが、演芸に対する中邨の情熱を正之助は高く評価していた。

深夜遅くまで、梅田花月の舞台の上で、八田と二人が芸人達の先頭になり、死にもの狂いで稽古に打ち込んでいた姿が、いまも鮮やかに脳裡《のうり》に灼《や》きついている。

正之助は自ら中邨に会いに出向いた。彼は小さなプロダクションを経営している。

正之助が不意に訪れたので、電話中の中邨は驚いた表情になった。

「ご無沙汰しております。お体の調子は、よろしいようですね」

早々に電話を切り、中邨は正之助をソファへ案内した。事務所の片隅に応接セットが据えてあった。

「耳に入っているかもしれんが、今度また、私が戻ることになったんや」

「そんな噂を聞いておりますが」

「ボウリングはもう先が見えとる。うちはやっぱり、演芸や。そこで、こうして、キミに会いにきたんや」

正之助は正面から中邨を見た。中邨も見返した。

正之助は煙草を咥《くわ》えた。

中邨は手早く、卓上ライターで火をつけた。

「おおきに」

深々と煙を吸い込み、正之助はソファに体をもたせかけた。

それっきり、なにも言わない。眼鏡を光らせて、ひとわたり見回し、

「なかなか、ええ事務所やないか」

と、呟いた。

「どや、仕事のほうは」

「はい。おかげさまで」

「それは結構や」

本筋とは全く逆の話をして、正之助はただ煙草をくゆらせた。

しかし、中郁には充分察しがついた。御大の性格は承知しているつもりである。誰も従えず、自らが一人で、わざわざ、こうして足を運んできた。その行動が、目的のすべてを語っていた。

正之助は人に頭を下げるのが嫌いな性分である。頼みます、お願いしますなどとは、まず口にしない。

「こうしてキミに会いにきたんや」

と、初めに言った一言に、なにもかもが込められていた。それ以上、じゃらじゃらした台詞《せりふ》は言えない人だった。

「ほな、帰るわな」

三十分ほどいて正之助は腰を上げた。

「もう、お帰りですか」

「邪魔したな」

「いいえ。なにもおかまいできなくて、すんまへん」

中郁は事務所の入口まで見送った。正之助は後ろを振り返らず、銀髪をなびかせながら立ち去った。

中郁はその場に立ったまま、後ろ姿を見送った。角を曲がり、正之助は見えなくなった。

〈引力だな〉

中郡は思った。

御大がそばに現われると、それだけで、もう自分の体が吸い寄せられていくような気がする。

腹芸というのか、男の会話というのか、言葉はなくても、向き合うだけで、一から十まで読み取れてしまう。

正之助と中郡の対面が、それだった。

〈やむを得ないな〉

中郡は呟いた。

プロダクションの仕事は、ようやく軌道に乗りかかったばかりである。

だが、正之助と顔を合わせたからには、そんなことを言ってはおられなかった。

「頼むから、戻ってきてくれ」

「はい。戻りましょう」

そういう会話は毛ほどもなかったが、正之助はもう間違いなく、中郡が吉本へ戻ってくると信じているはずであった。

そのとおり、中邨のほうも、すでにその気になっていた。引力だった。

〈戻るからには、吉本にとっても俺にとっても、晴れ舞台にしなければならんな〉

中邨は決心した。

折から吉本では、所属の若手落語家——笑福亭仁鶴が、ラジオの深夜番組で若者達の人気を集めていた。

早いテンポのお喋りが、受験生や学生、ＯＬらに受け、仁鶴を聞くために夜遅くまでラジオにかじりつく若年層が急増した。

仁鶴の巻

昭和十二年一月二十八日生まれ。丑年。

本名・岡本武士。

大阪の生野区で父親は鉄工所を経営しており、その関係で生野工業高校で学んだ。男ばかりの学校だったが、なぜか一人「生駒マサコ」という女の子がいたのを、いまだに覚えている。

卒業後、家業を手伝っているとき、なに気なく立ち寄った古道具屋で、初代・桂春団治のレコードを見つけ、

「こんな面白いものが、この世にあったんかいな」

と、たちまち、落語熱にとりつかれた。

仕事の合間を狙って、自分でも練習するようになり、折から始まった朝日放送の素人参加番組に出場するようにもなった。昭和三十五年のことである。

成績優秀で、あちこちの番組へ出るようになり、同じ年格好の落語好きや漫才好きに顔見知りができた。その中には、前田達・武司という兄弟もおり、達は一人のときは落語を、二人のときは漫才を演じて、どちらも審査員を唸らせる出来映えだった。同じようなメンバーが集まって「天狗連」と称する会を作り、会員の一人に安川という洋裁屋の息子がいたので、そこの広い板の間を借りて、落語の研究会を催したりした。

安川はSPレコードのコレクターでもあり、おかげで武士は名人達の落語をいくつも聞くことができた。

「天狗連」にはときたま、仕事の注文が舞い込んだ。県人会の余興などに呼ばれると、数人が連れ立って出向き、いくらかのギャラを頂戴した。

そんなことがしばらく続いたある日、会員の一人から、

「おい、前田達が桂米朝に弟子入りしよったらしいで」

という話を聞いた。

〈ほほう。いよいよ、プロを目ざすつもりやな〉

わけもなく、武士は胴震いした。同じ仲間だった前田達の決意のほどが、伝わってくるようであった。

自分はまだ、そこまでの決心はつかなかった。

無論「天狗連」の仕事だけでは生活できない。素人参加番組で賞金を稼いだり、家業を手伝ったりして、しのいでいる状態だった。

米朝に弟子入りした前田達の噂を耳にしてから、およそ一年後、

〈よし、俺もプロになってやろ〉

と、武士は思った。そんな気になった。

素人参加の番組には、審査員として笑福亭松鶴ら数人がいる。幸い師匠達には顔を覚えてもらっていた。

中でも松鶴師匠は、自分に目をかけてくれているような気がした。一見、恐そうな顔付きだが、その裏側にやさしさが隠されているようだった。

落語は初代の春団治が好きで、番組に出ても「いかけ屋」や「豆屋」を演じることが多かった。審査員の中にも、初代に似た芸風だと、過分な褒め言葉を口にする師匠もいた。

だが、それはあくまでもアマチュア時代の話である。プロの道は、また違うだろう。

人生を賭けるからには、自分の気に入った師匠につきたい。そして、決めた。

「俺、松鶴師匠の家へ行こうと思うんやけど、一緒についてきてくれへんか」

一人では気遅れし、武士は友達を誘った。

どの師匠達も簡単に弟子は取らない。

その人間の一生にかかわる問題であり、責任をかぶることになるからである。

笑福亭松鶴も、弟子入りの志願者が現われると、

「料簡違いや。噺家《はなしか》という商売は、はたで見るほど気らくなもんやないで。悪いことは言わん。やめとき」

と、諭して追い返すのがほとんどであった。

それでもしつっこくつきまとい、頼み込まれると、根負けして入門を許す場合もあるが、最初からなにも言わずに弟子入りを認める相手など、一人もいなかった。

一人もいないはずの中で、唯一の例外が岡本武士だった。

自分のところへ訪ねてきた武士を見て、松鶴はいささか意外な気がした。

と言うのも、ラジオで演じる彼のネタは、初代春団治のものが多かったから、てっきり、そちらの系列へ行くと思っていた。

なのに、自分のところへやってきて、

「弟子にして下さい」

と、目の前で頼む。心細いのか、友達を一人伴っているのが、いじらしかった。

色の浅黒い、四角張った、生真面目そうな顔を、神妙に引き締めた。その顔は松鶴も知っている。審査員として、何度か彼の落語を聞いていた。なまじの玄人《くろうと》顔負けの話術があり、独特のギャグを連発して公開放送の客を笑わせる。

客だけではない。気難しい審査員の先生方や、放送現場のスタッフらまで、彼のギャグに笑いころげる有様だった。

〈この子はいつか、プロになるやろ〉

落語家としての才能を、松鶴はいち早く見抜いていた。

その彼が訪ねてきたのだから、文句の言いようがない。

「料簡違いや。噺家という商売は――」

の決まり文句は不要だった。

「しっかり勉強しィや」

「はい」

それで決定だった。余計な言葉はいらなかった。

昭和三十七年のことである。

昭和三十六年という記録もあるが、本人の記憶によると、

「前田クンが米朝師匠に入門したという話を聞いてから、一年後」らしいので、前田クンこと、今日の桂枝雀の弟子入りが昭和三十六年だから、記憶を信じて素直に三十七年としておく。

家業を手伝う必要があるので、武士は通いの弟子になった。稽古熱心で、油に汚れた手で毎日、通ってくる。

稽古中でも、突然、ギャグを入れるので、教えている松鶴自らが笑い出すこともあった。奥のほうでは、松鶴夫人も笑いを洩らした。

そんなオモロイ弟子は、これまた、初めてだった。稽古をつけてくれている師匠を笑わせるなど、並大抵のワザではない。

いや、ワザではなく、持って生まれた才能が、武士には備わっていたのだろう。名前は武士《ぶし》だが、本質的には芸人だったのかもしれない。

一門の序列でいけば、四番目の弟子になる。上に花丸、呂鶴、枝鶴がいた。

〝仁鶴〟の命名は師匠だが、それは車に乗っていて角を二つ曲がったとき、ふと浮かんだという。二つの角―二角―仁鶴になったらしい。

師匠の松鶴は松竹芸能に所属しているので、弟子の武士こと、笑福亭仁鶴は自分も当然、そこへ入るものと思っていた。

そして、初舞台は大阪・新世界のジャンジャン横丁にある「新花月」と決まった。

ところが、そこでの出演はどういうわけか、兄弟子の花丸と二人で舞台へ上がることになっていた。会社の企画だったのだろう。

のちに出現する〝ステレオ落語〟のような、一つのネタを二人が分けて喋る形式だが、師匠の松鶴がそれに異議を唱えた。

「噺家は一人で舞台へ出るのが商売やのに、初舞台から二人で喋るというのはあかん。そやから、わし、断わっといたで」

仁鶴はそう知らされた。

そんなもんかいな、と、そのときは軽く聞いていたが、このときの松鶴の判断は、その後の仁鶴にとって実に大きな意味を持つことになる。

もしも師匠の判断に狂いがあれば、あるいは今日の仁鶴はなかったかもしれない。

華々しい活躍の場が展《ひら》けたかどうか。

ちょうど、そのころ、松鶴と懇意な林家染丸が、

「あの子、吉本へどうやろ」

と、誘いかけた。

上方の落語界にはまだ人が少なく、吉本興業に所属している落語家もごくわずかだ

った。協会を預かる染丸としては、バランスよく落語家を育て、増やしたいと考えてのことだった。

染丸がそう言うのだから、松鶴も承知した。

「お前、吉本へ行くか」

「はい」

師匠の言葉に、仁鶴は頷いた。なにか言える立場ではないし、また、言うつもりもなかった。

数日後、染丸に連れられて、仁鶴は吉本興業へ出かけた。引き合わされたのは、制作部長の八田だった。

染丸は前もって連絡していたらしい。

「この子ですねん」

紹介されて、

「よろしく、お願い致します」

と、仁鶴は頭を下げた。

「なるほど。うち向きの商品のようですね」

顔を眺め回しながら、八田は呟く。どう答えてよいのか、仁鶴はただ緊張していた。

普通、芸人を採用する場合には「手見せ」と称するテストが行われる。一般の会社の入社試験のようなもので、その芸人の舞台姿を、会社の幹部連中が密かに見に行き、自分のところに向いているかどうか、確かめるのだが、仁鶴の場合にはそれがなく、その場で決定した。

大御所の染丸が連れてきたのだから大丈夫だろうという、いわばお墨付きと、いま一つ、うち向きの商品だと見て取った八田の目にも、狂いがなかったわけである。

仁鶴の初舞台は、京都花月だった。

松竹系の新花月に決まりかかっていたのが、一変したのである。巷間、師匠の松鶴は息子の枝鶴に跡を継がせたいために、仁鶴を自分とはライバルになる吉本へ入れた、などとまことしやかに囁《ささや》かれているのを、遠藤は耳にした覚えがある。が、事実はここに書いたとおりである。松鶴はそういう策を弄する人柄でもなかった。

初舞台の京都花月で、仁鶴は「くっしゃみ講釈」を演じた。

だが、全く受けなかった。

仁鶴の出番の前に、元気のよい漫才がいる。勢いよく舞台へ駆け出して客を笑わせ、また勢いよく引き下がる。「やすし・きよし」だった。

そのあとへ現われて、

「えー、一席お伺い致します」

と切り出しても、客席はしらけるだけであった。自分のあとには「ポケット」という、これも面白い漫才が出、その次にはドタバタの新喜劇がある。

〈こら、落語をやってる場合やないな〉

仁鶴はそう思った。

そのころ、吉本の社長はまだ弘高だった。正之助は病気で入院中であった。

その弘高側の人間達は、

「噺家《はなしか》は古典が大切だ。古典をやれ」と言う。だが、八田は違った。

「落語をきちんと一席、やろうと思わなくてもいいから、とにかく、客を笑わせることを考えろ」

寄席は十日が区切りである。仁鶴は五日目ぐらいに、

〈よし、方向転換したれ〉

と、思った。

漫才の間に挟まれるこの舞台では、まともに落語を演じても、どうしようもない。なにか面白いものをと、頭をひねった。

八田の意見に、従う気になったのである。

そして、小話を作った。できるだけ多くの小話を並べ、持ち時間内にまくし立てた。

それが、受けた。客席は沸き、漫才に負けないぐらいの笑いを生んだ。これでいけると、仁鶴は自信めいたものを覚えた。

「客を笑わせんかったら、やめさせられるで」

「会社、クビやぞ」

楽屋では先輩の芸人達が、そう言って脅す。

〈折角、吉本へ入れてもろたのに、やめさせられてたまるかいな〉

仁鶴は必死だった。幸い小話が当たり、ひとまず安堵した。

それからは余裕もでき、客の顔ぶれを見回して、日によっては古典を演じたり、あるいは新作を喋ったりもした。「アナウンサー志望」という新作は、何度か舞台にかけた。

高座に上がっていて、ふと客席を見ると、後ろのほうに八田の顔がある。

〈おお。きてはるな〉

試されているようで、そんなとき、仁鶴はなおのこと張り切った。実質的には、それが「手見せ」になっていたのだろう。

半年間、京都花月の舞台を務め、次に仁鶴は梅田花月へ出演した。それも無事に終えてから、なんば花月へ出るようになった。

三つの劇場の序列は、その逆になっていた。客の質や入り具合から判断して、なんばが一番、二番が梅田、そして京都という順番だった。

新入りの仁鶴は、そのコースをこなし、

「これなら大丈夫だろ」

と、認定されて、なんば花月の檜《ひのき》舞台へも出られるようになったのである。

いずれの劇場でも、仁鶴は客席に八田の顔を発見した。一日にそれらの三カ所を、八田は巡回していた。

生半可な仕事意識だけでは、到底、務まらない熱心さである。かつては正之助も、同じ行動をしており、それは吉本の伝統と言えるかもしれなかった。

吉本へ入って半年ほど経ったころ、仁鶴はラジオ大阪の中西という人に呼ばれた。

「うちの局では午前二時前まで、アナウンサーコーナーというのがあって、あとは電波を休ませるんやけど、そのあとの時間帯に、キミ、なにかやってみィへんか」

顔を見るなり、中西は切り出した。

「そんな時間帯やから、世間の人は誰も聞いてないと思うけど、なんでもええから、られなかった。

「有難うございます。やらせてもらいます」

仁鶴はその場で引き受けた。仕事の話なら、時間帯だなんだという贅沢《ぜいたく》は言っておられなかった。

とりあえず、やってみたらどうや」

気らくに、好きなように喋ればよいと、中西は言う。うれしい話だった。

オールナイト「夜明けまでご一緒に」というラジオ番組が、ほどなく始まった。デイスクジョッキーをまかされた仁鶴は、持っている力をマイクにぶっつけた。毎回、全力投球で頑張った。

面白い話や、ときにはエッチな話も織りまぜてまくし立てた。

対象は全く分からない。漠然と想像できるのは、タクシーの運転手など、夜中じゅう車を運転している人達ぐらいであった。

ところが、意外にも若い人からのハガキが舞い込むようになった。中・高生が圧倒的に多く、次いで大学の一、二年ぐらいがリクエスト曲を書いて寄越す。

深夜、机に向かいながら、ラジオを聞いているのである。〝ながら族〟という言葉が、まだできていないころだった。

大人達の寝静まった時間帯に、仁鶴は密かに子供達の関心を集めていった。密かにどころか、爆発的な人気を呼ぶようになるのに、さほど時間はかからなかった。

「仁鶴いうのん、オモロイで」

「一ぺん、聞いてみィ」

中・高生達の口コミで、たちまち、評判になった。

「仁鶴さんはどうしてテレビに出ないのですか。どんな顔か見たいから、ぜひ、テレビに出て下さい。お願いします」

女子高生達から、そんなファンレターも届くようになり、それには番組の中で、

「僕は覆面《ふくめん》の噺家や。テレビには出たくないし、向こうからもお呼びがかからへんから、出ないだけのことや」

と、冗談めかして答えたりした。実際、テレビに出る機会はめぐってこなかった。

深夜のラジオを四年ほど続けたころ、朝日放送からテレビの仕事が入った。

夕方、六時台のニュースの時間が、どうも思わしくない。その時間帯をいじることになり、六時から六時十五分までの十五分間番組を作りたいらしい。

無論、仁鶴は引き受け「仁鶴と遊ぼう」という子供向けの番組が誕生した。テレビのレギュラー番組を受け持ったのは、それが最初であった。

ラジオの深夜放送で仁鶴のファンになった中・高生達が、そのテレビ番組に飛びつ

いた。夕方のひととき、ブラウン管の前に座る子供らが増えた。

テレビでも通用することが実証され、仁鶴は自分でも自信を深めた。早口の話術にはますます磨きがかかり、一言喋るだけで子供達は爆笑する有様だった。

昭和四十二年四月七日、仁鶴は結婚式を挙げた。

仁鶴、満三十歳、妻の隆子は八つ下の二十二歳だった。彼女は吉本新喜劇の女優で、これから売れようかというとき、仁鶴に口説かれて結婚する気になった。

口をきいてから、十五日目の早わざだったという。口も早口なら、行動も素早いのである。

場所は大阪・東淀川区にある名もない結婚式場だった。

〈いよいよ俺も、一人前か。頑張らなあかんな〉

男は嫁をもらって、一人前という。これでようやく、一人前の仲間入りだと思った。

相性がよかったらしい。

結婚後、仁鶴の仕事はますます発展した。ラジオ大阪の深夜番組を聞き、仁鶴に目をつけていた朝日放送から、声がかかったのである。

朝日のラジオの人気番組「ヤングリクエスト」が時間延長されることになり、その中に「仁鶴頭のマッサージ」というコーナーが新設された。

十分間の持ち時間内で、仁鶴は速射砲のようなお喋りを展開した。聴取者から寄せられるハガキを、面白おかしく読み上げた。日ごとに投書が増え、そのコーナーはまたたく間に「ヤンリク」の目玉になった。

ここでもファンは中・高生や大学生など、若い層が中心だったが、気どりのない、親しみやすい人柄が受けて、ＯＬや主婦、お年寄りらの間でも人気が高まった。番組では十枚ぐらいしか使えないのに、五百枚ものハガキが寄せられ、担当者は選び出すのにうれしい悲鳴を上げた。

昭和四十四年七月、毎日放送のテレビで「ヤングおー！おー！」が始まり、仁鶴はそこへも起用されることになった。司会は桂三枝が務め、仁鶴は早口でハガキを読み上げるコーナーを受け持った。

三枝はまだ新人だった。二年前に始まった同じ局の深夜のラジオ番組「歌えＭＢＳヤングタウン」で、ぼつぼつ売れ始めたところであった。

最初、司会は仁鶴という案も出たが、リハーサルや反省会に要する時間が取れそうにないため〝ヒマな三枝〟を起用したらしい。

仁鶴はそれほど忙しくなっていた。

この番組の発案者は、吉本へ復帰し、アメリカのテレビ事情を視察してきた中邨であった。若者向けに、音楽、歌、ニュース、トークなど、盛り沢山に詰め込んだバラエティー形式の番組を狙っていた。

うめだ花月からの公開録画で、司会進行役は毎日放送の斎藤アナウンサーが務め、長髪の彼がマイクを握って会場を回り、

「ハッピー？」

と、問いかけると、マイクを向けられた若者も、

「ハッピー」

と、答える。若いエネルギーがブラウン管からほとばしる、新鮮な熱気に満ち溢れる番組だった。

後年、NTVの人気番組「シャボン玉ホリデー」で、レギュラーだったザ・ピーナッツが、この番組のゲストに出て、

「こっちのほうが面白いわ」

と、慨嘆したという。「シャボン玉ホリデー」は、その後、間もなく、つぶれた。

仁鶴は俄然、売れ出した。

あちこちのテレビやラジオから引っ張りだこの状態になった。

それでもまだ、吉本での地位は低かった。新喜劇に入れ込んでいる会社にとっては、どれだけテレビやラジオでの売れっこでも、異端視される雰囲気だった。

あるとき、本社へ立ち寄ったとき、廊下で中邨に出会った。

「おはようございます」

仁鶴はとっさに挨拶《あいさつ》したが、中邨のほうは知らない顔で行き過ぎた。

〈あの人に、早《は》よ挨拶してもらえるようにならな、あかんな〉

中邨の後ろ姿を見送りながら、仁鶴は自分に言い聞かせた。

いくらテレビやラジオが忙しくなっても、劇場には必ず出なければならない。一カ月に二十日は舞台を務めるよう、八田は命令した。

芸人は舞台が第一。それを怠ってはいけないと、折に触れて八田は言い聞かせた。

仁鶴にはテレビのコマーシャルや、映画出演の仕事も舞い込んだ。しかし、昼間は劇場やテレビ、ラジオがあるため、コマーシャルや映画は深夜、撮らなければならなかった。

一日フルに仕事をこなしてから、夜遅く京都の撮影所へたどり着き、カメラの前に立つ。終わるとすぐ引き上げても、家に着くのは午前三時ごろになる。風呂で汗を流して床へ入るのは、もう四時だ。

それでも次の日は、七時に起きなければならない。睡眠時間三時間という日が、何日も続いた。

京都に泊まれば、らくかもしれない。だが仁鶴は必ず家に帰った。どんなに遅くなっても、それだけは守った。

当然のことながら、妻の隆子を愛している。外泊などして、余計な心配はかけたくなかった。

忙しすぎると、時間の感覚が分からなくなる。いま何時で、自分がどこにいるのか、居場所さえ覚束ない。仕事先から次の仕事先へ、夢遊病者のように運ばれて行く感じだった。

マイクに向かって喋っている最中に、

〈そうか。ここ、アサヒやったんか〉

と、ようやく、どこの放送局であるのか気がつく有様だった。

睡眠不足もこたえ、食事が喉を通らなくなった。隆子は心配して、仕事をセーブするように言う。

だが、売れ出し、売り出した仁鶴は、もう自分の意志ではどうにもならないところへ組み込まれていた。売り続けるより方法はなかった。

過労で黄疸《おうだん》にかかり、ある朝、起きられなくなった。その日も一日、殺人的なスケジュールが待ち受けていた。

会社へ連絡すると、すぐに八田が駆けつけた。一人ではない。医者を伴っていた。簡単に診察を受け、仁鶴は注射を打たれた。

「さあ、行こうか」

終わるのを待って、八田が促した。仁鶴は身支度にかかった。

それを、えげつないと感じるか、会社の誠意と受け止めるか。

〈医者まで連れてきてくれはって、親切な会社やな〉

仁鶴はそう思って感謝した。

「しんどいか。ほな、休んどれ」

そんな甘いことを言う会社ではないし、また、そう言われるような芸人では駄目だった。

仁鶴が正之助と初めて言葉を交わしたのは、吉本に入って十年以上も経ってからだった。

ある日、本社へ立ち寄り、制作部屋のカウンターで古い写真を見ていると、スリッパを履いた正之助が通りかかった。

外では下駄、社内ではスリッパになるのは、正之助、水虫だからである。

梅田やなんば花月の楽屋へ行っても、洗面器に酢を溶いた水を用意させ、ズボンをめくり上げて両足を突っ込み、目につく芸人を次々と呼びつけ、

「おい、お前の芸はな――」

と、説教する光景が、たびたび見かけられた。

仁鶴はそれまでにも何回か、正之助の姿を目にしている。遠くから後ろ姿を目撃して、

「あれが正之助さんやで」

「そうらしいな」

と、芸人仲間と囁き合ったことがある。

しかし、口を利く機会は訪れなかった。いわば雲の上の人である。一芸人が簡単に話しかけられる雰囲気ではなかった。

だが、そのときは挨拶抜きで、いきなり、正之助のほうから声をかけてきた。

「ああ、仁鶴クン。キミ、僕は幸せだな、という流行語、はやらせたらどうや」

「なんでですねん」

仁鶴が訊き返すと、

「キミ、いま、幸せやろ」

と、正之助が言う。

「はあ。有難うございます」

「そやから、僕は幸せだな、というな、流行語をな、やってみィ」

それだけ言って、正之助はその場を離れた。トイレにでも行くところらしかった。

突っ立ったまま、仁鶴は後ろ姿を見送った。

〈なかなか面白い人らしいな〉

先輩達から、恐い人だと聞かされていたので、正之助に抱いていたイメージが一変するようだった。

僕は幸せだな、のフレーズは、しかし、すでに加山雄三が全国的にはやらせていたので、折角の正之助の助言だったが、仁鶴は使わなかった。

同じころ、こんな体験もした。

「男は度胸」というテレビドラマに出演しているとき、仁鶴は森繁久弥と一緒になった。吉宗役の浜畑賢吉に付き添うサムライが仁鶴の役どころだったが、京都で行われるビデオ撮りのとき、森繁と話す機会があった。

「吉本に八田クンというのがいるはずだが、どうしてる」

二人は早稲田の同期で、どちらも演劇青年だったらしい。

「はい。いま部長です」

仁鶴が答えると、森繁がすかさず、

「帰ったら、あんじょう言うといて。あんな悪い奴、なかったで」

と、言って、にやりとした。

本社へ寄ったとき、仁鶴がそのとおりを伝えると、

「そうか。あんな悪い奴、なかったな」

と、八田も同じ台詞で応酬した。

さすがに演芸を商売にする会社である。吉本は上のほうに面白い人間がいてはるな
と、仁鶴は思った。

正之助は駄洒落《だじゃれ》が好きである。上手でもある。

しかし、中にはできの悪いものもある。それでも笑わなければ機嫌が悪いので、周りは無理して笑う。そんなシンドイところもある。

一度顔を合わせてからは、会社へ立ち寄るたびに、仁鶴は正之助と言葉を交わすようになった。

会うと、必ず着ているものに目を光らせ、アドバイスする。

「仁鶴クン、キミは背広、どこで作ってるんや」

「はい。○△テイラーです」

「キミのそれ、年寄りくさいから、もっと若いのを着るようにしなさい」

「分かりました」

　そうして、次に会うと、

「キミにこれ、どうや」

　と、ネクタイをプレゼントしてくれる。

　大体、正之助はプレゼント好きな性分である。社員達にもなにかと贈りものをする。

　ただし、ネクタイなどもらえば、必ず締めて行かなければならない。一週間も締め忘れていると、

「キミ、あのネクタイ、どうなったんや」

　と、催促されるのだ。

　ネクタイはよいが、背広は困る。正之助のお下がりを頂戴すると、デザイン、サイズともに微妙に違い、そのままで着られない。

　やむなく、仕立直しに出すと、上等の生地だから、これが高くつく。痛し痒《かゆ》しの思いを味わうことになる。

仁鶴は年一回、吉本と契約を結ぶ。交渉相手は八田か中邨だが、直前に必ず、正之助と顔を合わせてしまう。偶然か、仕組まれているのか。

そのとき、正之助いわく。

「仁鶴クンは金については言わんからなあ」

さて、いまからと、交渉の場へ臨む直前である。

さも感じ入るように、そう言われると、折角、意気込んで出かけてきた気持ちも、萎《な》えてしまう。ええ子になって、強いことが言えなくなるし、

〈もう、ええわい、なんぼでも〉

と、諦めの心境にも陥る。

正之助の刺す釘は、よく利くのである。絶妙なタイミングでの牽制球《けんせいきゅう》だった。

その見事さに、仁鶴のほうも、つい笑ってしまうのだ。

金銭の交渉は八田が厳しく、中邨のほうの当たりが柔らかい。

「頼みますわ」

無理を言っても、

「ほな、一ぺん話しとくわ」

で、大抵は思い通りの絵を描いてくれるのだ。

八田と中邨のその関係は、かつての正之助と、姉のせいとのかかわり方に似ているかもしれない。芸人を叱るのは正之助で、機嫌をとってなだめる役はせいだった。

二人一組のコンビネーションで、うまくバランスをとっているのだろう。

二人とも厳しくては芸人が付いてこなくなるし、二人とも甘ければ、舐《な》められる。

そこのところの巧みな扱い方が、吉本には伝統的に根付いているらしい。

仁鶴が豊中に家を新築したとき、正之助が絵画をプレゼントしてくれた。自分の家に飾っていた相当高価な風景画である。

「こんな高いものを。どうも有難うございます」

「ええがな」

くれるときは、気前よくくれるのだ。その絵はいまも、仁鶴の家の応接間に掛かっている。

昭和四十年代から五十年代にかけて、吉本興業にとって最も貢献したのは、笑福亭仁鶴だろう。

すでに書いたとおり、睡眠時間三時間で頑張り、過労で倒れても注射を打って、昼夜の別なく働きまくったのである。

松竹芸能で初舞台を踏む段取りになっていた青年が、ひょいとした運命のいたずらで、林家染丸に連れられて吉本を訪れたのが、そもそもの始まりだった。

以後、売れに売れ、稼ぎに稼いで会社を儲《もう》けさせた。

三十年代の売れっこ二人──白木みのると笑福亭松之助のあとを引き継いで、見事な活躍ぶりを見せたのである。

正之助も仁鶴の貢献度を認め、

「仁鶴クンは、ほんまによう働いてくれましたな」

と、称賛を惜しまない。芸についても、高く評価している。

中邨も同様に、

「あの男はよう働きました」

と、仁鶴を褒める。

几帳面な性格で、律義者の働き者だから、仕事となれば一生懸命にぶつかって行くのだろう。掛け値なしに、体当たりで取り組む。

しかし、働きすぎて喉《のど》に無理がいったのか、ポリープができて三十回もの手術を受けた。歌手などがよくかかる病気で、生命には全く別状はないが、そのために近年、仕事の量をセーブしている。

早口でまくし立てていた、あれが影響したのかもしれない。喉の使いすぎだったのだ。

仕事を減らすと、当然、収入もダウンするのが道理である。

しかし、吉本は仁鶴の貢献度に報いるため、全盛時とほとんど変わらない対応をしている。出すべきところには、きちんと出すのである。

仁鶴はこのところ、ずぼらを決め込むように心がけている。あまり神経過敏になると、喉によくないからだ。

ただし、手術後、声の調子はよくなった。以前はザラザラした響きがこもっていたのに、いまは太く澄んで、ステレオのように音色がよい。

キノコのような邪魔ものが、取り除かれたせいらしい。

愛妻——隆子も夫に続いて、テレビの売れっこになった。いつも明るく、元気いっぱいのキャラクターは、誰からでも愛される。茶の間の人気者になる要素は、夫婦ともどもに備わっているのだ。

隆子があるとき遠藤に、こんなことを話した。

「私は普段、旦那さんを放ったらかしにしているので、年に一回だけ、大サービスするんですよ」

どんな大サービスなのか、遠藤が仁鶴に問い質《ただ》すと、

「さあ、どんなサービスですやろか」

と、とぼけられた。目尻を下げ、あらぬほうへ向けた顔は、正之助の言うとおり、幸せそのものの表情だった。

妻と同じぐらい、仁鶴は吉本という会社も愛している。

「生えぬきですから、もう、すっかり愛情が湧いています。自分の会社のような気がしていますよ」

美しい言葉だった。

きよしの章

本名・西川潔。

昭和二十一年七月二日、高知県生まれ。

昭和三十七年、中学を卒業してしばらく、自動車の修理工になったものの、演芸が好きでたまらず、石井均に弟子入りした。他の師匠格の芸人さんとも接触したが、断わられた挙句のことである。

「お前、吉本のこの人に会いに行け」

弟子入りして一年ほど経ったころ、師匠がきよしに一通の紹介状を手渡した。宛名は吉本興業の堀内課長となっていた。

石井均は家庭劇で杉浦エノスケと知り合いだった。エノスケはかつて、横山エンタツとコンビを組んでいた相方である。そんな関係で、吉本に顔が利き、話をしてくれたらしい。

きよしは早速、吉本興業を訪ねた。どうなることか、胸が高鳴った。

緊張で体を硬くしているきよしを前にして、堀内課長は一言、

「ま、頑張りたまえ」

とだけ言った。

「有難うございます」

きよしは直立不動の姿勢で頭を下げた。

昭和三十八年四月一日、きよしは吉本の所属になった。当時、なんば花月ではボードビルショーと称する喜劇をかけており、そこの役者として採用されたのである。

無論、一人前ではなく、無名の新人としての扱いだった。座長格には白羽大介や平参平らがいた。

きよしの役には名前がなく、通行人AとかBを振り当てられる。Aはきよし、Bは坂田利夫、Cはレッツゴー三匹のじゅんこと、渡辺美二という按配《あんばい》だった。

毎日放送の「サモン日曜お笑い劇場」が評判を呼んでおり、平参平が舞台へ登場して、

「やらしいわ、もう」

と、言うと、客席全員が、

「アホ！」

と、大合唱で応じる。とたんに参平は舞台から転がり落ち、独得の、脚を突っ張らせる仕草で這《は》い登る。それを見て客席は大爆笑になる。そして、再び、

「やらしいわ、もう」

「アホ！」

そのパターンを繰り返す。そのたびに、客席には笑いの渦が巻き起こるのである。

フィナーレは参平や白羽大介を中心にして、出演者全員が舞台の上に勢揃いする。客席へ頭を下げるのだが、そのとき、きよしが立つ位置はいつも、舞台の端の垂れ幕のかげになった。

客席は見えず、幕に向かって礼をすることになる。

〈もうちょっとでもええ。真ん中のほうへ出られるようになりたいな。お客さんの顔が見られるところへ立ちたいな〉

深々と頭を下げながら、きよしはそう思い続けた。

たとえ通行人Aの役でも、自分にしかできない味を出したい。ただの通行人では意味がない。

そう考えたきよしは、歩調を早くしたり遅くしたり、あるいは手の振りを大きくし

たり小さくしたりして、リハーサルのとき、ディレクターに、

「この程度でよろしいでしょうか」

と、質問した。通行人Aのくせに、である。

「お前らがそんなことを考える必要はないんや。黙って歩いとれ」

ディレクターはきよしを叱り飛ばした。

通行人Aのくせに、いちいち歩きっぷりをディレクターに質問する新人は、きよしの他にもう一人、岡八郎がいた。

この二人は芸に対して、共に通ずる熱心さを持ち合わせていたのである。同じ通行人でも、人とは違う歩き方を、短い舞台の上での時間内に少しでも客の印象に残る通行人をと、常に考えていた。

あるとき、きよしは酒屋の小僧の役を振り当てられた。

「こんにちは。今日は注文、ありませんか」

ご用聞きに回り、それだけの台詞を言って引き下がる役だった。

だが、きよしは一工夫した。たったそれだけで引っ込むのでは、悔しい。なんとか客を笑わせてやろうと思った。

幕が上がり、いざ本番のとき、

「こんにちは。今日は注文、ありませんか」

「ありません」

と、断わられて舞台の袖へ姿を消すとき、セットの柵《さく》にわざとつまずいて転んだ。

そして、

「ケッサクやなあ」

と、言った。客席は爆笑になり、大いに受けた。

〈やった、やった〉

きよしは得意満面で楽屋へ戻った。

そのとたん、平参平の怒声が浴びせかかった。

「どこにそんな台詞があるんじゃ。お前らが笑わさんでもええんや。オレらが笑わすんや」

「すみません」

してやったりの気分は一ぺんに吹き飛び、きよしはうなだれた。

「新米のくせに出すぎた真似をしたらあかんぞ」

他からも怒鳴り声が上がった。きよしはひたすら謝った。謝りながらも、

〈よし。いまにみとれ、オレも堂々と、お客さんを笑わせられるようになったるで〉

と、ファイトを燃やした。

しかし、芝居ではどうも冴《さ》えない。いま一つ、いい役にありつけない。

通行人の次は、熊の縫いぐるみをかぶる役などが振り当てられ、主役ははるかかなた、準主役でさえも遠い先に思える有様だった。

そんなある日、「ロマンスレイコショウ」の中山礼子がきよしに声をかけた。

「あんた見てたら、どうも芝居よりは、漫才のほうが向いてるような気がするんやけどね」

「そうですか」

「どう、漫才する気、ないの」

「そう言われても、相手が……」

「横山やすし・たかしがコンビ別れするという噂やねんわ。そやから、その気があるなら私が口を利いてやってもええよ」

「では、お願いします」

きよしはためらいもなく答えた。芝居ではうだつが上がりそうにない。ここらで一つ、新しい分野へ飛び込んで行きたい気持ちがあった。新天地を開拓したかった。

それに、密かに付き合っている女性がいた。彼女も同じ吉本の芸人で、芝居をしている。その彼女のためにも、ひと頑張りして、いいところを見せたかった。通行人や熊の役では、満足できなかった。

中山礼子の勧めで「横山やすし・西川きよし」の漫才コンビが誕生した。

やすしは本名を木村雄二と言い、きよしと同じ高知県の出身である。昭和十九年三月十八日生まれだから、歳は二つほど上になる。

やすしは「堺正スケ・堺伸スケ」のコビ名で漫才界にデビューしたが、二年ほどで解散して横山ノックの弟子になり、「横山やすし・横山たかし」の新たなコンビを組んだ。

横山たかしとは、横山プリンのことである。

しかし、それも長続きせず、次は二代目の横山たかしと組む。現在、レツゴー三匹のリーダー、正児がその二代目だが、これもうまくいかず、四人目の相手として西川きよしが登場したのである。

漫才のキャリアは当然、やすしのほうが長く、きよしのほうは初めてだった。

二人のデビューは昭和四十一年六月一日、京都花月である。なにをどう喋ったのか、きよしはともかく、一生懸命に舞台を務めた。

芝居は何人かの中の一人にすぎないが、漫才は二人っきりの芸である。しかも、話が途切れないよう、ひっきりなしにまくし立てなければならない。

舞台を下りたとき、きよしの全身は汗まみれだった。それでも、演じきったという満足感があった。間違いなく、自分達二人が主役を務めたのだという心地よさに浸された。

〈ええもんやな、漫才は〉

よし、これで頑張ろうという意欲が、きよしの中で生まれた。

付き合っている女性――杉本ヘレンは吉本新喜劇の人気者になりつつあった。ハーフの彼女が発する甲高い奇声に、客は大よろこびした。

きよしが彼女と付き合うようになったきっかけは、親切心からだった。きよしのやさしさと言ってもよい。

母一人子一人のヘレンは、家族の団欒《だんらん》に飢えていた。大勢でワイワイガヤガヤと賑やかな、そういう家庭に憧れていた。

それを察して、きよしは自分の家へ彼女を連れて帰った。きよしの父親は大阪・大淀区の中津でガソリンスタンドの管理人をしており、事務所兼住宅に住んでいた。きよしは五人兄弟の末っ子で、決して豊かな家庭状況ではなかったものの、明るさだけは満ち溢れていた。

貧しいながらも楽しいわが家、だった。ヘレンの求めているものが、そこには充満していた。

暇さえあれば、彼女はきよしの家を訪れるようになった。一緒に食事をして、賑やかなお喋りに花を咲かせる。きよしの家族全員が、陽気な彼女の訪問を歓迎した。

そういう日々の間に、若い二人の愛が芽生えた。一緒に住みたいと思うようになり、遂に決行する。昭和四十一年十月六日、ヘレンの誕生日の日である。

それが会社に知れ、ある日、きよしは八田部長に呼びつけられた。

「噂を聞いたんだが、一体どうなっているんだ」

「はあ」

「ヘレンはこのごろ名前が売れてきているし、仕事もしているが、お前なんか誰も知らんぞ。芸もできない人間が女にちゃらちゃらして。なにを考えているんだ」

吉本では社内恋愛がご法度《はっと》だった。

恋愛はともかく、結婚となれば、どちらかがやめなければならない。そういう不文律があった。

しかし、きよしはヘレンと結婚するつもりだった。若い二人の間では、すでに約束ができていた。

「僕ら結婚します」

八田の前で、きよしは宣言した。いずれは言わなければならないことである。それなら、思い切ってこの際にと、決心した。

「なに」

「結婚します」

問い質されて、きよしははっきりと言った。八田の表情が険しくなった。

「うちの会社では、社内結婚は認めていない。それはキミも知っているだろう」

「知っています」

「それでも結婚すると言うのなら、キミがやめるんだな」

「僕はやめません。彼女をやめさせます」

「寝ぼけたことを言うな。ヘレンは売れてきているじゃないか。会社のために稼いでる。キミは一銭も稼いでいない。まだこっちから持ち出しじゃないか。キミがやめろ。ヘレンは残す」

「ヘレンは残しません。僕が残らせてもらいます」

「いらんのだ、お前のほうは」

「残ります、僕が」

きよしは自分の主張を押し通した。話にならないというように、八田は吐息を洩らした。

会社から引き返す途中、きよしはやすしを訪ねることにした。住之江のボートレースが開催されており、彼はそこへ出かけているはずだった。会って、どうしても言っておきたいことがあった。

競艇場には大勢のファンが詰めかけていた。水面では水飛沫《しぶき》を上げてボートが走り回り、スタンドの客の視線がそれを追う。

その中からやすしを探し出すのは難しい。きよしは水面に背中を向け、スタンドの顔を確かめながら、何度も通路を往復した。

「おい」

三十分以上もかかって、ようやく、やすしの姿を見つけ、人をかき分けてそばへ寄った。レースの最中だった。

「なんや。お前もきてたんか」

「違うんや。ちょっと、話しておきたいことがあるんや」

「なんの話や。急ぐんか」

「そや。急ぐんや。ここでは具合悪い。ちょっと、こっちへ来てくれよ」

「いま、ええとこやのに」

きよしはやすしの腕を摑み、スタンドの下の人気のない場所へ連れて行った。レースは白熱しているらしく、ファンのどよめきが聞こえた。

「俺、結婚するつもりやねん。これからは嫁さん、養《やしの》うていかんならん。そやから、漫才に命賭けてるんや」

「ええことやないか、それは」

「そこで、あんたに言うておきたいんやけど、並みの根性で漫才してもろたら困るんや。これまで三回もコンビを別れたのは、相手も悪かったかもしれんけど、あんたにも悪いところがあったはずや。そやから、お互いにそこのところは気をつけて、俺らだけは絶対、コンビ別れなんかせんようにしたいんや。あんたはベテラン、俺は新米やねんから、漫才どんどん教えてや。俺、勝負かかってるんや」

きよしはまくし立てた。

レースの決着がついたらしく、スタンドから客がぞろぞろと下りてきた。

きよしもやすしも、たちまち、人ごみの中に巻き込まれた。立ち止まったままで話すことができなかった。

客は次のレースの投票券を求めて、右往左往する。それをかいくぐって、二人は焼きソバ屋の裏手の、人気がないところへたどり着いた。

「芝居をやめて漫才をやり始めたのに、あいつ、その漫才もあかんようになったと、笑われとうないんや。どんなことがあっても一人前の漫才師にならな、気がすまんのや。俺はあんたより年は下やけど、漫才については、言いたいことを言わせてもらうからな。あんたも、しっかり頼むで」

「まかせといてくれ」

きよしが言い、やすしが答えた。どちらともなく手を出し合い、改めて握手した。

きよしは目を剝《む》き、やすしの顔を睨むようにして、力を込めた。

「ほな、ちょっと、稽古しようか」

「ここで、かいな」

「そや」

投票券の締め切り時間を知らせるベルが鳴り出した。やすしはそれが気になるようだが、きよしの提案に従った。

こと漫才に関しては二人とも熱心で、どんな場所であろうが、顔を合わせると、すぐに稽古する癖がついていた。ネタは二人で考えて練り上げた。

ベルが止み、ほどなく、スタートを告げる場内マイクががなり立てた。だが、二人の耳には聞こえなかった。ネタの稽古に熱中しているうち、そこがどこであるのかさえも忘れていた。ゴミを捨てに出た焼きソバ屋のおばさんが訝《いぶか》り、

「なにしてるの、あんたら、そんなところで。喧嘩したらあかんで」

と、声をかけたが、それさえも気がつかなかった。向き合って手ぶり身ぶりで喋る二人を見て、おばさんは争いごとだと勘違いしたらしい。

その日、きよしはやすしを家に連れて帰った。稽古の成果を試すためであった。ネタが面白いか、漫才になっているのかどうか。二人だけでは分からないため、第三者に聞いてもらいたかった。

きよしの家には両親をはじめ、四人の兄姉がいる。第三者とは、その肉親達だった。親兄弟の前で漫才を演じるのは、気恥ずかしい。てれくさい。

しかし、きよしは真剣に喋った。舞台のつもりで熱演した。

ベテランのやすしは、さすがにうまい。澱《よど》みなく話を運ぶ。遅れをとらないよう、きよしも汗を吹き出して頑張った。

姉の一人がくすんと笑ったのをきっかけに、父が笑い、母までが口元に手を当てて笑い出した。

〈肉親を笑わせたら、ほんまものやぞ〉

　きよしは張り切って喋った。やすしも快調に飛ばす。稽古の成果は充分、あるようだった。

　いつの間にかヘレンが姿を見せ、兄姉達の後ろに座っている。二人の漫才が終わると同時に、みんなはいっせいに手を叩いた。ヘレンの拍手がひと際、大きいように、きよしには思えた。

「やすし・きよし」がデビューして間もなく、こんなことがあった。

　その夜、正之助は自宅でテレビを見ていた。その夜に限らず、家でくつろいでいるときでも、正之助はテレビから目を離さない。

　いま、どんな芸人がブラウン管を賑わしているか。どういう芸が受けているのか。常に知っておく必要がある。そのための勉強だった。

　そうしてプロデューサーとしての感覚を磨いていた。

　その夜はどこのチャンネルに合わせていたのか。見ると、勢いのよい漫才が映っていた。

　若い男性二人が、一生懸命にまくし立てる。話の運びはまだこなれていないものの、パワーがある。迫力がある。なによりも必死に舞台を務めようとする気迫がすばらしかった。

〈これは、ものになりよるぞ〉

正之助は注目した。初めは気らくに見ていたが、そのうち次第に体を乗り出した。画面へ吸い寄せられた。

正之助はメモ帳を引き寄せた。二人の漫才が終わると、司会者が、

「ただいまのは、横山やすし・西川きよしのお二人でした」

と、告げた。それを手早く書き止めた。

次の日、出社するなり、正之助は八田を呼んだ。

「あのな、若い漫才で、横山やすし・西川きよしというコンビがおるから、その二人、いまの間に、うちの会社へ引き入れとけ。銭はなんぼ遣《つこ》うてもええから。俺が見たところ、近い将来、絶対ものになりよるぞ」

「横山やすし・西川きよし、ですか」

「そうや。知ってるか」

「その二人なら、うちの芸人ですけど」

「なにを」

「うちの専属ですよ」

「ほんまかいな」

八田の言葉に、正之助は驚いた。驚きながら、しめたと思った。

〈それなら、余計な銭は遣わんですむ。このまま、がっちりと引き止めておけばええわけや〉

「なあ、八田クン」

正之助は改めて八田に申し渡した。

「横山やすし・西川きよしのコンビ、しばらくの間、力を入れてやってみィ。俺の目に狂いがなければ、必ずええ答えを出してくれるようになるぞ」

「分かりました」

「頼むぞ」

正之助は念を押した。

以後、横山やすし・西川きよしのコンビは仕事の量が増えた。舞台は無論、テレビやラジオにも次々と登場するようになった。

正之助の意向を受けて、八田が積極的に機会を与え始めたのである。

勿論、それに応えるだけの働きを、このコンビは上げた。休まずに務めた。

だが、収入的にはまだ恵まれなかった。

会社から受け取る一カ月の金は、二人分で一万三千五百円だった。折半すると、一人の取り分は六千七百五十円しかなかった。

それでヘレンと二人で生活するのは、苦しい。食べるのにも困るほどだった。

そのため、きよしはアルバイトを始めた。知り合いの口利きで、尼崎のキャバレーで司会した。ひと晩、ツーステージ務めると千円になり、交通費などを引くと、五百五十円の金を持って帰ることができた。

「おおきに。ご苦労さまでした」

きよしが差し出す金を受け取るとき、ヘレンは必ず正座を作り、そう言って押し頂いた。

〈もっと、ぎょうさんの金を、この嫁はんに渡してやりたい〉

そのたびに、きよしは思った。

相撲取りは土俵の上に金が転がっているというが、自分達芸人も、舞台に銭が落ちているのだ。それを拾うには、どうすればよいか。

答えは簡単だった。

一回でも多く、舞台に出ることである。出れば出るほど、拾える回数も増える。どこに、どんな形で落ちているのかが、見えてくるのだ。

「やすし・きよし」のギャラの配分は折半、五分五分だった。その点について、きよしはやすしに感謝した。

普通、ベテランと新米が漫才のコンビを組んだ場合、六・四とか、七・三という分け方をする。無論、ベテランのほうが多く取るのだが、やすしはそれをせず、きれいに半分ずつに割った。

それはコンビを長続きさせるための、必須《ひっす》条件でもあった。コンビ別れする漫才の、原因のほとんどは、それだった。

例えば四分六に分けた場合、六分を取るベテランのほうは、半分ずつにしたときよりも、わずか一分だけ多いと計算してしまう。

ところが四分しかもらえない新米の側から見ると、相方は自分よりも二分も多く取っている。四分の半分、五十パーセントも多いのだ。

同じ舞台に立って、同じように喋りながら、それだけ差をつけられると、不満も出てくる。

人間はとかく、自分中心にしか周りが見えない。物事が判断できない。

〈俺が多くもらってるのは、たった一分だけや〉

と思うベテランと、

〈俺より二分も多く取ってるのか〉

と考える新米とのズレに、喧嘩のタネが生じるのである。

「やすし・きよし」は、その部分が明快だった。これは、やすしの配慮であった。ただし、最初のギャラのとき、きよしが受け取った袋には中味が入っていなかった。

「どうなってるんやろ」

訝《いぶか》るきよしに、

「俺がちょっと、借りといた」

と、やすしが答えるアクシデントもあったが。

きよしの夢は、二十二歳までに自分の家を持つことだった。なぜ二十二歳なのか。

順調に大学を卒業すると、二十二で社会人の仲間入りをする。働くようになる。

中学出のきよしには、その人達に負けたくないという思いがあった。自分は大学出よりも、七年も早く社会に放り出されて働いている。それなら、その七年分の証しとして、家ぐらい持ちたい。

〈大学卒が社会人になる二十二歳のときまでに、俺は生活の基盤になる自分の家を手に入れてやる。そして、ばりばり働いてやる〉

学歴に対するコンプレックスを、きよしはファイトを燃やすことに置き換えた。

二十二歳になる直前、きよしは念願の家を買った。大阪・堺市の百舌鳥《もず》梅北町にある、小ぢんまりした住宅だった。値段は六百八十万円だった。

〈よし。いよいよ、これからやぞ〉

六畳の間の青畳の真ん中であぐらを組みながら、きよしは改めて決意を固めた。

家を手に入れる少し前、昭和四十二年の九月二十七日、きよしとヘレンは正式に結婚した。

大阪・浪速区の今宮戎《えびす》神社で、師匠の石井均の仲人で式を挙げた。なにかと親身に力を貸してくれたのは桂小文枝だった。

きよし、満二十一歳のときである。しかし、ヘレンの側はその結婚に反対で、誰も出席しなかった。きよしの身内の半分が彼女の側へ座り、バランスを保った。

それだけは、心残りであった。できることなら、みんなに気持ちよく、よろこんでもらいたかった。

〈よし。いつかきっと、許してもらえるようになったる。俺と、西川きよしと結婚してよかったと、ヘレンの親戚の人達にも思ってもらえるようになったるぞ〉

涙する花嫁の姿を見ながら、きよしは強く心に誓った。自身も大きな目に光るものを溢れさせた。

それからは一日も休まずに働き、満二十二歳になる前、念願のマイホームを持ったのである。

しかし、堺のその家はどうも縁起がよくなかった。結婚後、間もなく生まれた長男が、新しい家に移ってすぐ怪我《けが》をした。

大したことはなかったものの、それが治ったころ、相方のやすしがタクシーの運転手と悶着を起こした。新聞にも大きく書き立てられるほどの騒ぎになり、昇り調子の気運にあったコンビは、舞台に出られなくなった。

やすしが謹慎して、仕事を休む羽目に陥ったからである。

漫才をやりたくても、できない。そのため、きよしは一人で働くようになった。テレビの司会などを引き受け、やすしが復帰する日を待つことにした。

だが、外野からは親切ごかしのさまざまな声が入ってきた。

「この際、コンビ別れをしたら、どうや」

「相棒が舞台に戻るまで待ってたら、ファンに忘れられてしまうで」

「悪いことは言わん。いまが潮時や」

「司会がこなせるんやから、一人立ちしても大丈夫や。キー坊ならやれるで」

キー坊とは、きよしのニックネームである。

いろんな雑音が聞こえたが、しかし、きよしは耳を貸さなかった。文字どおり、雑音として聞き流した。

やすし以外に、自分の漫才の相手はいない。それが分かっていた。司会もいい。一人立ちも不可能ではないかもしれない。だが、自分は漫才がしたい。漫才を続けたい。それにはどうあっても、やすしが必要だった。やすしを手放したくなかった。

周りを見回すと、コンビ別れをして成功した漫才はほとんどない。元のコンビより、人気は数段も下落してしまう。それも分かっていた。

しかし、なにより、きよしはやすしに恩義を感じていた。素人の自分に、漫才芸のなんであるかを教えてくれたのは、彼である。コンビ結成一年後にして、上方漫才大賞の新人賞も受賞していた。自分も頑張ったが、それはやすしのおかげでもあった。その相棒が苦境に追い詰められているとき、見捨てるような真似はできなかった。

「おい。引っ越ししよう」

ある晩、きよしが言った。

「なんでですのん、不意に」

ヘレンは訝った。

「ここの家、どうも験《げん》が悪いような気がするんや。子供は怪我するし、相方は舞台に出られんようになるし」

「そういえば、そうやね」

ヘレンも相づちを打った。

「私らにとっては、方向が悪かったのかもしれへんわね」

「そや。移ってきたとき、すぐに、この近所にある方違《ほうちがい》神社へお参りしといたらよかったんやけどな」

「そんな神さん、いてはるの」

「いてはるそうや。宿替えなんかしたときには、みんな、お参りしやはるそうやで」

「ほな、いまから早速、お参りしましょうか」

「もう遅い。手遅れや」

「なんでですのん。神さまにお参りするのに、手遅れなんかおませんやろ」

「神さんやない。こっちの都合や」

「こっちの都合いうて？」

ヘレンに尋ねられて、きよしはひと呼吸入れた。湯呑みの底に残った茶を啜《すす》った。

「実は俺、もう次の家を見つけてきたんや」

「そんな、あんた」

「いや、その、箕面《みのお》のほうに、手頃な掘り出しものがあったんや」

「この家、手に入れて、まだ半年にもならへんのよ。近所の人達とも、ようやく馴染《なじ》んできたとこやのに」

「分かってるがな。そやけど、さっきも言うたように、この家、どうも験くそが悪いんや。このまま住んでたら、三度目の正直で、今度はこの俺に、なんぞ悪いことが起こるような予感がするんや」

「それこそ験の悪い話やわ。やめといて頂戴」

「そやから引っ越そうと言うてるんや。口約束やけど、俺はもう買うと、向こうさんに伝えてあるんや」

ええやろと、きよしはヘレンの表情を窺《うかが》った。一旦、言い出すと、後へ引かない夫の性格は、彼女も承知していた。

「あんたがそうしたいのなら、それでもよろしいけど。そやけど……」

「そやけど、なんや」

「肝心なお金のほうは、どうしますのん」

「さあ、それや。それだけが問題や」

「それが第一番の問題ですやろ」

「分かってるがな」

きよしは腕組みした。思案げに首をかしげた。

ヘレンは夫の湯呑みに茶を注いだ。訊きたいことがあるが、それを口に出すのがためらわれる。恐ろしかった。

だが、黙っているわけにはいかなかった。

「で、箕面の家というのは、いくらしますのん」

夫のほうへ湯呑みを押しやりながら、ヘレンは尋ねた。

「二千四百万円や」

「二千四百万……」

「この家の三倍強、四倍弱やな」

軽く言う夫の顔を、ヘレンは不思議なものでも眺めるように凝視した。そんな大金は、この家のどこを捜しても出てくるはずがなかった。

「どうしますのん、そんな大金」

「そやから、俺もそれを考えてるんや」

一見、慎重そうに見えるが、思い立つと、ただちに突っ走らなければ気のすまないところが、きよしにはある。

この一件も、そうだった。

ヘレンとしても、できることなら、夫の望みどおりにしてやりたかった。縁起が悪いと思い込んでいる家に住み続けて、もし万が一、災難に見舞われたりすれば、大変である。

だが、二千四百万円は大金にすぎる。どう考えても、工面のしようがなかった。

「半年住んだだけやから、この家、まだサラみたいなもんや。買い値の六百八十万か七百万では売れるやろ。とすると、あと足らんのは、千七百万か。足らんほうが多いな」

おい、貯金なんぼある、と、きよしは訊いた。

「貯金なんかありませんよ。この家買うときに、全部遣《つこ》うたでしょ」

「そうか。そうやったな」

きよしはあぐらを組み直した。

〈千七百万円、か〉

よし、こうなったら、銀行へ頼みに行こう。必ず返しますから、貸して下さい。そう言って頭を下げるしか、方法はなかった。

次の日、仕事の合間を見つけて、きよしは取引きのある銀行へ出向いた。支店長に会わせてもらい、家を買う金を貸して欲しいと、ありのままを話した。

だが、支店長の返事は冷たかった。西川きよしという名前を知ってはいたが、まだ二十二、三の若さである。

その若さに、危惧《きぐ》したようであった。

「ご希望に添えなくて、申しわけありませんが」

「あきませんか」

「申しわけございません」

慇懃《いんぎん》に送り出され、きよしは銀行をあとにした。

望みの綱は断ち切られた。だが、なんとしてでも、引っ越したい。いまの家に居続けると、芸人としての自分が駄目になっていくような危機感さえ覚えた。

きよしは考えた。知恵を絞った。

挙句、名案が閃《ひらめ》いた。

電話ボックスへ飛び込み、吉本の本社へ電話を入れた。自分の名前を告げ、正之助の住所を訊き出した。

吉本の社長は弘高だが、病気で入院中のため、一旦は退いていた正之助が復帰して、実権を握っていた。

〈あの人や、あの人に頼もう〉

それしかないと、きよしは思った。

その日、仕事が早く終わった。きよしは電話でヘレンを呼び出し、梅田で待ち合わせた。

「なんですのん、急に」

電話では詳しく話せなかったので、顔を合わせるなり、ヘレンは心配そうに尋ねた。

「ええから、俺と一緒に行くんや」

「どこへ行きますのん」

「吉本の偉いさんとこや」

「なにしに」

「決まってるやないか。お金を借りに行くんや」

「そんな無茶な」

「なにが無茶や」

とにかく行こうと、きよしはヘレンの手を引っ張るようにして、阪急電車に乗り込んだ。

阪急の夙川で電車を下り、きよしとヘレンは正之助の家を訪ねた。

途中、交番で尋ねたりして、どうにか捜し当てた。

「門前払いを喰わされるのと違いますやろか」

「さあ、それは分からんな」

「やめときましょ。帰りましょ」

「なにを言うてんねん。折角、ここまできたんやから、当たって砕けろや」

夫婦は小声で話しながら歩いた。正之助の自宅は閑静な住宅街の一角にあった。塀越しに青々と繁る庭木が見える。園芸の趣味でもあるのか、左のほうにガラス張りの温室の屋根ものぞいていた。

夕暮れどきだった。空は紅に染まる。

きよしは門の前に立ち、緑の枝を透かして夕映えの空を仰ぎ見た。ヘレンは数歩、後に控えた。

〈よし〉

意を決して、きよしはインターホンを鳴らした。ほどなく、女性の声で返事があった。

「西川きよしと申します。いつもお世話になっております。今日は社長にお願いがあって、お邪魔に上がりました」

「ちょっと、お待ち下さい」

「はい」

　きよしは緊張して待った。ヘレンも身を固くした。

　足音がして門の横の通用口が開き、中年の女性が顔をのぞかせた。秘書か、お手伝いさんのようだった。

「まだ会社から戻っておりませんが」

「じゃ、待たせて頂きます」

　ここまできて、引き下がる手はない。きよしは強気に出た。

「おい、待たせてもらおう」

　ヘレンを促して門の中へ入った。手入れの行き届いた広い庭が展《ひろ》がり、奥のほうに和室の建物があった。

　二人は客間へ通された。物音はせず、家の中は静まり返る。出されたお茶に、どちらも手をつけなかった。黙ったまま、夫婦は畳の上に座り続けた。

　一時間余り経ったころ、廊下のほうで人のうごめく気配がした。きよしは背筋に力を入れた。ヘレンも膝を揃えた。

「なんや、キミ」

正之助が姿を見せ、二人に怪訝《けげん》な目を向けた。

「留守中にお邪魔して、申しわけございません。実はお願いがあってやってきました」

正座を作り、きよしは畳に手をついた。

「なんやいな、一体」

「お金を貸して頂きたいのです」

「お金？」

「そうです」

正之助は眉間にシワを刻んだ。

「なんぼほどや」

「一千七百万。いや、一千万円で結構です」

「馬鹿野郎！」

とたんに、正之助の怒声が響いた。

「俺も長いこと、この商売をやってるけど、お前のような芸人は初めてや」

「すみません。そやけど、家を買う金が、どうしても足らんのです。それで、こうしてお願いに上がったのです。先物を買うつもりで、貸して下さい。必ず返しますから」

「あかん。帰れ」

正之助は玄関のほうを指差した。

「あきませんか」

「あかん」

結局、金は借りられず、二人は正之助の家を後にした。

立ち去るとき、ヘレンは行灯《あんどん》風の水銀灯がともる広い庭を見回しながら、

「私らも将来、こんな大きな庭のあるお家に、住めるようになりたいわね」

と、呟《つぶや》いた。

〈よし。なったる、絶対、なったるぞ〉

言葉には出さなかったが、きよしは心に誓った。そんな身分になれるよう、頑張ろうと決心した。

その後、別の銀行に頼み込み、きよしは遂に二千四百万の、箕面の家を手に入れた。

相棒――やすしの謹慎はまだ続いている。そのため、百万円ぐらいに増えていたきよしの月収は、十五、六万に激減していた。

見かねたのか、またも外野から雑音が入った。小鹿ミキと男女の漫才コンビを組んではどうかとか、

「岡八郎と、どうや。奥目と出目のコンビというのは」

などと、冗談とも本気ともつかない誘いもあった。

そう言って頂くことは有難いが、しかし、きよしは首を縦に振らなかった。

〈俺の相方は、横山やすしだけ〉

その気持ちに、ゆるぎはなかった。だが、当のやすしが、ある日、きよしを訪ねてきて、

「俺を待っててくれんでもええぞ」

と、切り出した。迷惑をかけていることの心苦しさに、やすしも思い悩み、そう言わずにはいられなくなったらしい。

「なに言うてんのや」

きよしは一蹴《いっしゅう》した。

「しかし、なあ」

「余計な心配せんと、早《は》よ舞台へ戻ってきてくれよ。俺、漫才しとうて、うずうずしとるんやぞ」

「分かった」

それだけ言って、やすしは引き返した。さすがに消沈の色は隠せない。元気のない相棒の後ろ姿を見るのは、きよしにも辛かった。

きよしが一人で出るテレビ番組が増えた。だが、それらはいずれも、いつ相棒が戻ってきても、すぐ入り込めるように考えてあった。「夕焼け小劇場」「シャボン玉プレゼント」「プロポーズ大作戦」などが、そうだった。

毎日放送の「素人名人会」も、同じである。西条凡児の後を受け継ぎ、当初、やすし・きよしの二人で司会を始めたのだが、五週間だけ務めたとき、例の騒動が発生したのだ。

二人がこの人気番組の司会に起用されるのには、正之助の強い後押しがあったから、きよしとしては会社に顔向けできない思いもあった。大物女優を司会に、という話を、

「それはおかしいやないか」

と、正之助が待ったをかけ、「やす・きよ」を推薦したのである。二人の力を信じてのバックアップだった。

それを、六週間目にしてつまずいたのだから、正之助も、きよしも苦しい立場に追い込まれた。しかし、局側の配慮で、きよし一人の続投が決まり、胸を撫で下ろした。

やすしの謹慎が解除されたのは、二年四カ月後だった。知らせを聞いた夜、きよしは自宅でヘレンを相手に、祝杯を上げた。

やすしが復帰して間もなく「やすし・きよし」は、なんば花月に出演した。二年四カ月のブランクがどう出るか、きよしは正直なところ、心配した。ネタを忘れていないか、呼吸はどうか。

だが、それは杞憂《きゆう》に終わった。

二人の漫才は先行役のきよしが話をリードし、やすしが答える形で展開する。その日、事前に打ち合わせをする余裕もなく、舞台に登場したが、きよしが振るネタに対して、やすしは絶妙のタイミングで応じた。切り返すところは痛烈に切り返し、ぼけるところは見事にぼける。客席は爆笑の連続だった。

〈ええやないか〉

身ぶり手ぶりで喋りながら、きよしは涙が出るほどうれしかった。待っていてよかった。この相棒を待っていて正解だったと、つくづく思った。

以後も何度か、やすしは新聞沙汰を引き起こすことになる。だが、もう、きよしにコンビ別れをそそのかす者は現われなかった。二人の強い結びつきを知って、周りも余計な口出しは無駄だと、分かったらしい。

長年、漫才をしていると、相手の顔を見るのも胸くそ悪くなるときがある。マスクでもして、背中を向けて喋りたいほど、嫌な日がある。

その反対に、風邪を移されてもかまわないから、相手の口のすぐそばまで自分の口を近づけ、唾がかかるのもいとわず、まくし立てたくなるときもある。乗りに乗り、何十分でも何時間でも、そのまま舞台を続けたい気分に捉われる。

「やすし・きよし」にも、そんな繰り返しが何回となく訪れた。その都度、二人の漫才は前向きに道を開き、熟成されていった。

笑福亭仁鶴がそうであったように、きよしもまた、吉本興業本社の中邨に声をかけてもらうのが、夢だった。憧れだった。

顔を見かけ、いち早く挨拶しても、中邨は大抵の場合、素通りしてしまう。それが、ある日、

「おはようございます」

「おはよう」

と、返事が返ったのだ。しかも、そのあと、

「このごろ、よう頑張っとるな」

と、中邨は笑顔を向けた。

「はい。有難うございます」

うれしさの余り、きよしはうわずった声を出した。場所はなんば花月の楽屋であった。

〈あの人が、中邨さんが、遂にこの俺に声をかけてくれた〉

その日一日中、きよしは浮き立つ気分に見舞われた。百人力を得たような心強さを覚えた。

きよしにとって、正之助は水戸黄門さんのような存在に映る。大所高所から、自分を見守ってもらっている気がする。

その黄門さんに借金を申し込み、一言のもとに撥《は》ねつけられたのも、つまりは大きな愛ではなかったのかと、いまにして思う。それがバネになり、

〈よし。頑張ったる〉

と、ファイトを燃やしたのだ。あのとき、すんなりと金を貸してもらっていれば、今日の西川きよしはあり得なかったかもしれない。

吉本興業はおふくろの味がすると、きよしは思う。やさしい抱擁《ほうよう》力で、包み込んでくれる情のある会社だと、しみじみ感謝している。

花道一直線

昭和四十五年、正之助は再び社長のポストに就いた。病いで倒れた弟の弘高が正式に辞任し、その後を受け継いだのである。正之助にとっては二度目の、社長の椅子《いす》だった。

その下には橋本鐵彦がおり、八田竹男がおり、中邨秀雄がいる。芯《しん》から演芸好きの、強固なラインが確立した。この陣容で売れる芸人を生産できないはずがなかった。違《たが》うことなく、笑福亭仁鶴が売れ、桂三枝が売れ、横山やすし・西川きよしのコンビも売れ出した。他にも何人かの人気者が出現し、吉本の演芸部門は急上昇の兆《きざ》しを見せた。

昭和四十五年、大阪・千里では万国博覧会が開かれ、全国各地から大勢の人々が押しかけてきた。その人達がもう一つの大阪土産として、道頓堀などの演芸場に立ち寄り、漫才や落語や芝居を楽しんだ。

吉本のなんば花月やうめだ花月にも客が詰めかけ、連日、大入りが続いた。万博というめぐり合わせも幸いしたが、それはなによりも、仁鶴、三枝、やすし・きよしらの人気の成果に他ならなかった。そして彼らに花を開かせるよう、水をやり、肥料を与えた会社の勝利でもあった。

上役の八田とともに、第一線に立って働いてきた中邨にとって、演芸部門に陽が当たり始めた状況は、ことの外、うれしかった。自分達の苦労が、ようやく報われる思いがした。

〈いま、やっと幕が開いたようなもんや。まだまだ、これからが正念場やぞ〉

テレビ画面を賑わせる自分の会社のタレント達に注目しながら、中邨はなおも気力を奮い立たせた。

ある日、中邨はトニー谷を花月に招いた。

ソロバンを片手に、

「あなたのお名前、なんてえの」

とか、

「レディースアンドジェントルメン。アンド、オトッチャンオッカチャン。トニータニザンスヨ」

などという軽妙な喋り口で、一時期、一世を風靡するほどの人気があった。

その人気もすでに色あせてはいるものの、舞台はさすがで、客席は笑いの渦に包まれた。

終わったあと、慰労の意味も込めて、宗右衛門町の小料理屋で一席設け、中郁が相手をした。

賑やかに飲み食いし、時計が七時を回ったころ、

「さて、退散しやしょうか」

と、トニー谷が腰を浮かせた。

「もうお帰りですか」

「ええ、帰らせてもらいますよ」

「それじゃ、ちょっと待って下さい。車を呼びますから」

中郁は仲居にタクシーの手配を頼んだ。ほどなく連絡があり、トニー谷と一緒に玄関先へ急いだ。

「どうも、ご苦労さまでした」

乗り込むトニー谷に、中郁はチケットを手渡した。

「これ、イタミまでいいね」

確かにそう聞こえたので、中郡は頷いた。伊丹空港から飛行機に乗るのだろうと思った。

しかし、数日後、回ってきたタクシーのチケットは、大阪から静岡県のアタミまでになっていた。

芸人には愛すべき抜け目のなさがある。

吉本興業へ出入りしている新聞記者の遠藤も、脇で見ていて、そういう思いに捉われることが多い。

愛すべき抜け目のなさとは、妙な言い回しだが、その大方の場合は金銭にかかわりのある抜け目のなさで、ケチに徹し、シブチンを心がけるところから、自然発生的に生まれてくる。

それだけに、第三者的に眺めると、憎めない可笑しさを覚えさせられる。愛すべき行状に思えてくるのだ。

トニー谷の一件に関しても、後日、遠藤は人づてに聞いて、大笑いした。口跡の、いたってはっきりした彼が、そのとき、中郡に対しては、伊丹のイと、熱海のアを混ぜ合わせたような曖昧《あいまい》な発音をしたのに違いない。

それで中邨の耳をたぶらかして、大阪の宗右衛門町から、静岡県の熱海温泉まで、タクシーを走らせたのである。

特徴のある眼鏡と髭のトニー谷が、深夜、タクシーの後部座席でふん反り返り、してやったりと、ほくそ笑む顔を想像すると、これはもう、

「愛すべき抜け目のなさ」

そのものとしか言いようがないのである。

遠藤自身も、こんな場面に出くわせたことがある。

あるテレビ局の食堂で白木みのるの取材をしているとき、花菱アチャコが入ってきた。当然、食事をするものと思っていたところ、アチャコはその場に居合わせる若い芸人達数人に向かって、

「おい、キミ。飯、喰うか」

と、訊いて回り出した。

大先輩にいきなり声をかけられて、若い芸人の何人かは、

「いいえ、食べません」

と、答える。すると、すかさず、

「よし。その食券、くれ」

と、アチャコは手早く取り上げる。本当は腹が空いているのに、大先輩の問いかけに圧倒され、不本意な返事をする若い芸人もいるようだった。

〈なにをするのだろう〉

取材を中断して、遠藤は様子を窺った。巻き上げた（ように、遠藤には見えた）何枚かの食券を、アチャコは自分の付き人のほうへ突き出し、

「おい、調理場へ行って、これを玉子に代えてこい」

と、命じた。

「はい」

付き人はうやうやしく受け取り、ただちに調理場へ急いだ。そして、間もなく新聞に包んだものを持って戻った。何個かの玉子が入っているはずだった。

〈やるなあ〉

遠藤は感心した。正面に座った白木みのると顔を見合わせ、どちらからともなく笑った。

間違いなく、愛すべき抜け目のなさだった。遠藤は喜劇の一場面を見ているような気がした。

アチャコに関係のあることで、もう一つ、遠藤は林家染丸から聞いた話がある。

ある劇場での仕事を終え、染丸が玄関を出たところへ、一台のタクシーが現われた。後部座席の窓が開き、顔をのぞかせたアチャコが、

「染丸クン、どこへ行くんや」

と、声をかけた。

「家へ帰ろうと思うてます」

林家染丸が答えると、アチャコはタクシーの運転手に命じて、ドアを開けさせた。

「そうか。ほな、丁度ええわ。送って行くから乗んなはれ」

「いえ、結構でおます」

自分の家とアチャコの家とは方向が違うので、染丸は断わった。それでもアチャコが、

「遠慮せんでもええがな。さあ、乗った乗った」

と勧めるので、それ以上、辞退するのも失礼になると思い、

「ほな、お言葉に甘えて、便乗させて頂きます」

と、染丸はアチャコの横へ乗り込んだ。タクシーは走り出した。

だが、方向が違う。アチャコが運転手に指図する道順は、染丸の家のほうではなかった。

「よっしゃ。そこでストップや」

二十分ほど走り、タクシーを止めたところは、アチャコ宅の前だった。

「ほな、失礼」

軽く手を上げ、アチャコは先に下りた。そのあと、染丸は自分の家までタクシーを走らせた。料金は無論、自前で払わなければならなかった。

〈かなわんな〉

まんまと計られたわけだが、しかし、計られた染丸のほうが思わず苦笑いするぐらい、これも鮮やかな「愛すべき抜け目のなさ」だと言えた。

アチャコにタクシーのチケットを渡すと、用事もないのに親戚中を走り回る、という噂を、遠藤も聞いたことがある。

「こんにちは。ご機嫌さんでっか。ちょっと前を通りかかったので、顔を見に寄りましてん。元気そうでんな。ほな、さいなら」

玄関先でそれだけ言って、待たせたタクシーに乗り、再び次の親戚へ回る、というのである。

それを知ってから、NHKでは出演者に渡すタクシーのチケットに、行く先を明記させるようになったとか。

真偽のほどは分からない。

しかし、これなど、もし事実とすれば、遠藤には誠に愛すべき振舞いに思えてならない。

折角、チケットを受け取ったのに、短い距離で下りるのは、もったいない。同じことなら、できるだけ遠方まで乗り回したい。チケットをもらった人間には、そんないじましい思いがのぞくものなのだ。

恐らく、アチャコも同じような気分になり、

〈どこぞ行くとこないかいな。そや、あの親戚、しばらく会《お》うてへんな。ちょっと顔見に寄ったろか〉

というわけで、走り回ったのではないだろうか。チケットでタクシーが乗り回せるようになった身分を、自慢したい気も多分にあったのだろう。

そんなアチャコが、あるとき、吉本の制作部員の冨井善則に、五百円くれた。個人的に頼まれた用事を片付けたので、その礼のつもりらしかった。

会社で話すと、

「気をつけろよ。近々、大地震が起こるかもしれんぞ」

と、誰かがからかった。

昭和四十年代の半ばから五十年にかけて、上昇気流に乗る吉本興業には、次のような芸人達が所属していた。

漫才——島田洋介・今喜多代、人生幸朗・生恵幸子、秋田Aスケ・秋田Bスケ、塚本やっこ・市松笑顔・市松笑美子、秋山右楽・秋山左楽、白川珍児・美山なをみ、市川歌志・市川泰子、横山やすし・西川きよしなど。

落語——林家染丸、桂小文枝、露の五郎、笑福亭松之助、月亭可朝、笑福亭仁鶴、桂三枝ら。

歌謡漫談——あひる艦隊。

浪曲ショー——ロマンスレイコショウ、中山恵津子ショウ。

奇術——ワンダー天勝、ジョージ多田、堀ジョージ。

漫談——滝あきら。

ジャズ漫画——木川かえる。

曲芸——クレバ栄治・フデ子。

声帯模写——川上のぼる、吉本ひでき。

コメディアン——花菱アチャコ、白木みのる、平参平、花紀京、秋山たか志、岡八郎、財津一郎、奥津由三、原哲男、桑原和男、井上竜夫、谷しげる、由利謙、浜裕二、大江将夫、藤井信子、中山美保、山田スミ子、片岡あや子、安田光子、高勢ぎん子、河村節子。

さらに、タイヘイ洋児・夢路・糸路の浪漫ショー、ザ・クエッションン（白名勝太・当野重彦・大谷実・滝裕二）の音楽ショー、Wヤング（平川幸雄・中田治雄）の歌謡漫才、チャンバラトリオ（山根伸介・伊吹太郎・結城哲也）らがいる。

その他にも、バンドが三組――モダンサウンズ（反保英敏以下五名）、テンパニーファイブ（吉田常雄以下五名）、ニューサウンズ（岩佐盛隆以下四名）と、音頭が二組、所属していた。

かつて秋田実らが在籍した文芸部には、竹本浩三、檀上茂、吉仲賢次など八名が顔を揃え、内容の充実に知恵を絞った。

これらの芸人を直接、差配するのは中邨秀雄であり、その上に八田竹男、もう一つ上に橋本鐵彦、そして最上段で目を光らせているのが林正之助であった。

この体制で、吉本はぐいぐい、のし上がっていった。演芸界における地位を、不動のものにした。

八田は芸人達に、常々、言い聞かせた。

「うちのテレビ番組は、せいぜい、近畿二府四県ぐらいしか映らないのだから、その中のショーウインドーに収まるような芸人になってくれたらいい。無理して全国向けを狙わなくてもいいんだ」

だから、世間より半歩先を見るようにしろ。一歩先では離れすぎる。半歩先で丁度よいのだと、教えた。

そして、舞台へ出て行く芸人には、

「さあ、笑わせてやってこい」

と、発破をかけた。そう言われると、カンフル注射でも打たれたように元気づくらしく、

「はい。笑わせてきます」

と、大声で答える芸人もいた。

そういう隆盛の真っ只中、昭和四十八年五月、正之助は会長になり、社長の椅子を橋本鐵彦にまかせた。橋本は「漫才」という表現の、考案者である。

吉本ファミリー以外で社長のポストに就いたのは、橋本が初めてであった。

正之助が橋本の功績を認めて、社長に就けたのである。

翌年の昭和四十九年、花菱アチャコが死亡した。正之助に見出されて、全国的に名

前を知られるほどの人気者になり、途中、他社へ引き抜かれそうになったりしたものの、終生、吉本興業所属の芸人として生きた。

戦後の一時期、それまで所属していた芸人が、全員、吉本を離れたなかで、ただ一人、アチャコだけはとどまった。むかし気質の義理堅さを持つ、偉大な芸人であった。コメディアンとして名を極めたアチャコにとって、世の中で頭の上がらない、恐い人間は、一人だけしかいなかったのではないか。

林正之助——ただ一人、正之助だけであったと思われる。

亡くなる少し前、あるテレビ番組で正之助とアチャコが対談しているのを、遠藤は見た覚えがある。

そのとき、正之助はアチャコを顎《あご》でしゃくりながら、司会者に向かって、こう言った。

「こいつを拾うてやったのは、私です」

他の者からは先生を付けて呼ばれるほどの大御所を〝こいつ〟と称してはばからないのは、正之助以外にいない。

それが言えるだけ、正之助も面倒を見たし、アチャコも全面的に信頼を寄せていた。

会社と所属タレント、使う側と使われる側、というような囲いなど、とっくに超越して、二人は人生のよき友として、同じ道を歩んできたのである。

花菱アチャコこと藤木徳郎。行年七十七歳だった。

〈ちょっと、早すぎるやないか〉

自分より二つ年上の、この友達の死を、正之助は心から悲しんだ。アチャコのような芸人は、もう現われないのではないかとさえ思った。

橋本は丸四年、社長の職を務め上げ、昭和五十二年六月、今度は八田竹男にバトンタッチした。吉本ファミリー以外では二人目、第五代目の社長の誕生であった。

映画が隆盛を極めているさ中に、いち早くその衰退を見越し、演芸部門の再開と、テレビへの進出を、正之助に強く進言したのは、八田である。

その功績を高く評価されての登用だった。

八田が社長に就いて三年目、昭和五十五年の初め、漫才ブームが起こった。その前の二、三年は演芸部門が奮わず、下降線をたどり始めていた吉本にとって、このブームは願ってもない幸運だった。

火をつけたのは8チャンネル／フジテレビ系の日曜日の夜、九時から放映される「花王名人劇場」であった。

「激突！　漫才新幹線　やすし・きよしVS.セント・ルイス」がきっかけだった。仕掛人は当番組のプロデューサー、澤田隆治である。

その直後「漫才」はローマ字の「ＴＨＥ　ＭＡＮＺＡＩ」に書き替えられ、爆発的な人気になった。

昭和の初め、橋本鐵彦が「萬歳」からひねり出した「漫才」が、二分の一世紀経って、今度はいよいよ日本語を離れ、「ＴＨＥ　ＭＡＮＺＡＩ」に変貌《へんぼう》したのである。

SAWADA

漫才ブームの仕掛人——澤田隆治は、昭和三十年に神戸大学を卒業し、朝日放送に入った。

大学では日本史を専攻したが、演芸が好きで、暇さえあれば寄席通いをしていたので、演芸ものを担当するディレクターになった。

無論、初めは見習いで、ラジオ番組などを手がけ、大阪テレビで昭和三十二年四月から始まった「びっくり捕物帳」をまかされた。この番組は松竹芸能の芸人達で固められていた。

だが、しばらくして澤田は、吉本興業という名前を知る。

自分が担当している「びっくり捕物帳」の裏番組に「吉本コミカルズ」なるものが登場し、

〈吉本というのは、そも、なんや〉

と、頭に引っかかった。

戦前の華々しい歴史は知らず、澤田にとっての吉本興業とは、全く未知の興行会社にすぎなかった。

ひとり、澤田だけではなく、現場で働く他局の若手ディレクター達にとっても、恐らく同じ程度の印象しか持ち合わせていなかっただろう。

そういえば、澤田は大学時代の記憶を甦《よみがえ》らせた。花菱アチャコや横山エンタツが出演する古い映画を見ると、彼らの名前の下にはカッコで囲まれて〝吉本興業〟と書いてある。

〈なんのことやろ〉

そういう会社の存在さえ知らないので、不思議でならなかった。

「吉本コミカルズ」なるものが出現して、ようやく、その謎が解けた。つまり、吉本という興行会社があるのだと、知ったわけである。

世は松竹芸能の全盛だった。ダイマル・ラケットがいる。かしまし娘がいる。

「びっくり捕物帳」の評判もよく、裏番組の「吉本コミカルズ」は敵ではなかった。

吉本の芝居に登場する芸人達は、すぐに転んでみせるので、コミカルズをもじって、

「コケカルズ」

と、陰口を叩いたりした。番組自体も早晩、転ぶか消えてしまうだろうという揶揄《やゆ》も含まれていた。

しかし、これが結構、面白いのだ。澤田は視聴率や裏番組が気になる性分で、「吉本コミカルズ」も極力、見るように努めた。結果、これまでの芝居のパターンとは全く異なる、破天荒な面白さがあることに気づいた。

従来の喜劇は、幕が開くと、脇役達が舞台の上を往来したり、立ち話などしているところへ、主役が現われて客席を笑わせるのが、一つの形になっていた。

ところが、「吉本コミカルズ」では、幕が上がると同時に、いきなり、わけのわからない人物が走り出て、つんのめったり、転んだりする。主役より先に、脇役やチョイ役が笑わせてしまう。

役者としての上下の関係よりも、笑いが最優先されている。笑わせた者が勝ち、という熱気に溢れる。

ストーリイ性は弱いものの、その笑いこそ、これからのテレビに求められる方向ではないかと、澤田は思った。

この時点で、吉本の八田や中邨と、澤田はまだ全く接触はない。しかし、笑いの方向性は、ぴたりと合致していたのである。

「吉本を使ってみたいのですが」

ある日、澤田は上役に申し出た。

「吉本？」

「そうです。接触してみたいのです」

澤田の申し出に、上役はつかの間、考える表情になった。が、

「いいだろう」

と、許可を出した。

「有難うございます」

礼を言い、澤田は社を出て、その足で吉本興業の本社へ向かった。

誰を、どう使うか。頭の中はまだ白紙の状態である。とりあえず、乗り込んで行き、芝居の台本を見せてもらう。そして、使えそうなものがあれば、ピックアップするつもりだった。

受付で名前を告げると、専務の橋本鐵彦が現われた。応接間へ通され、向き合いながら、橋本は穏やかな口調で吉本の社歴を話し始めた。

明治の末、吉本吉兵衛とせい夫婦に端を発し、大正、昭和と経て今日に至るまでを、

小一時間ばかり、話して聞かせた。

エンタツ・アチャコ、初代の桂春団治、柳家三亀松、柳家金語楼など、澤田が名前だけは知っているそうそうたる芸人達が、いずれもこの興行会社と深いかかわりを持っていたと知り、驚かされた。

吉本の歴史は、そっくりそのまま、わが国の大衆芸能史でもあると思った。

〈凄い会社やないか〉

正直、圧倒されそうだった。

「台本があれば、見せてもらえませんか」

話を聞き終わってから、澤田が頼むと、橋本は書棚の前へ連れて行った。そこには数十冊の使用済の台本が並べられていた。

澤田はその場で手当たり次第に読み出した。作者の名前は竹本浩三が多い。

その中から十数編を選び、借りることにした。面白そうなものを選り出したのだが、そのほとんどの主役は、笑福亭松之助になっていた。

そして、番組作りが始まった。

吉本の大御所――花菱アチャコが借りられることになり「アチャコのどっこい御用だ」を作った。これがアチャコの民放レギュラー初出演だが、ライバルの目明かし役として、松之助を起用した。

同じくもう一つ「スチャラカ社員」もスタートし、ダイマル・ラケット、川上のぼる、藤田まこと、白木みのる、エンタツらに混って、課長の役で松之助を使った。

幸い二つとも評判がよく、日に日に茶の間の話題にのぼる手応えがあった。

だが、三カ月ほど経ったころ、松之助が松竹芸能に引き抜かれた。怒った吉本は、

「松之助を番組から下ろせ」

と、澤田に言ってきた。

「松之助を取るか、吉本を取るか」

制作部長の八田に、澤田は詰め寄られた。

吉本とコネをつけたのは、自分の意志である。トラブルが発生したからといって、それを上役に相談するのは恥ずかしい。澤田は自分で判断しなければならなかった。

朝日放送の中には、吉本と接触のあるディレクターは一人もいない。いずれも松竹と仲がよかった。

そういう状況の中で、吉本をしくじったとなれば、それ見たことかと笑われるだろう。澤田の結論はおのずと決まった。

松之助に会い、二つの番組から下りてもらうと、申し渡した。

「アチャコのどっこい御用だ」でアチャコの子分、「スチャラカ社員」では給仕役の白木みのると、澤田は同じ兵庫県・芦屋に住んでいる関係で親しかった。

毎朝、ラッシュの電車に乗るとき、小柄な白木みのるは人ごみの中でもみくちゃにされる。そのため、澤田が自分の前へ包み込むようにして、大阪まで通った。いわば、ボディガードの役を務めたのである。

その白木みのると、「びっくり捕物帳」「スチャラカ社員」と続く藤田まことを組み合わせた「てなもんや三度笠」で、ディレクターとしての澤田は大ヒットを飛ばした。作者の香川登志緒（のちに登枝緒）が一躍有名になったのと同様、澤田もまた「てなもんやの澤田」として名前を知られるようになった。

ある日、澤田は会社の上役に呼ばれた。

「キミ、どうして吉本ばかり使うんだ」

「はい。面白いからです」

澤田にはそれしか答えようがなかった。

面白いものは、どんどん起用する。それが澤田の流儀だった。たまたま、吉本に片寄っただけであった。

会社の上役だけでなく、松竹芸能からも直接、文句を言われた。しかし、澤田は自分の信念どおりの仕事に徹した。

〈面白い番組、面白い芸人〉

頭にはそれしかなかった。

番組のおかげでアチャコとも親しくなり、澤田は彼のことを、

「御大」

と、呼んだ。

だが、そう言うと、アチャコは決まって、

「私は御大と違いまっせ。ほんまの御大は、向こうの奥のほうにいてはりまっせ」

と、吉本の本社がある方向を指差した。

「恐い人がいてはりまんねん。私なんか、その人の前に出たら、直立不動で、ろくに口もきけまへん。震え上がります。そら、恐いお人でっせ」

ぶるぶるっと、胴震いして見せながら、そんな話を聞かされた。

林正之助。

恐い人の名前はそう言うらしいが、影も形も澤田は目にしたことがない。どんな顔した人物なのか、幻でしかなかった。

大阪で数々のヒット番組を作った澤田は、昭和四十六年、三十九歳のとき、東京へ

出て行った。いま一度、新天地で自分の力を試したかった。大阪で作る演芸番組に、限界を感じていたのも確かである。

「なんで東京なんかへ行きはりますの」

「大阪でも仕事はできますやろ」

「私らを見捨てんといておくんなはれ」

顔見知りの芸人達は、不安そうな顔で引き止めにかかった。

だが、澤田の決意は変わらなかった。

もう一度、自分の思いどおりの演芸番組を作りたい。その一念に燃えていた。

「もう、あの人もあきまへんで」

「そやな。四十間近い歳になって、東京へ飛び出して行っても、大した仕事はできまへんやろ」

「大阪と違《ちご》うて、向こうはもっと人間が多いんやからな。尻尾《しっぽ》巻いて逃げて帰るのがオチでっせ」

そんな陰口も耳に入った。

東京へ出た澤田は東阪企画という会社を興し、演芸番組を作り始めた。

いずれも好評で、平均点を稼いだが、澤田の中ではいま一つ、燃焼しきれなかった。

なにかが足りない。欲求不満の部分が残る。どこかにもっと、どかんと爆発するものが隠されているのではないか。

そんな思いが、つきまとってならなかった。

いま世の中は、なにを求めているか。なにを期待して、茶の間の人達はテレビの前に座っているのだろうか。

昭和五十五年の初めから、8チャンネル／フジテレビ系で、澤田は「花王名人劇場」をまかされることになった。日曜日夜の九時台という、ゴールデンタイムである。

〈よし。漫才をぶっつけてやろう〉

話が決まったとき、澤田の頭に閃《ひらめ》くものがあった。

十年前の万博のとき、大阪は演芸ブームに沸いた。漫才を中心とする笑いが、もてはやされた実績がある。

それが下火になった現在、大衆は笑いに飢えているのではないか。最高にできのよい漫才を出せば、飛びついてくれるのではないだろうか。みんな、笑いを求めているはずだ。

澤田のプロデューサー感覚が、そうはじき出した。世間の欲求を感知した。

そして、昭和五十五年一月二十日、やすし・きよし、セント・ルイス、B&Bらが出演した「花王名人劇場・激突！　漫才新幹線」は、東京十五・八、名古屋二十九・五、大阪二十七・二パーセントという高視聴率を稼ぎ、その週のベストテンに喰い込んだ。

澤田の狙いに、狂いはなかった。

日曜日夜のゴールデンタイムに漫才というのは珍しく、しかも単なる寄席中継ではなく、舞台の袖の「やす・きよ」の真剣な表情や、二人の熱演ぶりを喰い入るように見つめる「セント・ルイス」の姿などを捉え、視点に斬新なほとばしりがあったから、どの新聞のテレビ評でも好評だった。

三組の本領を目一杯、発揮させると同時に、楽屋の情景や、さらには心理的な動きにまで、生々しく肉迫した点が、視聴者にも「漫才を超えた漫才」として、強い感銘を与えたのである。

それが如実に、数字となって表われたのだ。

気をよくした澤田は、「漫才新幹線」と題する第二弾を放つ。

同じ年の四月十三日、セント・ルイス、ゆーとぴあ、チャンバラトリオ、コメディNo.1らで、大阪では前回より少し下回る二十五・五パーセントだったが、東京では一パーセント上回る数字を上げた。

東西で微妙に差があるものの、このころにはすでに、あちこちのテレビに漫才番組が次々と登場し始めた。数字では表現不可能な漫才熱が、全国を席巻しつつあった。

「漫才新幹線」の第三弾、同じ年の十一月三十日に放映された、やすし・きよし、B&B、紳助・竜介らは、東京で二十二・四、大阪では三十六・八パーセントという驚異的な視聴率をはじき出した。

「バケモノ番組だよ」

「かなわないね、あれには」

ライバル番組の関係者らの間では、溜息まじりのそんな嘆きが飛び交った。

世は漫才ブームの渦中にあった。

しかし、この漫才ブームは、見方を変えれば、吉本ブームとも言えた。

売れている漫才コンビは、ほとんどが吉本興業の所属であり、松竹芸能からは「春やすこ・春けいこ」ぐらいしか、顔を出していなかった。

それは数字の上でも明らかだった。

昭和五十五年度の吉本興業の営業報告書には、

「経済情勢は貿易摩擦、財政再建、消費の低迷等諸問題を抱えながら推移しました。当社にありましては、その間、とりわけ若い世代に照準をあわせ、ナウな感覚、思考をもって演芸制作につとめてまいりましたのが奏功し、爆発的なブームを招来し……」

と、謳《うた》い、

「五十五億八千三百万円の営業収入、六億四千百万円の利益を上げ、それぞれの前年比は三十一・七パーセント、十九・七パーセントの業績向上を得ました」

と、記されている。

これは創業以来の増収であり、増益であった。漫才ブームに浮かれて世間は笑い転げたが、それ以上に、その裏側の吉本興業こそ、笑いが止まらなかったのである。

仕掛人の澤田にも、してやったりの思いはあった。自分の感覚に狂いはなかった。その証明を目の当たりに見るのは、涙が出るほどうれしかった。

東京へ飛び出してきて、よかったと思った。大阪にとどまっていれば、はたして、その感覚があり得たかどうか。

善し悪しの問題ではなく、東京という土壌で仕事をしているから、キャッチできた閃きだったかもしれない。距離を置いたからこそ、愛する大阪の演芸が、とりわけ、漫才が、一段と見えやすくなったのだ。

そして、これはと目をつけた、光るコンビをピックアップし、どしどしチャンスを与える。与えられたほうは、一世一代の好機到来と、死にもの狂いで舞台を務める。持っているすべてを発揮する。

ブームの最大の要因は、その辺りにありそうだった。十年前に澤田が大阪を飛び出した、そこに根ざして、見事に花開いたのである。

翌昭和五十六年も、ブームは続く。

「ザ・ぼんち」が東京の武道館に一万人の大観衆を集めたり、「花王名人劇場」での「漫才新幹線」の第四弾、第五弾が相変わらず高い視聴率を稼いだ。

その他のお笑い番組も軒並み好調で、ブームのかげりはまだ窺《うかが》えなかった。

いや、マスコミの一部では、

「漫才ブーム、呆気《あっけ》なく消える」

などという評が囁かれ始めていたが、澤田は認めなかった。認めたくなかった。

〈そんなに早々と、このブームに水を差されてたまるか〉

面白がるようなマスコミ評に、腹立ちを覚えた。

自分の目ざす演芸の道は、まだまだ、先が長い。漫才はその一分野にすぎず、しかも、いま、とばぐちにかかったばかりである。これから先、道中は長く、深いのだ。売ってやりたい芸人、ぜひ売りたい芸人は、まだまだ何人もいる。

彼らや彼女らにチャンスを与え、新しい才能を開かせたい。新鮮な笑いも作りたい。

澤田の胸には、まだ「満足」という文字は居つかなかった。

東京・国立劇場に十組の漫才コンビを集めるとき、澤田は初めて「恐い人」を意識した。

アチャコをして、その人の前へ出ると、直立不動の姿勢になり、体が震えてしまうと言わしめた、吉本の恐い人――林正之助を頭に浮かべた。

正之助は昭和九年の四月、所属の芸人を総動員して東京の新橋演舞場へ乗り込み、「特選漫才大会」を開き、成功を収めた。「萬歳」を「漫才」に変えて、東京の客を笑いの渦に巻き込んだ。

澤田はそれを、再現したいと願った。「漫才」を「MANZAI」に変えたいま、今度は自分の手で、東京の客を、いや、全国の客を笑わせたかった。

まだ「恐い人」には会ったことがない。

だが、プロデューサーとして自分が目ざす道を見透かそうとすると、そこには必然的に「恐い人」の影が浮かび上がる。大先輩のその人が、視界に入る。

自分もようやくそこまできた、前の人が見えるようになった、ということかもしれなかった。まだまだ、その距離ははてしないが。

「やすし・きよし」を筆頭に、十組のメンバーを集めるとき、澤田はその中に一組、以前から目をつけているコンビを組み入れた。

浪曲ショーの「東洋朝日丸・東洋日出丸」の兄弟コンビである。大阪にいるころから、澤田はこの二人の芸に注目していた。

朝日丸は三門博の門下、兄の日出丸は梅中軒鶯童の門下で、ともに浪曲界で活躍していたが、昭和三十八年、兄弟でコンビを組んで浪曲ショーに転向、着実にファンを増やしつつあった。

しかし、その活躍の場や人気のほどは、大阪に限られ、全国的とまではいかない。力は申し分ないのに、いま一つ地味な存在である。澤田にはそれが残念でならなかった。

同じ浪曲ショーで、東京には「玉川カルテット」がいる。こちらは結構、「全国区」で通用する。

実力的には決して引けを取らない「朝日丸・日出丸」を、この際、一気に全国区までと、澤田は考えたのである。

そして、出演させた。

だが、結果は不発に終わった。

舞台の袖で、澤田は注目した。芸そのものは、さすがに年季が入っている。快調なリズムで運んでいく。

ところが、売りものの一つであるズボンが、ずり落ちないのである。客の笑いを取るところだが、それが出てこない。

〈どうなっているんだ〉

澤田はやきもきした。

「ずらせ、ズボンをずり落とせ」

客席へ聞こえないように声を飛ばしたが、熱演中の二人の耳には届かなかった。

「おっさん、上がってるで」

「ほんまやな。珍しいことがあるもんや」

そばにいる「やす・きよ」も、心配そうに呟いた。

大入りの国立劇場は、異様と思えるほどの熱気に包まれていた。その異様な熱気が、ベテランの二人を緊張させたようだった。

逆に見れば、「朝日丸・日出丸」ほどのベテランでさえも、勘を狂わせるほど、漫才ブームのほうが異常であったとも言える。

それとは逆のケースが、一組あった。

十組の顔ぶれの中に女性のコンビがいないので、澤田は大阪へ連絡し、女を一組、寄越すように頼んだ。

「いくよ・くるよというのしかいませんけど、どうでしょうか」

「いくよ・くるよ？」

「そうです」

電話口で、澤田は一瞬、考えた。

だが、名前も顔も思い浮かばない。

〈そんな漫才、いたかなあ〉

ふと、浮かんだ顔があった。そうか、あの二人に違いない。自分が大阪にいるころ、一、二度、使った覚えのある勢いのよい女性コンビがいた。その二人だろうと、勝手に解釈した。

「いいよ。それ、入れておこう」

オーケーを出した。

しかし、澤田がそのとき、思い浮かべた顔は、「若井小づえ・若井みどり」の二人であった。

ほどなく、東京へきた「今いくよ・今くるよ」を見て、澤田は自分の勘違いに気づいた。

が、追い返すわけにもいかない。とにかく、リハーサルをして試した。澤田が「いくよ・くるよ」の漫才を聞くのは、無論、初めてだった。

面白くない。全然、笑えない。よくも、こんな下手くそがと、腹が立った。

リハーサルが終わったあと、澤田は二人のそばへ寄り、

「そんなことでは駄目だ。キミら、死ぬ気でやれ」

と、怒鳴りつけた。

「はい」

二人は怯《おび》えたように、声を合わせて答えた。

それが利いたらしい。

本番になると、「いくよ・くるよ」はリハーサルのときとは、一変する面白さを発揮した。二人が一言喋るたびに、客席は爆笑になる。

舞台の袖で見守りながら、澤田はじっとしていられなくなった。うれしさが込み上げた。

「おい。いくよ・くるよが受けてるぞ」

そばにいる裏方の誰彼なしに、そう口走った。

「ほんとに。よく笑っていますね」

中の一人が、さも不思議そうに洩らした。

「受けているんだ、受けているんだ」

舞台の二人と、沸きに沸く客席を忙《せわ》しなく見比べながら、澤田はうわごとのように呟いた。信じられない。夢を見ているような心地だった。

やがて二人は、舞台の袖へ駆け戻った。

「よかったよ」

澤田は二人の肩を叩いて、ねぎらった。

「有難うございます」

「有難うございます」

汗まみれの顔で口々に言いながら、汗ではない光の粒が二人の目に溢れるのを、澤田は見逃がさなかった。

「よかった、よかった」

もう一度、二人の背中を叩いて励ました。それ以上、声にならないのか、「いくよ・くるよ」は両手で顔をおおい、楽屋へ戻った。

思いがけない拾いものだった。ダイヤモンドを見つけたと、澤田は思った。

東京でのデビューを見事に飾った「いくよ・くるよ」は、以後、またたく間に、大きな花を咲かせた。

同じころ、新聞記者の遠藤にも、こんな体験がある。

「漫才ブームを探る」という企画ものの記事を書くため、なんば花月の取材に出かけたところ、日曜日のせいもあり、劇場は満員で立ち見の客も大勢いるほどの盛況だった。

劇場側の計らいで、遠藤は舞台の袖に椅子を置き、そこに座って取材することにした。

出演者達の横顔と、客席の反応が見透せる、好都合な場所だった。

何組かの漫才のあと、「明石家さんま」が登場して、漫談を始めた。阪神タイガースの小林投手のフォームなど混えた、形態模写である。

舞台の前に陣取った中・高生の女の子らが黄色い声援を送るが、劇場全体の笑いにまでは広がらない。いわば、シンパの女の子らだけの、内々の笑いにとどまっていた。

〈この程度では、しんどいな〉

遠藤は特にメモする必要も覚えず、ぼんやりと眺めた。

持ち時間を消化して、さんまは舞台を下りた。交代に「島田紳助・松本竜介」の二人が飛び出した。

「突っ張り漫才」とか「本音漫才」とか称されて、このコンビはブームの最先端を突っ走っている。一群のブームの申し子達の中にあっても、人気は一、二のはずだ。

二人が登場するだけで、女の子達はキャアキャア騒ぎ、劇場の客もそれに煽られて興奮する。一言喋ればどっと笑いが巻き起こる有様だった。

そのとき、帰ったはずの明石家さんまが、遠藤の目の前に現われた。

〈なにをするのだろう〉

さんまは舞台の袖の垂れ幕を、体に巻き付けるようにした。そのまま、腕組みして、耳を傾けた。

舞台の中央では「紳助・竜介」が、客席を沸かせている。さんまはそれを、じっと聞く。

〈そうか〉

遠藤は合点した。改めて、目の前のさんまに注目した。

芸を盗んでいる――。さんまは、紳助・竜介の芸を盗んでいるのだ。

遠藤は感心した。感動した、というのが正しいかもしれない。

さんまの喋りは、決して上手ではない。漫談は形態模写で支えていた。

紳助・竜介は、いまや漫才ブームのトップを走っている。客席も大いに沸き返る。二人の喋りの、どこがどう受けるのか。どの辺りに、笑いを取る秘密があるのか。さんまは熱心に、盗んでいたのである。

いまどき、人の芸を盗む。その、ひたむきな態度に、遠藤は打たれた。芸人の取材は数えきれないほど経験しているが、そういう光景を目撃するのは初めてだった。

紳助・竜介が漫才を終わり、駆け戻る寸前、さんまはその場から姿を消した。彼らは気づかず、その事実を知っているのは、本人のさんまと、遠藤の二人だけであった。

たまたま、そのときは紳助・竜介だったが、恐らく、さんまは他にも、「ザ・ぼんち」や「B&B」などの芸も、盗んでいたのではないか。そして、自分の芸のコヤシにしようと勉強していたのだ。

「明石家さんまという芸人は、近い将来、必ず人気者になるだろう」

その記事の中に、遠藤は予言めいたことを書いた。

もう一つ、遠藤には次のような体験がある。

明石家さんまが芸を盗もうとした「紳助・竜介」の、紳助についてである。

漫才ブームの真っ只中のある日、やはり取材のため、なんば花月へ出向いたところ、舞台では宇宙服のような銀色の衣裳を着た二人が熱演中だった。

遠藤は満員の客席の、右側の壁にもたれかけた。他にも立ち見の客が溢れ、そこしか場所がなかった。

手にはシャープペンシルと、メモ帳を持っている。感じたままを、すぐに書き止めるつもりだった。

爆笑と拍手の嵐のうちに、二人は舞台を終えて引き下がった。続いて「オール阪神・巨人」が登場するプログラムになっていた。

だが、舞台に現われたのは「阪神」だけだった。

「すみません。いま、相棒の乗ったタクシーが渋滞に巻き込まれて、ここへくるのが遅れてますねん。もうすぐ、くるはずですから、それまで、ちょっと待っておくんなはれ」

阪神は謝り、時間繋ぎに、歌真似を始めた。

遠藤が後で調べたところ、この日、スウェーデンの皇太子が大阪を訪れ、警備が厳重だったため、市内の各所で大渋滞が発生したものと分かった。

阪神の歌真似は絶品である。

だが、客の中にはアルコールの入った者もいる。

「おい。ええ加減に、漫才やらんかい」

「物真似、聞きにきたんと違うぞ」

そんな野次も飛び出した。客席はざわつく。どうなることかと、遠藤は気になった。

そのとき、不意に悲鳴が起こった。かぶりつきに陣取った中・高生の女の子らが、悲鳴まじりの奇声を張り上げた。

直前、メモ帳に視線を向けていた遠藤は、なにが起こったのか分からなかった。見落とした。

若い女の子らを中心に、客席は半ばパニック状態に陥った。顔をおおう者、友達と抱き合って喚《わめ》く者、笑いころげる者など、いずれも異様な興奮ぶりだった。

「いま、えげつないものが通りましたな」

阪神の声で、客席はまたも沸き返った。

〈なんだろう〉

遠藤は注目した。今度は見落とすまいと、目を凝らした。

数秒後、舞台後方の幕の前を、ストリーキングが駆け抜けた。ヘアースタイルのせいで頭でっかちに見える裸が、全力疾走した。

客席はまたもや、大騒ぎになった。叫ぶ者、喚く者、笑う者など、入り乱れた。

紳助だった。紳助が素っ裸で走り抜けたのだ。

そこへ巨人が登場し、阪神と二人で、ようやく漫才に入った。

どうして、そんな振舞いに及んだのか。遠藤が訊くと、

「阪神が困っていたから」

と、紳助は言葉少なに答えた。

確かに、友情もあったのだろう。阪神が困っている。助けてやりたい。だが、打ち合わせもなく、不意に漫才をするわけにはいかない。早く手を打たなければ、客が騒ぎ出すかもしれない。

どうしよう。どうしよう。

焦り、切羽詰まった紳助は、最後の手段として、パンツを脱いだのである。

裸になるなど、振舞いとしては、下劣かもしれない。品性がないのは確かである。

しかし、芸人の根性としては、見上げたものだと、遠藤は思った。

満員の客の前で素っ裸になる。簡単そうで、実際、その場に直面すると、大抵の人間は尻込みするのではないか。

そんな馬鹿げた行動はとれないと、拒むだろう。

その馬鹿げた行動に飛び込んでいく、紙一重の差のところが、超えられるか、超えられないのか。そこに芸人としての、したたかな根性を見せつけられたと、遠藤は感

じたのである。

吉本には凄い芸人がいる。客を笑わすためならスッポンポンになるのもいとわない。文字どおり、体当たりで舞台を暴れ回る。一般人としては批判があるかもしれないが、この芸人根性はすばらしい。島田紳助——まだまだ大きくなるだろう。

明石家さんまと並べて、やはり、そのとき、遠藤はそう書いた。漫才ブームのさ中に偶然出くわした、印象的なエピソードだった。

単なるエピソードにとどまらず、教訓的な〝いいお話〟として、いつまでも頭にこびりつきそうであった。

後日、遠藤は京都にある島田紳助の実家を訪れた。国鉄に勤める実直そのものの父親と、気のいい母親から、あれこれ取材したが、そのとき、母親の口から澤田隆治の名前が飛び出した。

「うちの子も、東京の澤田隆治さんに可愛がってもらっているようなので、大変よろこんでおります」

澤田は当の芸人は無論のこと、その家族達にまで尊敬され、敬愛されていると、遠藤は知った。

漫才ブームの仕掛人は、いまやオール芸人の、芸人を取り囲む世界の、あこがれの人になったのだ。

そのブームが沈静化し始めた昭和五十六年の暮、澤田は初めて〝恐い人〟に会った。吉本の本社での対面だった。

「お世話になってますな」

笑顔を浮かべながら、正之助は礼を述べた。

「これ、気に入ったら使《つこ》うておくんなはれ」

ネクタイを一本、プレゼントされた。

そのとき雑談で、正之助と、宗右衛門町の料亭「大和屋」の主、それに澤田の妻の父——義父の三人が、旧い友達であることが分かり、話がはずんだ。

「不思議な縁ですな」

正之助は機嫌よく、むかしの話を次々と披露した。澤田にとっては、仕事の上で役に立つことばかりであった。

以来、月曜日の朝は必ず、正之助から澤田の家へ電話がかかるようになった。

前夜の「花王名人劇場」を見た感想を話すのである。

「あれは、あきまへんな」

だったり、

「あれは、よろしおましたな」

であったりする。

夙川の自宅から大阪・ミナミの本社まで通う車の中で、正之助は時間を持て余す。

退屈まぎれに、カー電話をかけるようだった。

しかし、評の一つ一つは澤田にとっても思い当たる点が多く、さすがに正之助の目のつけどころは違うと、感心させられた。

なにかのときに、澤田は正之助と金の話をしたことがある。

吉本興業が借入金なしの、優良企業だと知ったころだった。

「そんなに儲けて、どうするんですか。使い道に困るでしょう」

冗談めかして澤田が言うと、正之助は笑いもせず、眼鏡の奥の鋭い目で見返した。

「考えてみなはれ。もしも正月なんぞに、満員の客が入ってるうちの劇場で、大事故でも発生してみなはれ。大変ですよ。補償なんぞで、五十億や百億の金は吹っ飛んでしまいます。そやから、銭はなんぼでもいるんですよ」

そこまで心配している。澤田は感心した。

正之助ほどのキャリアがあると、歴史を繰り返すことが可能になる。

かつて、自分がプロデュースした演芸を、再び舞台に乗せられる。

羨《うらや》ましいと、澤田は思う。

そんな芸当ができるプロデューサーは、正之助以外に見当たらない。

わが国の三大プロデューサーを挙げるとすれば、松竹の大谷竹次郎、読売の正力松太郎、阪急の小林一三の三人だろうと、澤田は思う。

プロ野球を持ったり、映画を作ったりした、この三人には負けるかもしれないが、しかし、現存する日本一のプロデューサーの名前を挙げろと言われると、すかさず、

「林正之助」

と、答える。

正之助の社会的功績を挙げるとするなら、今日の形の漫才芸を作り上げたことと、それに伴う芸人達の地位の向上だろう。エンタツ・アチャコに始まる漫才が、この国の人々に、どれだけ多くの笑いをもたらしたか、計り知れないものがある。

抜きつ抜かれつの興行の世界である。水面に表われないダーティな部分も、少なくなかっただろうと想像される。

しかし、それらもひっくるめて正之助が歩んできた道が、わが国の演芸史そのものであることには間違いない。吉本興業という会社に注ぐ情熱が、そのまま、演芸の歴史を書き綴ってきたのである。

そう考えると、改めて、偉大な人だなあと、澤田は思う。畏敬の念を覚えさせられる。

ギャグのつもりか、それとも本心なのか分からないが、正之助はときに、

「私のあとを継ぐプロデューサーは、澤田はんや」

と、口にすることがある。

とんでもないと、澤田は大きな体を小さくする。

近寄りたい、迫りたいという意欲はある。

だが、それを果たすためには、自分がこれまで生きてきた演芸の世界の、丁度、倍ほど働かなければならない。

それでもはたして、正之助に近づくことができるのかどうか。そう思うと、気が遠くなってしまう。

大きな存在として、お手本として、見習うべき点は、まだまだ多くある。とりあえずは、それらを一つずつ、着実に吸収したいと思うのみ、である。

いま、澤田が頼みごとをすると、

「澤田はんのことやったら、やりまんがな」

と、正之助は機嫌よく引き受ける。そのときの顔は、好々爺《こうこうや》そのものになった。

新風一番

昭和六十二年十一月一日、吉本会館はオープンした。

それに先立ち、前日、竣工披露式が行われた。新聞記者の遠藤も招待状をもらい、取材をかねて出席した。

午前十時半、爆竹が鳴り響き、セレモニーがスタートした。こけら落としのために招かれた中国鉄道雑技芸術団が、正面玄関前で獅子舞《ししま》いを披露し、この日の主役——林正之助が中心になり、テープカットを行なった。

年齢のせいだろう。ギラギラしたものが濾過《ろか》され、正之助は淡々と振舞う。

〈いい姿だな〉

自然体の動きは、絵になっている。テープにハサミを入れる正之助を、遠藤は名優の芸に触れる思いで眺めた。

記念式典は桂三枝の司会で始まった。

舞台中央に備えつけたジャンボトロンに、正之助の顔が大映しになり、

「大阪の新名所となり、地元の発展につながるよう、ご支援たまわりますように願います」

と、挨拶を述べた。

その直後、舞台の下手から、タキシード姿の本人がトコトコと登場したので、一瞬、館内に笑いがはじけた。

驕《おご》らず、衒《てら》わず、その歩き方も、名人芸の一つのように、遠藤の目には映った。

そこでも再び挨拶したが、その筋書きについて、遠藤は勝手な想像を働かせた。

新しい時代の幕開けらしく、ジャンボトロンを使って挨拶したものの、むかし人間の正之助にしてみれば、どうも気がすまない。

機械に映る顔だけでは、わざわざ出席して下さったお客様に失礼ではないか。

そう思い、いま一度、ナマの顔を見せ、ナマの挨拶をしに現われたのではないか。

「会長。ジャンボトロンで映しましたから、もう、よろしいですよ」

「なに言うてんのや。そんな無礼なことができるかい」

そういうやりとりが、裏であったような気がする。そのほうが、いかにも正之助らしい。

続いて、工事関係者らに感謝状が贈られたが、ここにも、正之助らしい言動が窺えた。

「感謝状、〇〇殿」

と、読み上げるだけで、中味の文句をきれいに省略し、

「吉本興業株式会社代表取締役会長」

と、自分の名前へ直行する。館内は爆笑になった。

後日、遠藤がそれを確かめると、

「ごちゃごちゃはいりまへん。感謝状やから、感謝すると言うたら、よろしいんや」

と、明快な答えが返った。もっともな理屈である。

新会館のオープンと同時に、本社事務所もその四階へ移ってきた。この引っ越し騒動で、遠藤はこんな話を聞いた。

元の本社のある心斎橋筋二丁目から、千日前の新社屋まで、さほど距離がないので、

「自分の机と椅子は、自分で運べ」

という、お触れが、全社員に出たとか。

そんなみっともない真似はできない。それなら、自分らで金を出して、引っ越し業者に頼むと、社員達が反対したので、仕方なく、それなら、と、会社持ちで引っ越し

が無事完了したらしい。

さすが、喜劇の本家だなと、遠藤はこの話を聞いたとき、うれしくなった。

新しい建物に、古い事務机と椅子。

そのアンバランスなところが、これまた、吉本らしい。

この場合の吉本らしいという表現は、無駄な金は遣わない、という精神のことである。

新しい革袋に、新しい酒を。それは中味だけで充分であり、末端の、付属物の備品など、どうでもよい。使えれば、それで結構。現在、使っているものを捨ててまで、新品を買い求める必要なし。

その合理的な精神こそ、吉本らしいと言えるのである。

引っ越しが終わって間もなく、新しい事務所へ立ち寄った遠藤は、面白い光景を目撃した。

四階のフロア全体に配置された机の脚の、下から十センチぐらいの辺りが、申し合わせたように黒くなっているのだ。モップなどで、床を拭くときに生じた汚れである。

長年の間にできたその汚れも、一緒に引っ越してきたのだ。

周りのすべてが新しい中にあって、遠藤にはその黒ずんだ部分が、奇妙に懐かしく見えた。そこだけが、しぶとく、図太く開き直って、とかく、上すべりになりがちなピカピカのムードを、鎮静化する役目を果たしているようだった。

〈会社の建物が新しくなったからいうて、ええ気になったら、あかんぞ。調子に乗ったら、あかん。じっくりと腰を据えて、仕事に取り組んでくれよ。足元をよく見て、な〉

汚れた机の脚には、暗黙のうちに、正之助のそんな戒めが込められているようにも思えた。

「深読みしすぎでっせ。汚れているのに、みんな、横着して、拭きよらんだけや」

正之助のもう一つの嘆きが、聞こえるような気もするが。

呼びものの「アメリカン・バラエティー・バン」は、十一、十二、一月の三カ月にわたる公演を無事終了した。世界的タップダンサーのヒントン・バトルを中心とする、このバラエティーショーは、「NGKシアター」に詰めかけた客を存分に満足させた。

また、昼間の「なんばグランド花月」では、やすし・きよし、桂三枝、ダウンタウンらが、大いに客席を沸かせた。

明石家さんまが命名した地下のディスコ「DESSE　JENNY」も、連日、大盛況である。

このディスコの誕生も、正之助の発案だった。最初の段階では映画館として計画されたが、映画産業はこの先も、それほど明るい見通しがない。

そこで、若者に人気のあるディスコに切り替えることにし、正之助は自分で三カ所ほど見て回った。結果、

「よし、ディスコにしよう」

と、決定を下したのである。鶴《つる》の一声だった。

オープンから三カ月間の、数字的なものはどうか。

メインのバラエティーショーは、九十回の公演で七万二千人の客が入った。当初の予算は三億だったが、一億オーバーし、そのオーバーした分だけが赤字になった。

しかし、「歩いて行けるブロードウエイ」の宣伝効果は大で、吉本興業の新しい方向性を示した点での意義は大きい。

宣伝費だと考えれば、一億はむしろ、安上がりである。

同じ劇場が、夜は「NGKシアター」、昼間は日本語の「なんばグランド花月」と名前を変える方式も珍しいが、その昼間のほうの、やすし・きよし、桂三枝、ダウンタウンらが出演したこけら落としの公演から、十二月、一月までの三カ月間の水揚げは、約四億あった。

数字の上では、呼びものの夜の部より、一億上回った。大成功である。

理由はいろいろと考えられるが、吉本にあって、目下、売れに売れている漫才師か落語家に厳選したことが、客を引きつけたようだ。

西川のりおなどは、テレビで盛んに、そこへ出たくても出られないと、嘆きを洩らしていたが、本当のところはどうだったのか。ポーズだったのか、三味線を弾いていたのか。

のりおは売れている。その彼さえも出られないとなると、

「ほな一体、どんな連中が出るのやろか」

と、客の関心は高まる。そして、一ぺん、のぞきに行こか、と、劇場へ足を運ぶ。四億の水揚げのうちの何パーセントかには、のりおの陰の力が働いていると見てもよい。思いがけない逆効果、逆宣伝を与えたのだ。

三カ月間のディスコのほうの水揚げは、一億七千万だった。これも成功である。

それともう一つ、閉鎖していた従来からの「なんば花月」が、途中からオープンし、こちらも連日、満員の客を集めたことである。

正月というタイミングのよさもあったが、こちらの主力はあちらのほう——なんばグランド花月には、お呼びでないメンバー達だった。

のだ。

「負けてたまるかい」

「底力を見せてやろうやないか」

芸人としての意地があらわになり、舞台を面白くしたのである。相乗効果が働いたのだ。

三カ月の間、正之助はほとんど毎日、NGKシアターのロビーの端に立ち、出入りする客に目を注いだ。そばには副社長の中邨、制作部長の冨井、次長の木村らの姿もあった。

正之助はそこに立っていて、顔見知りの客に会うと軽く会釈する。

ある日、遠藤は東京からきた演芸評論家の小島貞三と一緒に、NGKシアターに出かけた。バラエティーショーを、ぜひ見たいという彼の、案内をかって出たのだが、終了後、小島はロビーにいる正之助に気づいて歩み寄った。

二人は以前から知り合いらしいので、遠藤は気をきかせ、離れたところで待った。

十分余り立ち話をしてから、小島は戻ってきた。

「いやあ、驚いちゃったね。正之助さん、前に会ったときよりも、うんと若返っているんだもの」

化けものだよ、あの人は、と、小島は愛用のベレー帽の頭を、しきりにかしげて感心した。

「会長ともあろうお人が、こんなところでなにをしているのですかと訊くと、〝無料《ただ》の客か、金を払った客か、見分けているんだ〟と、おっしゃる。分かるらしいよ、一目見ただけで。恐れ入ったね」

多分、正之助のシャレだろう。

確かに客の見分けはつくかもしれない。しかし、それは本来の目的ではなく、どんな客層がこの劇場へやってくるのか、そして、はたして満足して帰って行くのかどうか。

それをしかと、自分の目で見届けたいのに違いないと、遠藤は思った。

新しい劇場は正之助の望みどおりにでき上がっている。

だが、百パーセントの満足ではない。

ただ一つ、心残りがある。

それは、舞台に「セリ」がないことだった。上下する仕掛けの、あのセリである。セリのある本格的な舞台設備の劇場を作りたい。それが正之助の、長年の夢であった。

しかし、スペースの都合で、何度、設計図を描き直しても、無理だった。セリを作る空間的な余裕がなかった。

金はある。予算はある。だが、現在の敷地内では、どうにも動きがとれなかったのである。

〈しゃないな〉

正之助は諦めなければならなかった。

それだけが果たせなかったが、しかし、その他の設備については、今日、最高の機材を取り揃えた。その点では、大いに満足していた。

正之助の部屋は四階の、正面玄関の真上の辺りにある。会長室を中心に、会長応接室と秘書室がL字型に並ぶ。

会長のデスクは、どっしりと黒光りしている。これは間違いなく、新品である。

机の上には電話と、電気スタンド、筆立てぐらいしかなく、整頓されている。革張りの椅子の後ろの壁には、

日日新　又日新

と読める色紙が掛けてある。

左手にテレビ、そのそばにハンガー、八角型の壁時計があり、隣りの秘書室とは衝《つい》立《たて》でさえぎられている。

机の前には応接セットが据えられ、窓際には白いレースのカーテンが張りめぐらせてある。窓の下が、正面の玄関になる。

左側の壁には、笹川良一と一緒に写した写真が、額に入れて飾られている。コーナーには観葉植物の鉢植えが配置され、全体に落ちつきのある雰囲気だった。

秘書室の一角にも正之助の机が据えられ、そこには株のオンラインがセットされている。毎日、九時から午後三時までは、そこに陣取り、株に没頭するのである。

会長応接室のほうには、姉——吉本せいの胸像が鎮座する。ブロンズ製で、台座を入れた高さは一メートル五十センチほどある。

一方の壁にはせいの写真と同じサイズの、吉本吉兵衛の写真が飾られている。この夫婦によって、吉本興業はスタートしたのである。

右隣りに、もう一つ、額入りの写真がかかっている。せいが表彰を受ける場面である。金モールでふちどりされた制服姿の男が、賞状を手渡している。昭和九年、せいは大阪府知事から表彰されたが、そのときの記念写真だった。

この部屋は応接室に違いないが、正之助にとっては、心の部屋にもなっている。

ここへ入れば、姉のせいと、義兄の吉兵衛に会うことができる。二人の下で忙しく動き回っていたころの自分が、懐かしく思い出されてくる。

懐かしいだけではない。気力も湧いてくるのだ。

まだまだ、頑張らなければならない。働かなければならない。

そのお守りの気持ちを込めて、「白寿」と刻んだ将棋の駒の形の置物を、一つ、飾った。

昭和六十三年一月、正之助を主人公にしたテレビドラマが作られることになった。

懇意にしている澤田隆治が、長年温めてきた題材に、いよいよ手をつけたのである。

吉本興業の創立者——せいの一代記は、これまでに何回となく、映画化や舞台化され、いずれも評判を呼んだ。

しかし、正之助に焦点を合わせたその種の作品は、まだない。

澤田はそこに目をつけ、以前から暇を見つけては、本人から小まめに取材していた。

「正之助のプロデューサー感覚は、非常に優れている。にもかかわらず、ややもすれば、姉のせいの輝きに隠れてしまって、表面に見えにくい人である。いつか、その正之助にスポットライトを当てたかった」

というのが、澤田の気持ちだった。

放送は日曜日の夜九時、関西テレビ系の「花王名人劇場」で、四回に分けて流される。澤田が受け持っている時間枠だった。

タイトルは「にっぽん笑売人」。

正之助に扮するのは、ジュリーこと、沢田研二である。吉本吉兵衛は、山城新伍。せいは小川真由美。

吉本とかかわりの深かった初代桂春団治の役は、横山やすしが引き受けた。

同じく、横山エンタツはオール阪神、花菱アチャコが巨人、ミスワカナ――宮川花子、玉松一郎――宮川大助というキャスティングが決まった。

これについては、当の正之助が、

「芸人の役は、芸人でないと、匂いが出んのや」

と、言い、決定したのである。

撮影に先だち、昭和六十二年の十一月、吉本興業の新しい本社応接室で、制作発表の記者会見が行われた。遠藤も取材のため、その場に居合わせた。

それは同時に、正之助と、彼に扮する沢田研二、そしてもう一人、春団治役の横山やすしの、三者の顔合わせでもあった。

遠藤は正直なところ、この三者会談によからぬ期待をした。

正之助は〝ライオン〟〝御大〟などの異名を持つ〝コワイ人〟である。前に立つだけで、縮み上がる芸人も数多い。

やっさんは喧嘩っ早く、タクシーの運転手と、もめごとを起こしたこともある。武勇伝の持ち主だ。

ジュリーもまた、何年か前、暴力沙汰で新聞を賑わした実績を持っている。かなり、気が短かそうだ。

つまり、三人三様に〝コワイ人〟なのである。

それが顔を合わせると、一体どういうことになるか。制作発表が、はたしてスムーズに行われるのか。顔合わせが、無事に終了するのか。

遠藤のよからぬ期待は、そこにあった。

とんでもない発表になりはしないか。収拾のつかない会見になるのではないか。

一方、心の底では、なにごともなく平穏に、和気藹々《あいあい》のうちに終わって欲しいという思いもある。

その両方が入り混り、わけもなく、遠藤の胸は高鳴った。まるで自分が主役を演じるような、落ちつきのなさを覚えた。

会見場へ一番早く現われたのは、沢田研二だった。薄い色つきの眼鏡をかけ、コートを着ているが、分かるらしい。吉本本社の事務の女の子らが、浮き足立つ気配を見せた。

続いて、和服姿の横山やすしがやってきた。酒が入っているらしい。顔面を紅潮させ、息がくさい。賑やかに喋り、上機嫌のようだ。

一般用の応接室には、若かりし正之助が、当時の芸人達と一緒に写した写真が飾ってある。初代春団治や、エンタツ・アチャコの顔も混る。

沢田研二は澤田隆治の説明を受けながら、静かにそれらを見て回った。横山やすしは応接室の入口付近で、新聞記者らに囲まれた。遠藤もその中にいた。

他に来客があり、正之助の現われるのが遅れている。その間、やすしは座を持たせるように、あれこれと面白い話を口にして、一同を笑わせた。サービス精神の表われに違いなかった。

ジュリーは古い写真を眺め、澤田隆治の解説を聞いては、いちいち頷き返した。

ほどなく、正之助が現われた。宣伝用のテレビカメラが、それを捉えた。

正之助がソファに座り、隣りに横山やすし、向き合う位置に沢田研二が腰を下ろした。

澤田隆治を初め、周りを新聞記者らが取り囲む。ライトが集中し、テレビカメラが狙った。

「土台は、春団治ですか」

いきなり、正之助が訊いた。

「違いますよ」

澤田隆治が説明しかけると、やすしが、

「会長が主役でんがな。俺は、春団治は、使われる人間でんがな」

と、口を挟《はさ》み、

「その会長の役を、このお方が、この、澤田隆治さんが、違うわ、すんまへん、この沢田研二さんが、ジュリーさんが、やってくれはりますねん」

と、解説した。正之助は笑いを溜めて、小さく頷く。

「そやから、会長が、〝あんたがわしの役をやるねんな〟というようなことを言いはったら、とりあえずは、ええわけや」

やすしの言葉に、正之助は向き直った。

「こんな偉い人に、いま人気ナンバーワンの偉い人にやで、〝あんたがわしの役、やるねんな〟というようなこと、おこがましゅうて、僕はよう言わんのや。気が小さいから、そんなこと、わしはよう言いまへんねん」

「難儀やなあ」

やすしが困惑したように首をかしげた。

「そら、あんたはええ度胸しとる。税務署が取り立てにこようが、〝ないもんが払えるかい〟と、突っぱねよる。僕は気が小さいから、あきません」

正之助が言うと、周りから、どっと笑いが起こった。やすしはてれながら、頭をかいた。

「あのね、沢田さん」

手に負えないと思ったのか、やすしはジュリーのほうへ話を向けた。

「この会長は、ライオンという渾名《あだな》がついてますけど、そんな、恐い人とは違いまっせ。わしゃ、この人に助けられて、うまいこといっとんのやから。とりあえずは」

「今日はええこと、言うてくれるやないか。こいつ、頭がよろしいで。相手が弱いと思うたら、ぽかんと殴りよる」

再び笑いがはじけ、

「漫才やがな」と、誰かが叫んだ。

実際、それは漫才の趣きがあった。

「この人、この前の興行のとき、一人で舞台へ上がって、たった三分だけで下りてきよった。それで言うことが奮《ふる》ってます。〝人を働かせすぎや〟と言いよる。以前の僕なら、なにぬかしとんねんと、怒鳴りつけてやりますけど、もう、あきません。弱いもんだ」

やすしを見ながら、正之助が言った。

「かなわんな」

やすしはまたしても頭をかき、

「とにかく、この人が会長の役を。俺が、春団治の役をやりまんねん」

と、話を本筋へ戻そうとする。

だが、正之助はおかまいなしである。

「僕の役を、この沢田さんがやってくれるのは、もったいない。あんたの春団治も、もったいないけどな」

そう浴びせてから、

「春団治は面白い男でした。無茶者でしたな。しかし、名人やし、人気も凄かった。いま、もう、名人ちゅうようなのは出まへん。むかしの芸人は苦労していても、金のことは言わなんだ。いま、芸もないのに、なんぼ給料もらえまんねんと、横着ぬかしよる。信義を重んじる僕としては、いまの世の中、そぐわへん。そやから、早よ死にたいと思うとるのに、死なせてくれよらへんねん。頭、悪いから」

と、一気に喋った。みんなの間から、再び笑いが起こった。

「俺、春団治の役やから、ときどき、酒呑んでスタジオ入りするかもしれんけど、ま、役柄やと思うて、よろしゅう頼みまっさ」

やすしが言うと、沢田研二は笑顔で頷いた。

「ね、会長、春団治という人は、どんな人でしたんや。本物に負けるのはけったくそ悪いから、アドバイスしておくんなはれ」

問いかけるやすしに、

「朝、あんたの頭のええときに教えたる」

と、正之助が切り返した。やすしが酒を呑んでいるので、そう言ったらしい。

すると、やすしのほうも、すかさず、

「この二大スターをつかまえて、記者会見するのに、ビールの一ぱいも呑まな、勢いつきまへんがな」

「舐《な》めとんな」

と、やり返した。

笑いを溜めて言ってから、正之助は言葉を続けた。

「こいつ、無茶もやりますけど、味がありまんねん。地でいきまんねん。可愛いもんだっせ。可愛いと思わな、置いとけまへんがな」

　なあ、と、やすしのほうへ話しかけたので、記者団の間に何度目かの爆笑がはじけた。

　二人と向き合う形で座った沢田研二は、そのやりとりをニコニコして見守った。口を挟む余地がなさそうだった。

「春団治と、やすしさんと比べて、どうですか」

　笑いが鎮《しず》まるころを見計らい、新聞記者の一人が質問した。

「春団治はほんまのボケだ。どこか抜けたとこがある芸人です。あれはむかしの、古い無茶。こっちは現代の無茶。ボケてるようで、ボケてない。抜けてるようで、抜けてない。利口ですよ、この男は」

　正之助は真面目に答えたが、会見場の雰囲気は、もう笑いの免疫に弱かった。またまた、大爆笑になった。

「エンタツ・アチャコについて、なにか一言、お願いします」

　別の質問が飛ぶと、正之助は声のしたほうへ顔を向けた。

「アチャコは気の小さい、人のよい男でしたな。エンタツは小利口でした」

　そう言ってから、こんなことがおましたな、と、話を継いだ。

「あるとき、エンタツが髭《ひげ》を剃り落としてきよった。街を歩いているときに、〝あ、エンタツや〟と指差されたのが嫌で、髭剃ったら分からんやろと、本人は思うたらしいですな。そういうところのある男でした。ところが、髭のない顔見たら、なんとも間が抜けとる。それで、言うてやりましたんや」

正之助はひと息入れ、

「お前の顔は髭があって、味があるんや。それでは、スボケマラや。オチンコの毛がないみたいなもんや。そやから、給料から二割引くぞ、と。そしたら、びっくりして、すぐに付け髭してきよった」

と、笑いもせずに話した。

そういうエピソードを知っているのは、正之助だけであろう。演芸界の歴史を生きてきたからこそ、語ることができるのだ。

遠藤は興味深く聞いた。

「春団治にも、こんな話がおましたで」

またも話が、そっちへ向いた。

「船場の薬屋の後家はんと仲ようしてたんやが、別れるときに、相手から六万円の手切れ金をもらいよった。そのころの六万円ですよ。まだ千円札のない時代や。よろこんで、それを風呂敷に包んで帰って、ミナミから堺の竜神まで人力車飛ばして、芸者総揚げのドンチャン騒ぎや。自分は気に入った女の膝枕で、それを見てよろこんでまんねん」

記者会見は正之助の、独演会の様相を帯びていく。

「そうかと思うと、あるとき不意に、僕の家の庭に泉水を作ってやると言い出しよった。そして、次の日、ほんまにやってきよった。ハッピにパッチ、地下足袋、それに手拭いと弁当を腰にぶら下げて〝手ったい〟の格好しとる。昼メシ、食べろと言うても、いや、弁当があるからと、本物の手ったいになりきって、縁先で食べよる。それで、一日がかりで泉水作ってくれよった。これが春団治の味ですな」

正之助がそこまで喋ったとき、突然、やすしが、

「会長、すんまへん」

と、感極まったような声を出した。

「わし、言葉ではうまいことよう言いまへんけど、吉本のために、吉本のために……」

酒のせいだけではなく、心底、感じるものがあったのだろう。やすしは泣き出した。

一瞬、しんみりとした雰囲気を吹き飛ばすように、正之助がひときわ大きな声を出

した。

「ええ奴ですよ、この男は。頭がええです。利口ですよ、この人は。このお方は」

だんだん、俺の言葉も変わってきたがな、と、言ったので、またも大笑いになった。

「ま、二人が協力して、いいものを作って下さるように、頼みますよ。これでよろしいな」

正之助が締めくくると、沢田研二が丁寧に頭を下げた。結局、ジュリーは一言も言葉を発しなかった。発する隙《すき》がなかった、というのが本当だろう。

〝役者〟三人の顔合わせは、無事終了した。

四回に分けて放送された「にっぽん笑売人」は、高い視聴率を稼いだ。

一回目は横山やすし扮する初代の桂春団治、二回目はオール阪神・巨人の横山エンタツ・花菱アチャコ、三回目は宮川大助・花子のミスワカナ・玉松一郎というふうに、それぞれの時代と、話題になった人物に焦点を合わせ、軽快なテンポで描き出していた。

正之助役の沢田研二と、姉——せいの役の小川真由美は当然のことながら、四回ともに顔を出し、なかなかの熱演だった。

ただ、遠藤個人の印象としては、実物の正之助にはもう少し覇気と凄味《すごみ》が感じられるし、せい役の小川真由美は、なよなよしすぎだった。色っぽすぎる。せいはもっと、しゃきっとした女性ではなかったか。

しかし、ドラマ全体としては、正之助の歩んできた道を、見事に捉えていた。短い時間内で、吉本興業の創立から、すべてが灰と化す昭和二十年の終戦までを、うまくまとめてあった。

このテレビドラマもそうだが、いま、吉本興業は世間の注目を集めている。関係のある本が次々と出版されたりして、「吉本ブーム」の感さえする。

中でも、正之助に狙いをつけた企画物が目立ち、吉本ブームではなく「正之助ブーム」と言えなくもない。

姉――せいの縁の下の力持ちであった存在が、ここへきて一気に表面へ引き上げられたように思える。やっと、正当な評価を受けたわけである。

「晩年運の強い人やなあ」

羨望《せんぼう》と、やっかみも込めて、そんな囁きが周りから聞こえてくる。

だが、本人は意に介せず、淡々と、飄々《ひょうひょう》と生きている。八十九歳の体を、いたわりながら。

ある日、遠藤は無性に正之助の顔が見たくなり、吉本の本社へ出かけて行った。

話は、ない。ただ、正之助に会いたかった。

エレベーターで四階へ上がり、遠藤は会長室へ向かった。株の時間が終わり、正之助はくつろいでいるころだった。

秘書に挨拶して、遠藤は奥へ通った。しかし、会長室に正之助の姿はなかった。

「応接室のほうにいらっしゃいます」

秘書が案内しようとするのを、遠藤は断わった。何度かきているので、分かっていた。

「失礼します」

声をかけてから、遠藤は応接室へ顔をのぞかせた。静かに足を踏み入れた。

正之助は、いた。

しかし、遠藤に気づいた様子はない。突っ立ったまま、一点を見つめていた。

遠藤はその場が動けなかった。棒立ちになり、目を凝らした。

正之助は姉——せいの胸像と向き合っている。一メートルほどの間隔を保ち、起立した状態で、なにかを語りかけていた。

遠藤は斜め後方から見守った。

正之助の口元は動かない。だが、それは間違いなく、話しかけている表情である。

厳しい中に、和《なご》やかさのにじむ横顔だった。

なにを語りかけているのか、分からない。しかし、遠藤には姉弟愛の溢れる美しい光景に映った。犯し難い崇高ささえ漂った。

遠藤は静かに引き下がった。

あとがき

拙著『小説 吉本興業』が長い歳月を経て、このたび新たに改題して蘇《よみがえ》った。主人公に似てか、強運な本だと思う。

執筆の動機は鮮明に覚えている。大阪のスポーツニッポン新聞から連載の注文があったとき、直木賞受賞の「てんのじ村」では売れないマイナーな芸人さん達を描いたので、次はメジャーの世界へ挑戦したい意欲があり、吉本興業の御大―林正之助会長を主人公にした小説を書こうと決めた。

初めて会ったとき、九十間近い高齢とは思えぬ正之助会長の鋭い眼光に、威圧感を覚えた記憶がある。小説なんぞに頓着しない性分か、余裕なのか、「何でも好きなように書いたらよろしい」との有難いお墨付きを頂いた。

小説と称しながら、これは創作部分がほとんどない。まず関係者への取材を最優先し、資料や記録に目を通し、事実とおぼしき話と照合する。その過程で創作とは矛盾する、なるだけ正確に書きたい妙な感情が芽生え、そのまま突っ走った。結果、これを書いたお陰で、自分の中でのメジャーとマイナーな芸人世界のバランスが保てた気がした。当時、スポニチの文化部記者だった松枝忠信様には随分お世話になり、感謝しています。

最初の本が出版されたとき、五千円ほどの手焼き煎餅を添えて会長室へ持参した。新聞に連載中、毎朝、秘書に音読させてチェックしている、との情報が耳に入っていたので、僕は緊張した。正之助会長は本を手に取って眺めてから、「ところで中邨《なかむら》君、この本でうちはなんぼかもろたんか」と同席する中邨秀雄副社長に問い掛けた。「いや、別に」。中邨さんが答えた途端、「何でや。このセンセは吉本興業という、うちの名前を使《つこ》うて銭儲けしやはるんや。うちがなんぼかもらうのは当然やないか」と声を荒げた。僕は冗談かと思った。中邨さんもニヤニヤしている。すると正之助会長が、「そんなことではあかんやないか」と一段と大声を張り上げた。本気らしい。中邨さんはバツの悪そうな顔になり、僕は狼狽した。その言葉は明らかに、こちらへ向けて発しているのだ。看板代をいくらか寄越せと。気まずい雰囲気になり、僕は逃げるように退散した。

言われてみれば当然かもしれない。お墨付きを頼りにして、堂々と本の題名にも使っている。なのに手焼き煎餅ぐらいで済ませようとするのは心得違いかもしれぬ。さて、どうしようか。

その足で近くの高島屋デパートへ寄り、漆器売り場から輪島塗りの文箱を贈ることにした。ピンからキリまである値段の中から、初めは二、三万円の品物に見当つけたが、正之助会長は部下に値段を調べさせるのに違いないと閃《ひらめ》き、思い切ってウン十万円のものを奮発した。後日、出会ったとき、「あんた、ニコニコして銭儲け上手やなぁ」と機嫌の良い顔で肩を叩かれた。やはり調べていると、僕は確信した。それで一件落着したのである。

今日の吉本興業は近代組織に改革され、正之助会長が君臨していた時代の創業家の匂いは微塵もない。正之助という人物の存在そのものを知らない社員や、所属芸人も大勢いるだろう。それに異存はないものの、ときには歴史を振り返り、そんな人がいたのかと思いを馳せるのも、決して無駄ではないはずだ。少なくとも演芸に関わる人間にとっては、ぜひ心に留めて欲しい偉大な先人である。いや、一般人にも充分に興味深く、魅力的で愛すべき人物像だと言えるだろう。

平成三年（1991）四月二十四日、正之助会長は満九十二歳で鬼籍に入った。葬儀は自らが建てた城—吉本会館内の劇場、なんばグランド花月で盛大に営まれた。参列した僕の背後で誰かが「大入り満員やな」と囁くのが聞こえた。故人が一番好きな言葉だろう。

長年、休眠状態の拙著を目覚めさせて頂いた、筑摩書房の青木真次様にお礼を申し上げます。泉下の正之助会長も喜んでくれるのに違いない。

平成二十九年九月

難波利三

参考文献

「大阪百年史」
「大阪百年」（毎日新聞社）
「吉本興業の研究」（堀江誠二）
「やすし・きよしの長い夏」（近藤勝重）
「女興行師吉本せい」（矢野誠一）
「お笑い買い占めまっせ！」（高橋繁行・鹿島豊）
「上方の笑い」（木津川計）
「放送演芸史」（井上宏）
「上方笑芸見聞録」（長沖一）
「大阪笑話史」（秋田実）
「私説おおさか芸能史」（香川登枝緒）
「極めつけおもしろ人生」（笑福亭松鶴）
「林正之助・思い出の演芸史」（林信夫）
「吉本王国の野望」（近藤勝重）
「現代上方演芸人名鑑」（相羽秋夫）
「安来節」（中国新聞社）

以上、お礼申し上げます。

解説　林正之助御大を知るために

澤田隆治

直木賞作家の難波利三さんの『小説 吉本興業』の「SAWADA」という章に、吉本所属の若手漫才陣を全国区にした一九八〇年の「漫才ブーム」の仕掛け人として、私が実名で登場したのには驚いた。あれから二十数年たって、私がその本の解説を書くことになった。長く生きているといろんなことが起こる。

昭和三十年、朝日放送に入社して演芸の担当になった私が、「吉本興業」の存在を知ったのは、昭和三十三年に直木賞を受賞した山崎豊子さんの『花のれん』だった。演芸の担当になった日から毎日のように通っていた松竹系の千土地興行経営の寄席「戎橋松竹」には、朝日放送専属の松鶴家光晴・浮世亭夢若が出ていたが、彼らが戦前吉本興業の若手人気漫才として活躍していたことをはじめて知って、新番組の担当であるだけにいささか恥ずかしかった。大学では日本史を専攻していたのだから尚更だった。それくらい「吉本興業」は戦後大きな話題になることもなく忘れられた存在だったともいえる。

平成二十九年、吉本興業は創立百五年を迎え、『吉本興業創業百五年史』が刊行され、吉本興業の創業者、吉本吉兵衛・せい夫妻とイメージが重なる若夫婦が寄席経営をはじめるという朝の連続テレビ小説『わろてんか』がスタートする。これまでの〝朝ドラブーム〟を想起すると、モデル探しはもちろん、タレントやネタにとどまらないレベルでのお笑いブームがはじまるに違いない。

いま私の机の上には、吉本興業について書かれた本や雑誌が山積みになっている。戦前に吉本興業が発行した季刊誌『笑売往来』『ヨシモト』の復刻版から、戦後の梅田花月のプログラム、『マンスリーよしもと』、吉本興業最初の社史『吉本八十年の歩み』まで。そのなかで、山崎豊子さんの『花のれん』と矢野誠一さんの『女興行師　吉本せい　浪花演藝史譚』、そして難波利三さんの『小説　吉本興業』はそれぞれ、ハードカバーと文庫本のセットで並んでいる。『花のれん』と『女興行師　吉本せい』はともに吉本興業を創業した吉本せい社長の生涯を、前者は小説形式で後者は多くの資料を駆使した評論形式で描いたものだ。

今回改題のうえ文庫化される難波さんの『小説　吉本興業』は、林正之助御大（花菱アチャコさんがそう呼んでいたのにならって、私もそう呼ばせていただいていた）

を中心に、吉本興業の歴史が、白木みのる、笑福亭松之助、笑福亭仁鶴、西川きよしなどへの取材・インタビューと資料をもとに書かれてある。林正之助が八十八歳で目にした「なんばグランド花月」開館の日から書き起こす。最終章では昭和六十三年一月十日から四回、『花王名人劇場』の枠で放送された「にっぽん笑売人・戦前篇」の制作記者会見に出席した林正之助会長、若き日の正之助を演じる沢田研二、桂春団治役の横山やすしと楽しく話す姿が描かれている。プロデューサーとして私も同席していたが、横山やすしを相手に漫才のボケとツッコミの変幻自在な技で記者たちを笑わせていた林正之助御大を思い出してしまう。

最終章「新風一番」では、三か月間の開館興行の夜の部「アメリカン・バラエティー・バン」が最終的に一億円の赤字を出したが、「吉本興業の新しい方向性を示した点での意義は大きい。宣伝費だと考えれば、一億はむしろ、安上がりである」とあり、やすし・きよし、桂三枝、ダウンタウンらが出演した昼間の興行が三か月間で約四億の水揚げがあって、「数字の上では、呼びものの夜の部より、一億円上回った。大成功である」と書いている。『吉本八十年の歩み』の「吉本会館誕生」の項では「制作費は二億四、五千万円。三カ月の公演ならば、毎日全席埋め尽くしても収支トントンだから、赤字覚悟で臨んだ冒険と言える」とあるから、これが吉本制作責任者の考え方であったのだろう。

　だが一人そうは思っていない人がいた。開館興行がスタートして一か月たつころ、私は林正之助御大に呼ばれた。「澤田さん、なんか安上がりでおもしろうて客の入るもん考えてくださ い」とのこと。私はすぐにパリへ飛んで、『花王名人劇場』の海外ネットワークでキャバレーやサーカスで活躍している芸人を見て歩いた。「ローリーポーリー」という太ったイギリスの六十代の踊子チームがパリで大人気だという。さっそく交渉してもらったら、日本へ行きたいとのこと。これで目玉が出来たから、オープニングとクロージングのための美人ダンシングチームを探し、寄せ集めたチームに「船来寄席」というタイトルをつけて来日の運びとなった。御大は「ローリーポーリー」が気に入って、楽しい写真が何カットも残っている。

　私の敬愛する大プロデューサー、林正之助御大は平成三年、満九十二歳で亡くなられたが、私はいまも御大の思いのこもった劇場で「船来寄席」の出演者の選定と演出を担当している。

　本書は、林正之助の人物像を知るには絶好の一冊である。


（さわだ・たかはる　演芸プロデューサー）

本書は『小説　吉本興業』のタイトルで「スポーツニッポン新聞」関西版一九八七年十月十一日から一九八八年二月二十九日まで連載され、一九八八年八月に文藝春秋より刊行され、一九九一年七月に文春文庫に収録されました。

ちくま文庫

笑《わら》いで天下《てんか》を取《と》った男《おとこ》　吉本王国《よしもとおうこく》のドン

二〇一七年十月十日　第一刷発行

著　者　難波利三（なんば・としぞう）

発行者　山野浩一
発行所　株式会社　筑摩書房
東京都台東区蔵前二―五―三　〒一一一―八七五五
振替〇〇一六〇―八―四一二三
装幀者　安野光雅
印刷所　中央精版印刷株式会社
製本所　中央精版印刷株式会社

筑摩書房サービスセンター
埼玉県さいたま市北区櫛引町二―六〇四　〒三三一―八五〇七
電話番号　〇四八―六五一―〇〇五三

ISBN978-4-480-43467-8 C0193